김상래

보배

서은혜

이설아

영원

이지안

정연

정지우

정인한

허태준

정희권

황진영

나의 시간을 안아주고 싶어서

고유한 사랑과 기대로 인생의 모든 시절을 그려내다

mellite

《나의 시간을 안아주고 싶어서》는 우리 인생의 모든 시절을 담은 책이다. 한 사람의 일생을 담아내는 자서전과는 달리, 총 열두 명의 작가가 저마다의 자리에서 인생의 모든 시절을 이야기하고자 했다. 누군가는 여전히 치열한 청춘의 한가운데서, 누군가는 중년에 이르러 가는 시점에서, 누군가는 이제 노년에 다가가는 마음으로, 인생의 모든 시절을 이야기했다. 열두 명의 작가들이 펼쳐놓은 '모든 시절'의 이야기를 듣고 있노라면, 누구든 자신의 '모든 시절'에 대한 이야기로 자연스레 젖어 들어가게 될 것이다.

여러 작가들이 모여 한 권의 책을 쓰는 일은 드물지 않다. 그러나 이번 책은 흔한 공저와는 다른 매우 특별한 과정을 거쳤다고 이야기할 수 있지 않을까 싶다. 그것은 열두 명의 작가들이 서로의 모든 글을 읽으면서 더 나은 글을 쓸 수 있도록 함께 조언하고 이야기하는 과정을 매우 치열하게 오랫동안 거쳤기 때문이다. 그래서 이 책은 따로 써서 적당히 모은 글 모음집이 아니라, 열두 명의 작가들이 '인생의 모든 시절'을 제대로 담아보자고 모여 쓴 일종의 프로젝트이다. 실제로 우리는 이것을 '인생의 모든 시절 프로젝트'라 불렀다.

주변의 누군가가 인생을 두고 고민을 이어가고 있다면, 나는 망설임 없이 이 책을 권할 수 있을 것 같다. 그 이유는 이 책에 담겨 있는 열두 명의 인생이 누구에게든지 다채롭고도 복합적으로 전달되리라 믿기 때문이다. 여기에는 단순히 다른 누군가의 인생에 대한 몇 편의 이야기가 담겼다기보다는, 우리 모두의 인생, 당신의 인생 곳곳으로도 입장할 수 있는 티켓이 담겨 있다고 생각한다. 사람들마다 그 중 특히 와 닿는 이야기도 있을 테고, 유난히 새롭고 낯설게 느껴지는 이야기도 있을 것이다. 그런 이야기들이 모두 우리 시절과 인생의 재료가 될 것이다.

이 다채로운 이야기의 방들에 당신을 초대하고 싶다. 문을 열고 들어오면, 먼저 '어린 시절의 방'에 열두 명의 작가들이 있을 것이고, 또 나의 한 시절을 함께했던 무수한 사람들이 저 멀리서 손짓하고 있을 것이며, 종국에는 그 방 한가운데 있는 자신을 발견할 것이다. 그렇게 모든 시절을 위한 방들의 문이 열리기를 기다리고 있다. 그리고 사실 그 시절마다의 주인공은 바로 당신, 나 자신일 것이다. 이 이야기들은 결국 나 자신을 찾아가는 여정을 가리키는 표지판이 될 것이다.

'인생의 모든 시절 프로젝트' 열두 명 작가들을 대표하여
정지우

김
상
래

나이가 들어가면서 어린 시절을 자주 회상하게 된다. 그건 아마도 내 가족을 이루고 살면서 새로운 상황을 만날 때마다 어른들의 조언이 필요해서인지도 모르겠다. 나의 유년은 디귿자 하늘을 품은 사랑 안에 있었고 나의 청년기는 방황의 연속이었다. 노년에는 계획한 대로 살고 싶어 글을 쓰고 의미 있는 일을 찾아 시간을 쏟고 있다. 이번 글들을 쓰며 인생 전반을 돌아볼 수 있었고 내가 가고 싶은 미래에 대해 정확하게 짚어볼 수 있었다. 내가 적어 내려간 노년의 글은 어쩌면 나의 모든 바람이 녹여진 기도문인지도 모르겠다. 나는 지금 그 기도문의 어디만큼 와 있을까?

보
배

한 번은 외삼촌이 나에게 어쩌면 그렇게 낙관적이냐고 물어온 적이 있는데, 아무래도 즐겁게 세상을 바라보는 눈이 내가 가진 힘이자 동력이 아닐까 싶다. 막연히 저 멀리에 존재하는 누군가에게 삶의 용기와 생기를 주고 싶은 마음에 쓴 글들을 여기에 묶었다. 함께한 다른 작가들의 글을 통해 많이 배우고 성장하는 시간이기도 했는데, 그 지난 시간들이 모여 한 권의 책이 되었다. 모두의 목소리가 멀리 흘러 누군가에게 위로나 용기가 될 수 있기를 바랄 뿐이다.

서은혜

장애를 가진 부모님 사이에서 비장애인으로 나고 자랐다. 어렸을 때부터 부모의 장애를 드러내고 살기는 했지만 장애를 가진 부모와 차별로 가득 찬 사회에 대해 느끼던 복잡한 감정 때문에 나를 말하는 것에 혼란을 느끼고는 했다. 부모님을 자랑스러워하고 부끄러워하고 억울해하는 이 다양한 마음을 제대로 표현할 수 있는 말을 찾지 못한 채로 살아왔다.

글을 쓰는 내내 어린 시절부터 미래에 이르는 기쁨과 아픔을 들여다보고 만나는 시간을 가졌다. 다양한 마음의 자리를 만날 때마다 물러서지 않고 정확한 말을 찾을 때까지 책상 앞을 지켰다. 그 고민이라는 것에는 정답도 규칙도 없어서, 기껏 찾아낸 말과 표현이 매번 달라지기도 했지만 그 괴롭고 버거운 일은 나를 더욱 정직하고 단단한 사람으로 만들어주었다.

영
원

저의 유년을 생각하면 가슴이 아픕니다. 남들보다 예민하게 세상을 바라보곤 했습니다. 자주 눈물을 흘렸고, 음악을 듣고 문학을 읽으며 현실에 없는 세계를 동경했습니다. 문학 속 주인공이 죽음을 맞이할 때의 숭고함을 사랑했고, 그때부터 인간 내면에 깊숙이 박혀 있는 삶과 죽음에 대한 문제를 혼자 탐구하기 시작했어요.

성인이 된 지금도 어릴 때부터 고민한 문제를 해결하기 위해 노력하고 있지만 여전히 깨닫고 번복하고, 깨닫고 무너지고를 반복하며 살아가고 있습니다. 너무 깊게 고민하다가 어두운 심연을 마주할 때에는 엉엉 울어버리긴 하지만, 이게 저인걸요. 유년을 예민하게 보냈던 슬픈 청년의 모습일 뿐인걸요.

이
설
아

인생의 어느 시절에 머무르며 기억을 소환하고, 무뎌진 감각을 깨우며 생생한 글로 적어가는 것은 예상보다 힘겨웠지만 분명 매력적인 작업이었다. 보이지 않던 것을 어느새 읽어내고, 용납하지 못했던 순간을 너그러운 언어로 촘촘하게 수놓으며 내 인생의 결정적 시절들을 정녕 사랑하게 되었다. 그 모든 시간을 함께 버텨준 이들에게 사랑한다고 말하고 싶어졌다.

이
지
안

사실 이 작업을 시작하기 전에는 잘 엮어낼 수 있을까 주저하는 시간이 길었습니다. 하지만 막상 찬찬히 더듬어보니 모든 시절에는 저만이 품고 있는 이야기들이 있었습니다. 짙은 색의 조각들로 이루어져 있던 유년과 청년기의 기억을 하나의 이야기로 맞춰보는 것. 그것만으로도 마주하기 어색했던 오랜 친구와 물러서지 않고 이야기를 나눈 기분입니다.

무엇보다 각기 다른, 고유한 이야기를 들려주는 작가님들과 함께 작업하던 시간이 참 좋았습니다. 자신의 삶을 훌훌 털어 보여주는 작가님들 덕분에 그 시절의 언저리에 잠시 머물렀다 돌아온 듯합니다. 이 모든 것이 저에게는 새로운 여정이었습니다. 그 시간들이 이야기로 덧입혀지는 동안 기억의 색은 좀 더 옅어지고, 지금의 저는 이전과는 조금 다른 사람이 되어 있는 것 같아요.

정
연

'따로 또 같이'. 서로 다른 나이와 성별, 직업과 거주지를 뛰어넘어 각자가 걸어온, 앞으로 걸어갈 내밀한 삶의 이야기를 사부작사부작 적어서 함께 나누고 다시 기록하는 여정이었어요. 서로가 서로에게 상담자와 내담자가 되는 '집단 상담'과 같은 일련의 경험을 하고 나니, 아직 직접 얼굴을 맞대고 본 적 없지만 이 여정을 함께한 작가님들과의 깊고 단단한 연결을 마음 깊이 느껴요. 저희의 이야기 속에서 당신을 비춰보고 새롭게 발견하면서 '당신의 삶을, 당신의 시간을 꼬옥 안아주세요'.

정
인
한

주로 지금 이 순간과 가까운 시간을 밑줄 치듯 글을 써온 나에게 지나간 날이나 다가올 미래를 떠올려가며 글을 쓰는 것은 생소한 작업이었다. 그래서 다른 어떤 글보다 막막한 마음으로 오래도록 백지 앞에 앉아 있었다. 때로는 새벽이 오도록 아무런 글을 쓰지 못하다가 잠을 청한 날도 있었다. 어쩌면 오랫동안 방치한 서랍을 열어보는 기분이었다. 거기에는 마음 가는 대로 구겨 넣은 추억과 들뜬 기대와 막연한 희망 같은 것들이 정리되지 않은 채 가득 차 있었다. 나는 꼬인 실타래를 풀듯 조심스럽게 쓸 수밖에 없었다. 그 시절을 만나보자고 약속한 다른 작가들이 없었다면 불가능한 일이었다. 함께 모여서 쓴 글을 나누고 다독일 수 있어서 가능했던 프로젝트였다. 어쨌든, 그 시간을 뒤적거려서 몇 편의 글에 마침표를 찍을 수 있었다. 그 시절과 작은 화해를 할 수 있었다.

정
지
우

삶에서는 때로 한 번쯤은 인생의 '모든 시절'에 관하여 생각
해볼 필요가 있는 것 같습니다. 누구나 이미 지나보낸 유소년
기와 청소년기, 그리고 저마다 다른 현재진행형의 시절인 청
년기나 중장년기, 또 누군가에겐 아직 도래하지 않았을 노년
기에 대한 생각을 인생에 한 번 정도는 깊이 고민해봐야 한다
고 느낍니다.

많은 경우 저는 눈앞의 고민이나 당장 내일이나 다음 달의 계
획들에 부대끼며 살아갈 때가 많습니다. 그러나 삶이란, 그렇
게 눈앞의 것들만을 좇다가 끝나버려서는, 어딘지 좀 허전한
게 되지 않나 싶습니다. 우리의 지나간 나날들 속에서 기억과
의미를 찾아내고, 우리가 보내고 있는 이 시절의 방향과 가치
를 감각하고, 또 도래할 날들을 미리 상상하고 가늠해보면서
'내 삶'의 윤곽이랄 것을 이해하게 되는 것 같아요.

어쩌면 그래야만 우리는 한 번밖에 없는 이 삶을 보다 온전하
게, 가치 있게 사랑하면서 살 수 있지 않을까 합니다. 저는 확
실히 이번 작업을 통해서 그런 경험을 했습니다. 나의 유년기
를 오래 돌아보고, 다시 청년기를 생각하고, 중년기와 노년기
까지 가늠해보면서 내 삶이 '어떤 것'인지 나아가 '어떻게 살
아야 할지'를 깊이 생각할 수 있었습니다.

약간의 희망 같은 것이 있다면, 이 이야기들을 통해 '이 사람은 이렇게 살았구먼' 하고 남의 이야기에만 그치지 않고, 읽는 분들이 저마다 각자의 시절을 생각해보는 일입니다. 언젠가는 저 또한 당신의 '모든 시절'을 들을 날이 있기를 바랍니다. 삶이란, 때로는 거창하고 복잡해 보이지만, 의외로 단순한 것일지도 모릅니다.

그저 우리의 삶이란 몇 번의 시절들을 거치고, 때로는 그리워하거나 도망쳐서 다행이라 여기다가, 이윽고 삶을 마무리할 즈음이 되어 인생을 몇 번 돌아보고는 이 생을 두고 떠나는 게 아닐까요. 매 시절, 당신이 삶을, 또 그 시절을 사랑할 만한 구석이 있길 바라겠습니다.

정
희
권

학부 수업 중 가만히 저를 쳐다보시던 은사님이 문득 "자네
는 항상 흔들리며 사는 것을 인생의 방법으로 삼게"라고 말
씀하셨습니다. 그게 자기 충족적 예언이 되었다는 생각도 합
니다.

끊임없이 변화를 찾는 사람에게는, 새로움 자체가 목표인 경
우와 세상 어딘가에 있는 단 하나의 정착지를 찾아 먼 여정을
떠나는 경우가 있다고 생각합니다. 글을 쓰는 것은 그 두 가
지 여정이 혼재되어 있는 것 같습니다. 처음에는 하나의 정착
지를 찾아 떠났다가 접었던 글이지만, 이제는 그저 쓰는 사람
이 되고 싶어서 다시 쓰게 됐습니다. 작고 소박한 삶을 글이
라는 렌즈로 비춰볼 기회를 주신 정지우 작가님께 감사드립
니다. 덕분에 글을 계속 쓰게 될 것 같습니다.

허
태
준

이 세 편의 글을 쓰는 데 유독 오랜 시간이 걸렸습니다. 유년에서 노년까지, 삶 전체를 관통하는 글을 쓰기에는 역량과 경험 모두 부족해서가 아닐까 합니다. 그 대신 어느 때보다 솔직한 글을 쓰려 노력했습니다. 지나온 시절과 맞닿았던 시간, 우리 모두에게 공평하게 다가올 날들에 대한 두려움을 숨기지 않았습니다.

혼자였다면 소스라쳐 그만두었을 글쓰기였는데, 함께라는 핑계로 끝까지 썼습니다. 걱정되는 부분은 묻기도 하고, 일부러 숨겨둔 부분을 조심히 더 보이기도 하면서 핑계를 늘려갔습니다. 그 과정에서 제 마음의 얼어붙은 부분도 조금은 따뜻해졌을지 모르겠습니다. 계절이 변하듯 끝나지 않을 것 같은 막막한 시간도 분명 지나가고 있습니다. 막연한 위로보다는 우리가 그 순간을 함께 건너가고 있음을 말하고 싶었습니다. 슬플 때는 슬프고, 행복할 때는 행복했으면 좋겠습니다. 그리고 끝끝내 그 모든 순간이 소중하기를 바라겠습니다.

황진영

이 글들을 쓰며 나는 내 삶의 많은 장면으로 걸어 들어갔다. 지나간 장면을 다시 돌려봤고, 현재 흐르고 있는 시간을 느린 속도로 재생해봤으며, 아직 내게 오지 않은 순간들을 상상해 보았다. 이 과정에서 과거의 나를 마주했고, 당시의 내가 듣고 싶었던 말을 나에게 건넸다. 나를 '지금, 여기'의 순간으로 데려온 것은 온전히 나의 결정이 아니었다는 것을, 그렇다고 누군가의 치밀한 계획의 산물도 아니라는 것을 깨달았다. 세상에 머무는 동안 '좋은 사람'으로 살고 싶다는 소망을 글 속에 풀어냈지만, 진짜로 내 하루하루의 삶이 마음속 바람을 실천할 수 있을지는 잘 모르겠다.

어떤 이야기는 꺼내기 쑥스러웠다. 서로의 글을 읽으며 그 쑥스러운 고백을 한껏 안아준 다른 작가들이 없었다면, 이 이야기는 몇 겹의 상자 안에 꽁꽁 묶여 있었을지도 모르겠다. 용기를 내어 꺼내 든 이야기들이 이 글을 읽는 사람들에게도 가서 닿기를 바란다. 어떤 장면에서 우리는 마주쳤을지도 모르니까. 이 이야기가 당신의 삶의 한 장면을 안아줄 수 있기를.

1

세상에서 가장 큰 하늘

2

3

내일을 사랑하는 용기

세상에서 가장 큰 하늘

1

가장
약한
시절을

함께
살다

허태준

할아버지의
간장계란밥

집집마다 '간장계란밥 레시피'가 다르다는 이야기를 들은 적이 있다. 어떤 집은 계란후라이(맞춤법으로는 '계란프라이'가 맞지만, 그러면 간장계란밥 맛이 안 난다)를 반숙으로 익히고, 어떤 집은 참기름 대신 버터나 마가린을 넣고, 어떤 집은 날계란을 전자레인지에 돌려 먹는 식으로 말이다. 하지만 레시피가 아무리 달라도 '간장계란밥'에 대해 이야기하는 이들은 모두 그것을 추억의 음식으로 기억한다. 어린 시절에는 누군가 만들어주다가 어느새 성인이 되어서는 직접 만들어 먹는, 그런데 혼자 먹으면 다소 처량해 보이기도 하는 그런 음식으로 말이다.

내가 기억하는 '간장계란밥 레시피'는 할아버지의 것이다. 계란후라이는 흰자 노른자 모두 바싹 익히고, 간장 두 스푼과 참기름 반 스푼을 넣고, 커다란 밥그릇에 숟가락으로 밥을 꾹꾹 눌러가며 비빈다. 그러면 계란이 잘게 부서져 밥알 사이사이에 박히는 모양새가 된다. 지금은 반숙 계란을 더 좋아하긴 하지만, 여섯 살 무렵 나는 간장계란밥은 꼭 그렇게 만들어야 하는 줄 알았다.

할아버지의 간장계란밥을 처음 먹었던 건 새로운 집으로 이사한 첫날이었다. 선생님의 손을 잡고 돌아가던 평소와 달리 아버지가 직접 유치원으로 데리러 왔기에 기억하고 있다. 골목 안쪽에 자리 잡은 그 집은 현관이 넓고, 큰방 한쪽에는 커다란 소파가 있었다. 그걸 보고 신이 나서 소파로 달려가 한

두 바퀴를 굴렸다. 서늘한 가죽의 질감이 마음에 들었는지, 나는 아버지에게 그날 소파에서 자겠다고 선언할 정도였다.

하지만 나는 소파에서 잠들지 못했다. 사실 어디에서 잠들었는지 기억나지 않는다. 다만 기억나는 건, 집으로 찾아오신 할아버지의 심각한 표정과 그가 전했던 어머니의 교통사고 소식이었다. 횡단보도를 건너던 중 과속을 하던 차에 치었다고 했다. 빠르게 병원으로 옮겨졌지만 큰 수술을 해야 한다고 했다.

그 소식에 나는 서럽게 울었다. 다행히 어머니는 별 탈 없이 수술을 잘 마치고 1년 가까운 회복기를 거치며 이 사건은 점차 추억이 될 것이었지만, 그날은 누구도 그 사실을 알지 못해 마냥 걱정되고 불안하기만 했다. 아버지와 큰형은 병원으로 향하고, 남아 있던 나와 작은형에게 할아버지가 만들어준 저녁이 간장계란밥이었다. 커다란 대접에 담긴, 납작한 계란 후라이가 올라간 윤기가 흐르는 밥을, 나는 펑펑 울면서도 잘만 먹었다. 목이 멜 때마다 할아버지는 물컵을 건네며 등을 두드려주었다. 눈물 때문인지, 짠맛이 났다.

우리는
약한 존재였다

갑작스러운 어머니의 입원으로 우리 가족에게는 많은 변화가 있었다. 아버지는 매일 퇴근 후 병원에 들러 어머니의 간호를 겸해야 했다. 나와 여덟 살 터울이었던 큰형이야 이미 중학생이었기에 제 몫을 하는 데 무리가 없었고, 오히려 아버지를 따라 어머니의 간호를 돕기도 했다. 두 살 위 작은형도 당장 돌봄을 걱정할 정도는 아니었다. 그 변화에 혼자 적응하지 못했던 건, 아직 유치원에 다니는 나밖에 없었다.

부모님의 부탁이 있었는지, 당신이 직접 나섰는지는 알 수 없지만, 어머니가 입원해 있던 1년간 새로운 집에서 "다녀왔습니다"라는 나의 인사를 받아준 건 할아버지였다. 다른 가족들보다 일찍 집으로 돌아오는 나의 끼니를 챙겨주는 것도 그였다. 그러면 나는 관절이 좋지 않은 할아버지를 위해 시장에 두부를 사러 가거나, 돋보기가 없을 때 신문을 대신 읽어드리거나, 전화가 오면 끊어지기 전에 받아 할아버지를 부르고는 했다. 누가 시키지 않아도 그런 일들이 자연스럽게 이루어졌다.

이렇게만 들으면 할아버지와 내가 무척이나 가까웠을 것 같지만, 사실 나에게 그 시절은 정겹다기보다는 다소 건조하게 기억된다. 우리는 영화나 드라마에 흔히 나오는 조손 관계처럼 돈독하지 않았다. 나는 할아버지와 길게 이야기를 나눈 적도 없고, 함께 웃거나 놀이를 하며 시간을 보낸 적도 없었다. 어쩌면 단순히 내가 기억하지 못하는 것뿐일지도 모르지만, 우리 사이에 존재했던 감정은 친밀감보다는 동질감에 가까웠다. 나는 할아버지가 나와 같은 '약한 존재'라는 걸 어렴풋이 느끼고 있었다.

할아버지는 다른 가족들과는 달랐다. 어머니나 아버지처럼 나를 붙잡아두거나 해야 할 일을 지시하는 사람이 아니었다. 큰형처럼 나를 못마땅한 표정으로 바라보지도 않았고, 작은

형처럼 나를 두고 혼자 놀러 나가거나 괴롭히지도 않았다. 그 대신 그는, 가끔이지만 진심으로 나의 도움을 필요로 했다. 우리가 약한 존재라는 사실이, 때때로 서로를 도울 수 있는 존재라는 사실이 할아버지와 나의 관계를 형성하고 유지하도록 만들었다.

하지만 내게 그 감정을 소중히 여겼는지 물어본다면, 솔직히 아니었다고 대답할 것 같다. 나는 오히려 그 동질감에서 하루빨리 벗어나고 싶었으니까. 나는 스스로가 가족들에게 부담이 된다는 걸 어렴풋이 느끼고 있었다. 무언가를 이야기하다가도 슬며시 내 쪽으로 눈을 돌리거나 다소 귀찮다는 듯한 웃음을 짓거나 걱정 어린 목소리로 나누는 그들의 대화에 내가 언급되는 게 싫었다. 그럴 때면 내가 어리고 약한 존재라는 사실이 너무나 답답하고 짜증스럽게 느껴졌다.

그렇기에 할아버지와 나의 관계는 한시적이었다. 나는 계속 자라고 있었고, 시간이 지나면서 나 자신을 감싸는 감정들에서 자연스럽게 벗어날 터였다. 하지만 할아버지는 자라지 않았다. 성장이 끝난 몸은 늙어가고 있었고, 시간이 지날수록 확실하게 더 아프고, 더 약한 존재가 되어갔다.

어떤 계기나 사건 없이도 우리는 서로가 점점 어색하고 불편해짐을 느꼈다. 어쩌면 내가 일방적으로 그에게서 멀어지고 있는지도 몰랐다. 아니, 사실 정말로 그랬다. 나는 자라는 몸을 발판 삼아 할아버지뿐만 아니라 세상의 모든 약하고 어리숙한 존재들로부터 멀어지고 싶었다.

그런 나를 보며 할아버지는 무슨 생각을 했을까. 한 번쯤 물어보고 싶을 때가 있지만 답을 들을 수는 없다. 나의 성장이 절정에 다다르던 열네 살 무렵, 할아버지가 세상을 떠났기 때문이다. 야구부 동계훈련으로 속초에 가 있던 나는 문자 메시지로 그 소식을 전달받았다. 숙소 온돌 바닥은 뜨거웠지만 서늘한 땀줄기가 흘러 불편했던 이부자리가 기억난다. 마치 얼어붙은 흙바닥에 누워 있는 기분이어서 나는 몇 시간이나 잠들지 못하고 오래 뒤척였다.

설익은
밥의 연대

그때도 내가 가장 먼저 떠올린 건 밥이었다. 배고프다는 나의 칭얼거림에 여느 때처럼 할아버지가 간장계란밥을 만들어준 날이었다. 그런데 이번에는 뭔가 달랐다. 밥이 잘 씹히지 않고, 무언가 되다 만 느낌이 들었던 것이다.

함께 밥솥을 살펴보던 우리는, 할아버지가 취사 버튼을 누르는 것을 잊어 보온 기능으로만 쌀이 익었다는 걸 알아챘다. 그게 뭐 대단한 발견이라고 나는 들떴고, 할아버지도 그게 원인인 것 같다며 감탄해주었다. 이미 비벼버린 밥을 어떻게 할지 고민하던 할아버지는 프라이팬에 넓게 펴서 구워 누룽지를 만들었다. 그건 일반적인 누룽지와는 달리 간장이 스며들어 짜고 윤기가 흐르는, 세상에 하나밖에 없는 우리만의 레시피가 됐다.

간장계란밥 정도는 얼마든지 혼자 할 수 있게 된 후에도 그 시절을 돌이켜보면 복잡한 기분이 든다. 그토록 벗어나고 싶었던 감정이었음에도, 약한 존재들이 서로의 곁에 기대었던 어설프고 미숙한 동질감이 그리울 때가 있다. 그건 아마 누구라도 한평생 혼자 살 수 없다는 사실을 깨달았기 때문이 아닐까. 매일같이 밥을 해주던 할아버지도, 밥솥을 어떻게 쓰는지조차 몰랐던 나도, 그 시절을 통과하며 새로운 사실을 한 가지 배웠을 것이다. 돌봄, 간호, 사랑, 애정……. 어떤 이름으로 불리든, 우리를 연결하고 함께하는 감정이 필요하다는 것을 말이다. 자신의 약한 부분을 애써 외면하려 했기에 지금껏 보지 못했을 뿐이다.

그렇다면 삶의 가장 약한 시절을 함께했던 우리의 관계에 나는 '연대'라는 이름을 붙이고 싶다. 누구도 누구를 가르치지 않았지만 서로가 끊임없이 배우고 성장하던 시절이 있었음을 기억하고 싶다. 뜸 들일 새도 없이 지나가버렸던, '설익은 밥의 연대'를 말이다.

녹색과
회색
사이에서

자라다

정인한

녹색의
장벽 안에서

어린 시절에 살았던 곳은 사람들이 모여 사는 시골 마을이 아니었다. 말하자면, 사람들이 흩어져서 사는 산촌(散村)이었다. 버스 정류장에서 내리면 계단식으로 조성된 논과 멀리 보이는 산이 주된 경관이었다. 집으로 가려면 이마에 땀이 날 정도로 비포장도로를 걸어가야 했다. 논이 끝나는 지점에서 오른편에 산을 끼고 거름 냄새가 나지 않는 곳까지 가다 보면, 집으로 향하는 소로(小路)가 나왔다.

경운기 바퀴가 닿는 곳을 제외하고는 무릎 높이만큼 잡초가 자라곤 했던 길이었다. 그 끝에 오래된 집이 있었다. 과수원의 초입이기도 했다. 정확히 말하면 할아버지 집, 그 집에서 나는 유년기를 보냈다. 깊은 그늘이 있는 대청마루에 세 개의 작은 방, 흙바닥으로 된 아궁이로 밥을 짓는 부엌도 있었다. 거기서 할머니, 할아버지, 아버지, 어머니, 나와 갓 태어난 동생 이렇게 여섯 식구가 살았다.

그 시절을 떠올리면 다양한 채도의 녹색이 생각난다. 발밑에서 돋아나는 이름 모를 풀들과 하늘을 덮어주던 감나무의 잎사귀. 제초제를 뿌려도 풀은 잠시 쉴 뿐이지 계속 돋아났다. 아래에서 솟아나고 위에서도 내려오는, 횡으로도 겹겹이 쌓여 있는 그것은 끈질긴 생명력 그 자체였다. 때로는 어떤 장벽처럼 느껴졌다.

겨울을 제외하면 그 녹색은 늘 집 주위를 감싸고 있었다. 실

녹색과 회색 사이에서 자라다
정인한

제로 조금씩 움직이기도 했다. 바람이 불지 않아도 녹색은 아주 미세하게 흔들렸다. 그 속에는 수많은 종류의 벌레, 무언지 몰라도 기어 다니는 생명들, 이를테면 오소리, 뱀, 삵 같은 것들이 도사리고 있는 듯했다. 그것은 어린 마음에서 피어나는 상상만은 아니었다.

그럼에도
놀이터가 되어주었던

집 주변에서 조금만 벗어나도 위험이 도사리고 있다는 것을 증명하는 듯한 사건들이 몇 번 있었다. 그런 사건의 주인공은 주로 아버지였다. 동생을 재우기 위해 등에 업고 밤중에 소로를 걷다가 독사에 물리기도 했다. 또 한 번은 과수원 사이로 경운기를 몰다가 낮게 드리운 굵은 가지에 목이 걸려서 하마터면 큰일날 뻔한 적도 있다. 하지만 그런 위험이 나에게 감당하지 못할 공포는 아니었다. 그것은 아마도 아버지 때문일 것이다. 그는 어떤 일을 겪어도 곧 회복하고 어느새 아침마다 녹색의 장벽 속으로 들어가기를 어김없이 반복했다.

농사에는 대개 절기마다 꼭 해야 할 일이 있다. 그래서 해가 뜨면 사라지는 달처럼 아침이 되면 어른들도 어디로인가로 급히 사라졌다. 초봄에는 겨우내 얼어붙어 있던 논바닥을 뒤엎기 위해서, 또 모내기를 하러, 또 어떤 날은 과수원에 거름을 대러, 시시때때로 잡초를 제거하고 나무에 농약을 치기 위해서 사라졌다. 나도 종종 부모님을 따라서 과수원 안으로 들어가서 시간을 보내기도 했다. 부모님이 일하는 동안 주로 감나무가 듬성듬성 심어져 있고 아래로 계단식으로 조성된 논을 끼고 있는 저수지 주변에서 놀았다. 시야가 탁 트여 있어서 고개를 들지 않아도 맞은편으로 멀리 산과 하늘이, 까마득한 도로와 벌판이 보이는 곳이었다.

부모님이 뭐라 이야기하며 어느새 감나무들 사이로 사라지면, 나는 경운기를 베이스캠프 삼아서 놀았다. 저수지 수면에 돌을 던지거나 나뭇가지를 주워다가 낚싯줄도 없이 낚시 놀이를 하면서 시간을 보냈다. 뛰어다니며 풀벌레를 쫓거나 머리가 큰 왕개미를 잡아 놀았다. 놀다가 수풀 속에서 뭔가 큰 것이 움직인다 싶으면 경운기 위로 도망쳐서 앉아 있었다. 그렇게 한참을 놀고 있으면 할머니가 어린 동생을 업고 새참을 들고 왔다. 부모님도 시간에 맞춰서 탁 트인 그곳으로 어느새 돌아왔다. 그리고 우리는 다 같이 무언가를 먹었다. 그런 일상 속에서 시간은 느리게 흘렀다.

회색 도시에
뿌리내리기

시골을 떠나게 된 것은 다닐 만한 학교가 없었기 때문이지 싶다. 내가 일곱 살 되던 해, 부산으로 이사를 왔다. 그곳은 시골과는 정반대로 녹색이라는 것을 찾아보기 힘든 곳이었다. 회색의 좁은 골목에는 집들이 빼곡히 들어서 있었다. 우리 가족은 그중 한 집의 이층에 세 들어 살았다. 화장실을 다른 이웃

집과 함께 쓰긴 했지만, 양변기가 있어서 좋아했다.

골목으로 나가면 같이 놀 수 있는 또래 친구들이 많았다. 차가 들어올 수 없는 막다른 골목이 우리의 놀이터였다. 딱지치기를 하거나 대문을 골대 삼아 축구를 했다. 주인집 아주머니를 따라서 교회를 다니기도 했고, 태권도 학원에 가기도 했다. 종종 친구의 집에 놀러 가는 일도 있었다. 부모님이 모두 일을 하러 가서 온종일 혼자 집을 지켜야 하는 친구의 집에서 지구를 지키는 다섯 용사가 나오는 비디오 영화를 즐겨 보았다. 새벽이면 재첩국 파는 소리가 들렸다. 저녁에는 찹쌀떡 파는 소리도 들렸던 그 동네에서 초등학교에 입학했다. 하지만 입학한 그해 다시 다른 도시로 이사를 했다.

초등학교 시절에는 이사를 자주 다녔다. 돌이켜보면, 아버지는 안정된 직장을 가지는 것이 어려웠던 것 같다. 농사를 짓던 사람에게 도시에서 괜찮은 일자리를 찾는 것은 아마도 어려운 일이었을 것이다. 그럼에도 아버지는 시골에서와 마찬가지로 부지런히 아침에 일을 찾아 집을 나섰고, 시골에서보다 더 늦은 시간까지 일했다. 저녁을 함께 먹는 것은 어려운 일이었던 우리 가족은 이른 새벽에 늘 같이 아침을 먹었다.

나는 우리의 형편이 썩 좋지 않다는 것을 오랫동안 모르고 살았다. 오히려 자부심을 가졌다. 영웅 같은 아버지를 두었다는 자부심이었다. 우리 아빠는 뱀에 물려도 살아남고, 겁도 없고, 매일매일 누구보다 일찍 일어나는 사람이라는 묘한 긍지 같은 것이 있었다. 실제로 우리 집은 아버지의 걸음 뒤에 남는 자국을 따라서 조금씩 커지는 느낌이었다. 우리 가족만의 화장실이, 다락방이, 거실이, 내 방이 돋아나는 경험을 했다.

이제 그만큼 나이를 먹은 나의 궤도는 아버지의 그것과 비슷해졌다. 내가 운영하는 작은 카페는 동네에서 제일 일찍 문을 연다. 늦게까지 영업하는 것은 아니지만 그래도 연중무휴다. 미래가 가끔은 두렵고 막막하고 불안하지만, 집에서는 별다른 티를 내지 않는다. 하루가 팍팍해도 가족들과 한 끼 정도는 같이 먹으려고 노력한다. 그것을 반복한다. 그렇게 이 도시에 조금씩 뿌리를 뻗으며 살아간다.

저장된
기억의
조각들

보배

농부의

딸

나는 한때 농부였던 남자의 딸이다. 정확하게 말하자면, 한때 농업을 부업으로 삼았던 남자의 셋째 딸이다. 종종 나는 남들에게 초등학생 때 모내기를 했던 일화나 1번 국도변에서 남색 장화를 신고 벼를 말리던 일을 영웅담처럼 늘어놓곤 한다. 수도권 1기 신도시에서 초, 중, 고등학교를 나온 1990년대 생인 내가 모내기를 해봤다는 이야기를, 듣는 사람들은 그저 신기해한다. 그럼에도 딱히 흥미롭진 않은 듯하지만, 나는 내가 농부의 딸로 살았던 것에 무척 자부심을 갖는 편이다.

우리 집은 통일로 1번 국도에 위치한 일반 주택이었는데, 근처에는 논도, 밭도, 목장도 많았다. 게다가 동네가 아빠 성씨 가족들이 모여 사는 집성촌이기도 해서 근처 논밭이나 목장들은 웬만하면 먼 친인척들의 소유가 대부분이었다. 학교를 가기 위해 뛰다 보면 모르는 아저씨가 불쑥 나타나 "거, 광철이 딸 아니냐?"며 알아보기 일쑤였고 그때마다 얼마나 진땀을 뺐는지 모른다. 마음은 급하고, 멈춰서 배꼽 인사는 해야 하고, 더불어 한마디씩 덧붙여주시는 덕담을 모두 들어야 지나칠 수 있었기 때문이다.

학교 가는 버스 시간이 다 되었을 때가 가장 곤란했다. 횡단보도 앞에서 발을 동동거리며 무단횡단이라도 해야 하나 고민하다가도 곧 포기했다. 언제나 그 어귀에는 동네 할머니들이 옹기종기 모여 앉아 "아이고, 예의도 바르네. 인사도 잘하네. 엄마를 쏙 닮았네" 이런 칭찬을 곁들인 인사를 건네시고는 했으니 무단횡단은커녕 눈에 보이는 쓰레기를 다 주우며 길을 지나가야 할 것 같았다. 나는 그런 '동방예의지동(洞)'에서 유년 시절을 보냈다.

이 농촌 동네에서 골목을 책임지고 있는 아이들은 바로 우리 삼남매였다. 그도 그럴 것이 동네에는 아이들이 많지 않았기에 우리 남매들에 마당을 같이 쓰며 사는 꽃님이 언니, 병천이 오빠까지 합세하면 동네 천하무적이었다. 우리는 우르르 몰려다니며 봄에는 꽃을 따고, 여름에는 산속 땅굴에 숨고, 가을에는 코스모스에 앉은 잠자리를 구경했다.

목장
근처에서

엄마는 우리 삼남매를 기르면서 '우리 집은 자유방임주의'라는 것을 가훈처럼 외쳤다. "공부는 하고 싶은 사람이 하는 거고, 말고 싶으면 마는 거다. 그 대신 해야 할 일이 있으면 남들이 두 번 일처리 하지 않게끔 완벽하게 해야 한다"고 강조했다. 다만, 흔히 학생의 본분이라고 하는 '공부'에 대해서는 크게 언급하지 않았던 것 같다. 그래서인지 나는 공부에는 별 관심이 없었고, 방과 후 청소나 아빠 따라 모내기하고 남은 흙에 고구마 심기 같은 것들에만 열중했다.

참, 나는 1분 차이로 태어난 이란성쌍둥이다. 하교 후에 쌍둥이 오빠와 여기저기 동네를 탐험하는 것을 무척 좋아했다. 단지 1분 먼저 태어났다는 이유로 꼭 '오빠'라고 불러야 한다는 엄마의 가르침을 중학교 때까지는 별 의문 없이 따랐다. 전학을 가서 처음 만난 아이들이 이상하다는 눈빛으로 같은 학년인데 왜 오빠라고 부르냐고 반복해서 묻기 전까지는 당연하다고 생각했던 것 같다.

쌍둥이 형제는 호칭 때문인지 오빠 역할을 곧잘 수행했다. 가령, 엄마 심부름을 가느라 위험하지만 빨리 갈 수 있는 산길을 지나고 있으면 어느새 뒤에 가만히 따라와 나를 놀라게 한 뱀을 처단해준다든가, 전학 간 학교에서 내게 숙제를 시킨 무서운 아이들을 찾아가 공책을 던져주고 온다든가, 하루 아르바이트를 하고 오는 날이면 용돈을 챙겨준다든가 하고 말이다. 쌍둥이 오빠의 조그맣고 귀여운 눈망울이 그때는 그렇게 의젓해 보였다.

지금도 행복하게 떠올리는 하루가 있다. 얼룩소와 강아지가 무척 많았던 똘똘이 큰엄마네 목장 근처에서 쌍둥이와 아이리버 MP3 플레이어의 이어폰 하나씩을 나눠 끼고 음악을 듣던 날이다. 우리는 자전거 하나에 앞뒤로 타고 동네를 달렸다. 특히 좋아했던 노래는 인순이가 피처링한 조PD의 〈친구여〉였다. 오빠는 조PD의 랩 부분을, 나는 인순이의 노래 부분을 신나게 따라 불렀다. 때때로 스케치북과 파스텔을 챙겨서 석양을 그리러 가기도, 동네 강아지를 구경 가기도 했다. 그렇게 좋아하는 음악을 들으며 자전거를 타고 달리고 싶은 대로 달리는 날에는 세상에 더 이상 부러울 것이 없었다. 그 순간 나는 나중에 지금 이 장면을, 어린 시절의 가장 즐겁고 행복했던 때로 기억하겠노라고 다짐했던 것 같다. 머리끝부터 발끝까지 자유로움과 행복으로 가득 찼던 하루를 말이다. 우리를 둘러싼 저물녘의 연한 빛깔, 선선한 바람. 흩날리는 우리의 머리칼은 푸른 벼처럼 건강하고 힘이 넘쳤다.

모든 이들이 가지는
고유의 기억

사람들에게는 누구에게나 그들만이 간직하고 있는 강렬한 기억이 있다고 한다. 그게 슬픈 기억이든, 행복한 기억이든 언제든지 가슴속 깊은 곳에서 훅 떠오르고 마는, 그래서 나를 촘촘하고 단단하게 만드는 기억들이다. 나는 동네 입구에서 할머니들과 다정하게 인사 나눴던 일, 쌍둥이 오빠와 논길을 달리며 신나게 노래를 불렀던 일, 두려움이 솟아나면 가족에게 의지했던 일을 힘들 때면 언제든 꺼내 보기 위해 아마 열심히도 저장해놓았던 것 같다.

직장에서 일이 잘 안 풀릴 때에도, 세상에 혼자 남은 것 같을 때에도 내가 힘을 낼 수 있었던 이유는 아마 이렇게 반짝거리는 나만의 고유한 경험 조각들 덕분일 테다. 동네 할머니들로부터 받았던 소소한 칭찬, 오빠의 맹목적인 배려, 어린 시절의 봄꽃, 땅굴, 잠자리와 함께한 기억들이 현재의 나에게 여전히 단단한 힘을 준다. 서른 살이 훌쩍 넘은 내가 지금까지 꺾이지 않고 찬란하게 빛날 수 있는 건 그 시절의 기억들 덕분이다. 어린 시절 자연과 이웃, 가족과 함께한 경험은 여전히 잊을 수 없는, 나만의 든든한 응원군이자 버팀목이 되어주고 있다.

마루,
맨션,
아파트

김상래

마루에서

자라다

좁은 골목길의 첫 번째 파란 대문집. 삐그덕 대문을 열고 마당에 들어서면 오른쪽에 우리 집 대문과 같은 색을 입은 백구의 집이 있었다. 대문을 칠하고 남은 페인트로 그 지붕 색을 입혀 백구의 집은 우리 집과 한 세트처럼 보였다. 백구는 그런 집을 꼬리가 떨어져라 흔들며 들락거리곤 했다. 나에게는 없는, 자기만의 방을 가졌다고 자랑하는 것처럼 보이기도 했다. 백구는 5년쯤 더 우리와 함께 살다가 할머니가 돌아가시고 이틀 후, 아빠가 꽂아준 링거를 맞고도 회복하지 못해 할머니 곁으로 떠났다. 우리 가족은 할머니를 잃을 때만큼 눈물을 흘렸다. 아니, 어쩌면 마루에 앉아 그보다 더 꺼이꺼이 울었는지도 모른다. "강아지는 두 번 다시 키우지 않을 거야." 동생들과 하염없이 앉아 울던 마루. 밟을 때마다 삐걱대던 짙은 붉은빛을 띤 낡은 마루를 엄마는 하루에도 몇 번씩 윤을 내가며 세심한 손길로 길들이셨다. 마루뿐 아니었다. 그 옛날, 할머니가 시집오실 때 가지고 오셨던 문갑이며 나무로 된 거무튀튀하고 커다란 뒤주와 밤중에 할머니에게 꼭 필요한 국화꽃 그림의 도자 요강도 귀히 여겨 닦고 또 닦으셨다. 그 시절, 모든 것에는 엄마의 보이지 않는 노고가 숨어 있었다.

마루에서의 추억은 한낮의 엄마와 함께 시작한다. 엄마가 "우리 경단이나 만들어 먹을까?" 하면, 딸 셋은 쪼르르 마루로 나왔다. 찹쌀 반죽을 조금씩 떼어내 두 손바닥 사이에 굴려

한입 크기의 공으로 빚어냈다. 그러면 엄마는 카스텔라를 노란색과 갈색으로 구분해 곱게 채에 내려 쟁반에 담고, 그 위로 삶아온 찹쌀 경단을 굴리셨다. 절반은 만들면서 우리 입속으로 쏙쏙 없어졌고, 나머지 절반은 한 김 식혀 아빠와 함께 먹을 요량으로 갈색 찬합에 담아두셨다. 나는 위아래 종이가 붙어 있던 카스텔라의 갈색 부분으로 만든, 설탕의 약간 탄맛이 느껴지는 경단을 특히 좋아했다.

우리는 마루에서 세상에 하나뿐인 백설기를 만들어 먹기도 했다. 아빠가 특별한 날이면 양손 무겁게 사 오셨던 '종합선물세트'에서 엄마 몫은 '사랑방선물'이라는 알록달록한 알사탕이었다. 꼭 참치캔처럼 따야 하는 파란색 양철통 속 사탕이 엄마표 백설기의 비법이었다. 찹쌀가루 안에 보석 박듯 사탕을 콕콕 집어넣고 찌면, 설탕 없이도 단맛이 나는, 어디에도 없는 컬러풀한 백설기가 만들어졌다. 지금도 무엇이든 남들과 다른 나만의 것을 찾고 싶어 하는 건 아마도 엄마가 내게 물려준 삶을 대하는 태도가 아닌가 싶다.

여름철에는 주로 복숭아를 먹었다. 좁은 골목길을 빠져나가 큰길가에 다다르면 보이는 만물상회에는 우리 주먹보다 큰 복숭아가 먹음직스럽게 진열되어 있었다. 과일도 예쁘게 생긴 걸 먹어야 그리 큰다며 엄마는 그 많은 복숭아 중 고르고 골라 가장 좋은 것으로 우리에게 내어주셨다. 손가락 사이로 흘러내리는 복숭아즙을 요리조리 핥아가며 여동생들과 나누던 시시콜콜한 이야기들도 그 시절의 마루에 남아 있다.

아빠는 기분 좋게 술 드신 날이면, 만물상회 맞은편에 있는 가마솥통닭집에서 튀긴 닭을 사 오셨다. 그러면 온 가족이 총집합해 마루에 동그랗게 둘러앉아 '아빠하고 나하고 만든 꽃밭에'로 시작하는 노래를 손에 손을 잡고 목청껏 불러야 했다. 늦은 밤, 파란 대문에서 삐그덕 소리가 나면 이불을 머리 끝까지 뒤집어쓰고 괜히 동생들과 자는 척을 하며 밖으로 귀를 기울였다. 그 시절 아빠의 음성은 지금도 귀에 선하다. "우리 똥강아지들 전원 집합!"

직장을 그만두고, 육아와 프리랜서 일을 병행하다 보니 그 마음이 헤아려져 눈물이 날 때가 있었다. 고단한 일과 후, 동료들과 한잔하며 밥벌이에 대한 시름을 이야기하다 보면 술잔 위로 딸들의 얼굴이 비쳤겠지. '딸 셋 대학 졸업할 때까지는 참고 다녀야지. 별수 있나.'

주문한 닭을 기다리며 가족을 떠올렸을 아빠. 자는 아이들 깨워서라도 얼굴 한 번 더 보고 싶던 아빠의 마음. 출근 전 면도한 수염이 까슬하게 올라온 밤, 아빠에겐 술 냄새가 났고 아빠 볼과 맞비빈 우리 얼굴도 한참이나 쓰라렸다. 주말 아침, 수염이 올라온 남편의 얼굴을 스윽 한 번 만져보는 이유는 그래서일까. 이제는 아빠를 이해할 수 있을 것 같은데 시간은 야속하게도 반대로만 흘러간다. 반성은 어디까지나 지금의 마음. 그해 가을, 내게는 사춘기가 시작되고 있었다.

마루, 맨션, 아파트
김상래

맨션을
동경하다

1989년 열두 살의 가을, 나는 맨션을 동경하기 시작했다. 온기 가득했던 마루는 시끄럽고 불편하게 변해갔다. 친구가 사는 맨션은 쾌적한 현대인의 공간 같았고 우리 집은 과거에서 벗어나지 못한, 도시도 시골도 아닌 어정쩡한 공간처럼 느껴졌다. 그건 아마도 서점을 하는 고모에게 선물 받은 '소년소녀 세계명작문고'보다 고학년 형이 있던 친구가 빌려준 '셜록 홈스'나 '애거사 크리스티'가 더욱 흥미롭다는 걸 알게 되면서부터였는지도 모르겠다. '맨션에 사는 친구들은 이런 책을 읽는구나!'

집집이 형제처럼 붙어 있던 동네였기에 골목에서 마주치는 동네 사람들과 인사를 주고받고 나서야 그 길을 지나칠 수 있었다. "애, 너희 엄마는 남자아이 하나 더 안 낳는대? 네가 아들 노릇 해야겠구나. 요새도 그림을 그렇게 잘 그리니? 그런데 너는 왜 선머슴처럼 입고 다니니, 여자애가."

유난히도 누군가와 마주치기 싫은 날, 빠끔히 대문을 열어 사람이 없는 걸 확인한 후 전속력으로 달려 골목길을 빠져나왔다. 삐걱대는 파란 대문, 아빠랑 목청껏 부른 노래들로 골목 안의 모든 사람이 우리 집만 예의주시하는 것 같았다. 다정했던 집이 구닥다리 공간으로 변해버리는 건 한순간이었다.

친구네 집은 대화가 별로 없다고 했고, 우리 집은 대화 좀 안 하면 참 좋겠구나 싶었다. 나는 동생들과 함께 방을 썼고, 친구는 자기만의 방이 있었다. 우리 집은 한없이 작고, 친구네 집은 세상에서 가장 쾌적하고 넓은 집같이 느껴졌다.

우리 집은 늘 손볼 곳이 생겼다. 삐걱대는 대문은 아빠가 기름칠해도 며칠을 못 가 또 소리를 냈고, 때마다 벗겨진 대문을 페인트칠해야 했다. 보일러도 고장 나기 일쑤였고, 비가 많이 오는 날에는 처마 밑으로 빗물이 쏟아지는 탓에 꼭 마루에 걸터앉아 우산을 접어야 비를 덜 맞을 수 있었다. 마루의 미닫이문을 닫고 있으면 이러다가 집이 떠내려가는 건 아닌가 걱정이 되기도 했다. "나는 이다음에 꼭 맨션에 살 거야."

다시 낡은 집을
그리워하며

아이가 여섯 살 무렵, 그토록 원하던 맨션 대신(시대가 변해서), 아파트에 살기 시작했다. 각종 보험금과 적금을 깬 돈으로 운 좋게 청약에 당첨된 아파트는 관리비만 내면 집에 관해 별로 신경 쓸 일이 없었다. 그야말로 우리만을 위해 준비된 도시인의 집 같았다. 앞집, 윗집에 누가 사는지도 모르는 채 서로 무관심한 환경이 30년 전 열두 살 사춘기 시절의 나를 달래주는 것 같았다. 하지만 햇수를 거듭해 살다 보니 각 잡힌 공간이 답답하게 느껴졌다.

나는 향수병 같은 것을 앓게 되었다. 네모난 상자 안에서 바깥 풍경을 내다보고 있으면 나도 모르게 갇혀 있는 기분이 들고는 했다. 내가 사는 5층은 그리 높은 것도 아닌데 땅과 떨어

마루, 맨션, 아파트
김상래

져 붕 떠 있는 것만 같았다. 현관문을 열고 나오면 바로 마당이 있지 않고 엘리베이터를 타고 내려와 또 1층 복도를 지나고 문 하나를 더 통과하고 나서야 땅과 만나게 되는 구조다. 집에 들어오면 다시 밖에 나가는 일은 잘 생각하지 않게 된다. 이건 마치 세계지도를 펼쳐놓고 파리에서 한국을 가리키며 '여긴 너무 멀어 지금은 갈 수 없어'라고 생각하는 것과 같은 심정이다.

내가 한 시절을 보냈던 동네는 허물어졌다. 좁은 골목길, 만물상회, 가마솥통닭집 등은 모두 추억 속으로 사라져버렸다. 사각형 틀 속에 나만 혼자 남아 그 시절을 떠올릴 뿐이다. 삐걱대고 완벽하지 않던 그 시절의 집이 그리워지곤 한다. 빈틈없이 세련된 모습보다는 어딘지 조금 모자라 손볼 것이 생기는 집, 고치고 고치다 보면 그제야 우리를 닮아 숨을 쉬는 진짜 우리 집 말이다.

낡고 소리 나는 집 대신 쾌적하고 세련되어 보이는 맨션을 그토록 동경했던 내가 이제는 땅과 맞닿아 있는 안정된 집에서 그 시절의 엄마처럼 세심한 손길로 마루를 닦고 동네 어귀에서 잘 익은 복숭아를 사다가 아이와 남편에게 내어주면서 살고 싶다. 더러는 사춘기를 겪고 있는 동네 아이들에게 조금 귀찮은 관심을 주기도 하면서 말이다. "ㅇㅇ아, 들어와서 복숭아 하나 먹고 갈래?"

아파트 창이 아무리 크고, 그곳에서 보이는 하늘이 넓다 해도 파란 대문집만큼 나를 품어줄 수는 없다. 엄마 아빠가 만들어준 디귿자 하늘을 가진 집. 그야말로 구닥다리 낡은 집 마루에서 올려다본 그 하늘이 세상에서 가장 큰 하늘이었구나, 이제 와서 생각한다. 하지만 한 시절의 모든 것은 이제 다시 돌아오지 않는다. 그저 새롭게 지금 내 가족들과 온기 있는 집을 만들어갈 뿐이다. 그 시절을 추억하면서.

마루, 맨션, 아파트
김상래

음악이라는

빛
한 줄기

영원

삼촌의 꿈을

_____

대신 이뤄줘서 고마워

2018년 가을, 할머니와 함께 버스를 타고 가다가 숨이 넘어갈 만큼 엉엉 운 적이 있었다. 나는 그때 음대 입시생이었다. 수시 모집에 딱 두 군데 대학을 지원했는데, 그날은 그 중 한 학교의 2차 작곡 시험에 대한 구술 면접시험 날이었다. 지방에서 고등학교를 다니던 나는 시험을 위해 서울에 올라와 대학 근처 호텔에 묵어야 했고, 부모님은 맞벌이를 하기 때문에 보호자로 외할머니가 올라오셨다. 공교롭게도 2차 시험은 외삼촌의 기일에, 구술 면접시험은 외삼촌의 생일에 치러졌다. 우리 외삼촌도 음악을 하던 사람이었다.

돌아가신 외삼촌의 생일날 치러진 마지막 시험이 끝난 후 나는 학교 앞에서 기다리던 할머니와 함께 시내버스를 탔다. 외삼촌은 다니던 학교를 무기한 휴학한 채 음악을 하겠다고 선언했다고 한다. 그러다 갑자기 교통사고를 당했고, 다시는 눈을 뜰 수 없게 되었다. 할머니는 삼촌이 다니던 학교의 총장에게 직접 삼촌의 졸업장을 부탁했고, 삼촌이 돌아가신 지 10여 년 후인 2018년 여름에 늦게나마 명예졸업식이 열렸다. 삼촌은 꽤나 유명한 사람이었다. 삼촌의 장례식에는 연예인들이 그렇게나 많이 왔고, 엔터테인먼트 회사 사장들이 조화를 보내기도 했으니 말이다. 삼촌의 생일에 내 시험을 마치고, 이런저런 얘기를 하다가 문득 창밖을 봤더니 삼촌의 명예졸업식이 열렸던 강당이 눈앞에 있었다. 할머니가 먼저 눈물을 흘렸다. 나는 그 모습에 가슴이 아파 엉엉 울었다. 할머니는 "삼촌의 꿈을 대신 이뤄줘서 고맙다"고 했다. 할머니는 분명 내가 어릴 때에는 음악을 듣기만 해도 삼촌 생각이 난다며 피아노도 치지 말고, 노래도 부르지 말아달라고 부탁했었는데, 이제 와서 고맙다니. 이 얼마나 슬프고 가슴 아픈 일인가 하고 속으로 생각했다.

유년기에 사람의 성격이 거의 완성이 된다는 말이 있던데, 그렇다면 나의 성격은 할머니 때문에, 아니 정확히 말하면 삼촌의 죽음으로 인해 변한 할머니의 모습 때문에 완성이 되었을 테다. 삼촌의 꿈을 대신 이뤄줘서 고맙다는 할머니의 말은, 정말 많은 의미를 담고 있었다. 삼촌이 건강하게 지금까지 쭉 살아 계셨다면, 그래서 할머니가 매일매일을 슬픔에 젖은 채 살지 않았다면, 그래서 내가 할머니를 불쌍해하면서도 증오하지 않았더라면 과연 나는 이렇게까지 음악을 사랑할 수 있었을까. 인정하기는 싫지만 사실 내 인생은 삼촌이 일찍 세상을 떠났기 때문에 송두리째 바뀐 것이 맞다.

나만 알고 있는
할머니

삼촌은 내가 다섯 살 때 돌아가셨다. 그리고 할머니는 극심한 우울증에 시달리셨다. 아들을 잃은 슬픔이란 게 감히 가늠은 되지 않지만, 적어도 1, 2년 안에 정리될 만한 것은 아닐 테니 그때 할머니가 걸핏하면 죽고 싶다는 말을 뱉었던 것도 무리가 아니라는 생각이 든다. 할머니는 유치원 통학버스에서 내리는 나의 손을 잡고 죽고 싶다는 말을 했다. 나에게 말한 것인지, 혼잣말을 한 것인지는 잘 모르겠다. 하지만 그 당시에 나에게 중요했던 건, 할머니가 죽음을 원했다는 것, 내가 사랑하는 사람이 원하는 것은 선한 것, 따라서 나는 할머니의 죽음을 도와드려야 한다는 것이었다. 돌이켜보면 참으로 섬뜩한 생각이지만, 선과 악, 옳음과 나쁨의 개념이 정착되지도 않은 유치원생은 그렇게 믿었을 수도 있겠다 싶다. 나는 그날 밤에, '자살하는 법'이라는 다섯 자를 인터넷으로 검색하고, 네이버 지식인에 나온 답변들을 스크랩하여 한글 파일로 만든 후 인쇄해서 할머니에게 드렸다.

"할머니! 내가 어떻게 하면 죽을 수 있는지 알아냈어. 보름달이 뜨는 날에, 아파트 4층에 올라가서 죽고 싶다고 기도를 하면 귀신이 데려간대!"

죽음의 방법에 대한 인쇄물을 손에 든 할머니는 잠시 할 말을 잃으셨던 걸로 기억한다. 그리고 나를 많이 혼냈다. 할머니에게 죽으라니, 이 무슨 불효자식이냐고 혼이 났다. 하지만 어린 나는 이해가 잘 되지 않았다. 할머니를 사랑하기 때문에 원하는 것을 이뤄주고 싶어서 할머니의 꿈인 '죽음'을 이루는 방법을 찾아준 것뿐인데 도대체 왜 나에게 뭐라고 하는지 이해가 가지 않았다. 사는 것이 꼭 좋은 것은 아니고, 죽는 것이 꼭 나쁜 것은 아니라는 지금의 나의 신념에는 분명 그날의 할머니가 조금이라도 영향을 끼쳤을 것이다.

할머니의 우울증 증세는 날이 갈수록 심해져, 내가 초등학교에 입학하고 나서부터 거의 이중인격으로 살아갔다. 정신이 건강할 때에는 그렇게 다정한 사람이 없었다. 뭐가 먹고 싶냐고 내게 끊임없이 물어봤고, 오므라이스면 오므라이스, 부대찌개면 부대찌개, 김치전이면 김치전, 나의 기호에 맞게 뚝딱 만들어주기도 했다. 부모님 몰래 용돈을 듬뿍 챙겨주기도 했고, 학교에 나를 놀리는 남자애가 있다는 말을 슬쩍 던지기만 해도 나 몰래 그 애를 찾아내어 다시는 나를 건드리지 못하게 혼을 내주기도 했으니, 제정신의 할머니는 나에게 거의 슈퍼히어로였다. 문제는 하루에 한 번씩은 다른 인격체가 등장했다는 점이다. 우울한 할머니는 유리 접시를 땅바닥에 던졌다. 접시는 내 눈앞에서 와장창 깨져버렸다. 버리려고 내다 놓은 종이 상자에 들어가 웅크리고 잤다. 내가 무슨 말을 해도 대답을 절대로 하지 않았고, 문을 쾅 닫고 혼자 방에 들어가 엉엉 울기만 했다. 더 슬픈 것은, 정신이 돌아오면 이 모든 걸 단하나도 기억하지 못했다는 것이다. 시간이 지나면 아무 일도 없었다는 듯 다시 슈퍼히어로인 할머니로 돌아왔다. 부모님은 맞벌이를 했고 동생은 너무나 어린 아기였기 때문에 할머니의 이 모습을 직접 본 사람은 내가 유일했다. 엄마에게 말하면 할머니가 절대 그럴 리가 없다는 대답만이 돌아오곤 했다. 어린 나는 내가 미쳐버린 줄로 알았다. 그래서 할머니가 변할 때면 나도 조용히 방에 들어가 울었다. 그 당시 나에게 집이란 지옥이었다.

나의,
음악이라는 구원

나를 그 지옥에서 꺼내준 것은 바로 음악이었다. 초등학교 4학년 때 청소년 오케스트라에 들어가 바이올린을 연주하기 시작했다. 첫 연습날, 그러니까 하이든 교향곡 104번의 1악장을 리딩하기 위해 모인 연주자들이 지휘자 선생님의 사인에 맞춰 첫 음을 내던 그 순간에, 나는 시간이 멈췄으면 좋겠다고 생각했다. 많은 사람들이 모여 만드는 아름다운 음악을 듣고 있으니 마치 새로운 세계가 열리는 느낌이 들었다. 구원, 구원이었다. 빛이 보였다. 오선지 모양의 빛이 보였다. 그 빛을 타고 음표들이 내 눈앞에서 춤을 추었다. 나는 그 빛 한 줄기를 꽉 잡고 어둠에서 점점 빠져나왔다. 죽음의 순간을 결정할 수 있다면 오케스트라 연습날로 정할 것이라고 일기장에 썼다. 그 당시 지휘자 선생님과 음악감독 선생님은 엄청나게 무서운 존재였고, 다른 친구들은 그들의 카리스마에 눌려 연습 내내 벌벌 떨기도 했지만, 나는 그 선생님들에게 혼이 나는 순간들마저 행복했다. 그 뒤로 나는 할머니의 새로운 인격이 등장할 때마다 방에 들어가 울지 않고 이어폰을 끼고 음악을 들었다. 접시 깨지는 소리, 할머니가 우는 소리 같은 것들이 더 이상 들리지 않고 아름다운 음악의 선율만이 내 귀를 온전히 덮어버린 그 순간은 슬프면서 동시에 너무나 아름다웠기에 계속 생각했다.

'나는 꼭 음악가가 되어야지. 그래서 나 같은 사람들을 구원

해야지.'

남들이 보기에 하찮은 것, 실용적이지 않아서 의식주 다음으로 그저 즐기기만 하는 '예술'은 나에게는 그날 이후로 먹고 사는 일보다 훨씬 중요한 것이 되었다. 음악으로 인해 내가 느낀 감정을 널리널리 전달할 수만 있다면 이 세상은 보다 나은 것이 될 거라고, 고통 속에 살아가는 사람들에게도 살 만한 하루가 분명 찾아올 것이라고, 그러니까 새로운 세계가 모두에게 열릴 수 있을 것이라고 믿었다. 나에게 예술은 신(神)이었다. 나를 지옥에서 해방시켜준 것은 부모님도, 선생님도, 친구들도 아닌 음악이었다. 그리고 대학에 들어와 음악을 전공하고 있는 지금 이 순간에도, 여전히 음악은 곧 구원이라 믿는다. 세상을 바꾸는 시발점이 될 수 있을 거라 믿어 의심치 않는다.

삼촌은 음악가였고,
나는 음악가가 되었다

나는 음악을 '해야만 하는' 사람이었다. 재능이 뛰어나서, 절대음감을 가져서가 아니었다. 지옥의 불구덩이 속에서 허우적댈 때 보았던 그 한 줄기의 빛, 그 빛을 잡아버렸기 때문이다. 새로운 세계를 마주해버렸기 때문이다. 그 세계란 어두컴컴하고 뜨거운 이전의 세상이 아닌, 환하고 따뜻한 사랑의 세계였다. 그것을 한번 맛본 순간 이전으로 돌아갈 수는 없었다. 이쯤에서 생각해보건대, 삼촌이 세상을 떠나지 않았고, 할머니가 행복하게 살 수 있었고, 그래서 내가 할머니를 피해 방에 들어가 혼자 음악을 듣지 않았다면, 나는 음악을 사랑할 수 있었을까? 먹고사는 데에 쓸모가 전혀 없는 예술이란 것이 누군가를 구원할 수 있을 것이라는 생각을 할 수나 있었을까?

내 또래 음악가들 중 많은 사람이 대학을 졸업하면 음악을 그만둘 거라 말한다. 먹고사는 데에 도움이 되지 않기 때문이라고 한다. 음대를 나와서 안정적인 회사에 취직하는 것도 거의 불가능한 현실에 평생 작품만 쓰면서 어떻게 살아갈 수 있겠냐고 말한다. 틀린 말은 아니다. 점점 효율에 미친 세상이 되어가고 있는 것도 맞다. 예술은 '그들만의 것'으로 전락한 지 오래고, 사람들은 자기 인생을 위해 예술을 버린다. 하지만 나는 그럼에도 불구하고 예술을 하며 살아가려고 한다. 돈을 한 푼도 벌 수 없고, 예술을 지키려다 인간답게 살지 못한다 해도 상관이 없다. 나에게 음악이란 빛이기 때문에, 다시는 어둠의 세상으로 돌아가고 싶지 않기 때문에, 나는 끝까지 예술을 지킬 수밖에 없다.

할머니와 버스를 타고 가면서 이 이야기를 했다. 죽고 싶을 만큼 힘들었을 때 음악 덕분에 삶의 이유를 찾았다고. 그리고 그 감동을, 그 힘을 더 많은 사람들에게 전해주고 싶기에 청주에서 서울로 올라와 음대 시험을 보고, 하루에 열두 시간씩 곡만 쓰는 삶을 살고 있고, 앞으로도 이 마음을 절대 버리지 않을 거라고 했다. 할머니는 그 말을 듣고 나서 말했다.

"삼촌의 꿈을 대신 이뤄줘서 고마워."

삼촌은 어떤 삶을 살고 싶었을까. 삼촌에게도 음악이 빛이자 구원은 아니었을까. 그랬기에 학교를 무기한 휴학하면서까지 음악에 빠져버린 것은 아니었을까. 삼촌에게 음악이 내가 느끼는 그것과 같은 존재가 맞다면, 음악이라는 신이 한 가정에서 두 명씩이나 어둠 속에서 구해낸 것이 맞다면, 내가 이 길을 걷는다는 것에 더 큰 확신이 생길 텐데. 뭐, 진실은 삼촌만이 알겠지. 중요한 점은 삼촌 때문에 내가 음악에 빠졌다는 사실이다. 삼촌은 음악가였고, 나는 그처럼 음악가가 되었다. 다섯 살에 이별하여 얼굴조차 기억나지 않는 사람이지만, 가족 중에 유일하게 음악이라는 구원의 빛 한 줄기로 끈끈하게 연결되어 있는 느낌이 든다.

접었다,
펼치고,
다시
들여다보다

―

나의
예체능
연대기

정연

접었다

1월에 태어나 일곱 살에 초등학교에 입학하고 열네 달쯤 지
난 어느 날, 나는 더 이상 그림을 그리지 않기로 마음먹었다.
교과서에 나오는 삽화를 따라 그리기도 하고 미술책에 나오
는 그림을 따라 스케치도 하다가 나만의 '그림 공책'을 만들
어 끄적끄적 그림 그리기를 즐기던 시절이었다. 학교 갔다가
집에 돌아온 어느 날 저녁, 어머니는 갑자기 가방 검사를 하
셨다. 가방을 거꾸로 들어 올리자 책이랑 공책, 필통이 후드
득 쏟아져 나왔다. 그리고 발각된 나의 그림 공책은 곧 심문
의 증거가 되었다. 멀쩡한 줄 노트에 그린 그림이 낙서처럼
보여서였는지, 아니면 그림 공책을 따로 만들어 그림을 그렸
던 게 못마땅하셨는지, 어머니가 나를 호되게 혼내신 이유는
정확히 기억나지 않는다. 지금 같으면 "그림 공책 만들어서
그림 그리는 게 잘못이에요?"라고 항변이라도 했을 텐데, 한
마디 말도 못 하고 꿀 먹은 벙어리처럼 그냥 방바닥에 앉아서
어머니의 꾸중을 다 받아 마셨다. 그때의 나는 무엇이 두려웠
던 걸까? 무엇을 잘못했다고 생각한 걸까? 도둑질하다가 걸
린 사람처럼 느꼈던 그때의 죄책감은 지금도 선명하게 떠오
른다. 유난히 순종적이었던 나는 그날 이후로 더는 그림을 그
리지 않았다.

2년이 지난 초등학교 4학년 봄날, 누런 갱지에 인쇄된 종이
한 장을 팔랑팔랑 흔들며 신나게 집으로 들어섰다. 종이 윗
부분에는 '축구부 입단 원서'라는 글씨가 짙게 새겨져 있었

다. 설레는 마음으로 어머니께 종이를 내밀며 축구부에 들고 싶다고 말했다. 점심시간이면 공 하나를 들고 나가 친구들이랑 흙바닥 운동장을 이리저리 뛰어다니며 먼지를 날리는 게 일상이던 시절이었다. 축구를 잘하고 싶었다. 그 마음 하나로 종이를 내밀었을 뿐인데, 그날도 어머니한테 눈물이 쏙 빠지도록 꾸지람을 들었다. 정확한 문장은 생각나지 않지만, '공부할 생각을 해야지, 축구부 같은 데 들어가려고 하느냐'는 것이 요지였다. 그렇게 축구부 입단의 소망도 뿌옇게 사라져갔다. 그러던 어느 날 반 대항 축구대회가 있었고, 현란한 드리블을 하며 공격해오는 상대편 공을 막는다는 게 그만 빗맞아서 내 발을 스쳐 지나간 공이 우리 반 골문을 가르고 말았다. 고개를 들 수 없을 정도로 부끄러웠다. 그날 이후로 축구와 영영 결별했고 다시 가까워질 일은 없었다.

피아노를 배운 건 좀 달랐다. 유치원 시절, 어머니 손에 이끌려 '효성'이란 큼직한 글씨가 쓰인 피아노 학원에 다녔다. 오선지에 음표를 그리기도 하면서 계이름도 익히고, 도레미파솔라시도 건반도 눌러보며 피아노를 배우기 시작했다. 바이엘 교본 두 권을 떼고, 좀 더 큰 규모의 피아노 학원으로 옮겨갔다. 앞서 다니던 곳이 중소기업이었다면 새로 다니게 된 '연세음악학원'은 대기업이었다. 피아노 연습실이 줄지어 있었고, 작은 닭장 같은 방에 들어가 띵땅 띵땅 피아노 연습을 하곤 했다. 늦은 오후 시간 피아노 학원에 도착해서 내 순서가 되길 기다리며 들었던 실수투성이의 피아노 연주들은 나를 꾸벅꾸벅 졸게 했다. 숙제로 피아노 연습을 하며 곡 한 번 연주할 때마다 선생님이 그려준 꽃송이 잎을 하나씩 차곡차곡 색칠해서 나의 노력을 증명해야 하는 시절이기도 했다. 채워가야 할 꽃잎은 너무 무성해서, 피아노 연습을 해야 한다는 부담에 압도되기 일쑤였다. 유일한 탈출구는 한두 번 연습하고 꽃 한 송이를 다 칠해버리는 것뿐이었다. 서른 번 연습해야 할 걸 몇 번의 연습으로 대신하는 날이 많아졌다. 체르니 100번을 배우던 어느 날, 피아노 연습 숙제가 너무도 하기 싫었다. 나의 투덜거림은 극에 달했고, 그런 내 모습을 보다 못한 할아버지와 할머니는 "남자애한테 무슨 피아노냐, 이제 그만 해도 되지 않냐"며 피아노 레슨을 그만두도록 어머니에게 종용하셨다. 그렇게 나의 피아노 배우던 시절도 막을 내렸다.

펼치고

얼마 전에 국내 최대 아트 페어 행사에 다녀왔다. 물방울 작가 김창열 작가의 작품은 물론 이우환 작가의 단색화 등 국내 유명 작가들의 작품도 둘러볼 수 있었고, 에곤 실레의 드로잉부터 피카소의 유화까지 해외의 저명한 작가의 회화 작품들을 직접 볼 수 있었다. 그뿐만 아니라 쐐기문자 점토판에서 NFT 작품들까지 만나보면서 과거와 현재, 미래로 여행하는 듯한 기분도 들었다. 사회생활을 시작하며 어른으로서 새롭게 내 삶을 일궈가면서 미술작품을 직접 보고 감상하는 것에 깊은 관심을 두게 되었고 이제는 어느 지역이든지 여행을 가면 그곳 미술관부터 먼저 둘러보는 습관까지 생겼다. 좋아하는 동시대 작가를 SNS에서 팔로우하면서 정기 전시회를 손꼽아 기다리기도 하고, 틈만 나면 미술관이나 갤러리를 찾아 나만의 진한 휴식 시간을 보내기도 한다. 초등학교 2학년 때 그리기를 그만둔 어린이가 어느덧 미술품 감상을 즐기는 애호가가 되었다.

축구와 절연한 이후로 운동이 내 일상에 들어올 일은 거의 없었다. 야구 배트와 글러브가 아이들 사이에서 부의 상징처럼 여겨지던 시절을 보내면서도 야구에 대한 관심이나 호기심도, 야구 경기를 하는 아이들에 대해 부러움도 없었다. 중고등학교 시절 남학생이면 누구나 즐겨할 것 같은 농구도 제대로 해본 적이 없다. 쉬는 시간이면 농구공을 들고 우르르 운동장으로 나가 코트를 뛰어다니는 친구들의 모습은 당시 내게 꽤 생경해 보이기까지 했다. 그러던 내가 요가에 관심을 두고 지난 8년 동안 수련을 이어온 것은 기적에 가깝다. 그전까지 나는 '운동을 못하는 사람, 운동에 자신 없는 사람'이었고, 머리가 아닌 몸을 쓰는 활동에는 늘 주눅 들어 있었다. 여전히 탁월한 운동 성과를 내는 사람은 아니지만, 이제는 내 속도에 맞게 몸을 어떻게 써야 하는지 관심을 갖고 움직이면서 활력도 찾고 운동의 즐거움을 느끼곤 한다. 주변 사람들에게 요가의 장점을 설파하며 적극적으로 권하는 내게 지인들은 '요가 전도사'라는 별명을 붙여주기도 했다. 축구와 운동장 그리고 운동을 꽤 오랫동안 등져왔던 내게는 과분한 별칭처럼 여겨지기도 한다.

이제는 간단한 곡조차도 피아노로 연주할 수 없는 내 굳은 손을 내려다본다. 그래도 체르니 100번까지 쳤으나 시간이 지났어도 어느 정도 땅땅거릴 수는 있어야 하는데, 피아노와 관련한 모든 것이 휘발된 듯이 내 머릿속에 아무것도 남아 있지 않아 동요 한 곡도 제대로 연주할 수 없게 되었다. 중고등학교 시절, 멋지게 피아노를 연주하는 친구를 보면서 어린 시절 나는 왜 참고 피아노를 계속 배우지 못했을까 한탄하기도 했다. 이미 지나버린 일이지만 꽤 오래 그 아쉬움을 삭이지 못했다. 피아노를 보면 '포기'라는 단어가 내 마음과 몸을 휘감는 것만 같았다. 피아노를 제대로 배우기를 바랐던 어머니의 마음을 저버렸던 형벌을 받는 것 같기도 했다. 그러던 내가 이제는 클래식부터 재즈, 인디, 발라드, 팝, 국악까지 종횡무진 음악을 즐기는 멀티 리스너가 되었다. 제대로 연주할 수 있는 악기는 여전히 없지만, 음악에 대한 관심과 애정은 날로 커져서 새로운 좋은 곡을 챙겨 듣고 연주회나 콘서트를 찾아다니기도 하면서 늘 음악과 함께하는 일상을 보낸다.

다시,
———
들여다보다

성인이 되고 나서 우연한 기회에 어머니의 '고백'을 들을 수 있었다. 키가 크다는 이유로 중학교 시절 학교 대표로 배구선수 활동했던 경험을 떠올리며, 아들에게는 공부에서 멀어지는 환경과 고된 훈련의 경험을 이어가게 하고 싶지 않았다는 것이었다. 초등학생 시절 어머니의 호통에는 운동선수, 예술

분야 종사자와 같은 '예체능' 분야로의 성장을 만류하고 싶었던, 자신의 소중한 아들을 생각하는 엄마의 마음이 짙게 깔려 있었음을 알게 되었다. 거기에는 공부와 예체능은 병행할 수 없을 거란 당시의 보편적인 믿음과, '예체능은 부수적인 것'이라는 부정적인 사회적 인식도 한몫했을 것이다. 한편으로는, 피아노를 연주하고 싶었던 바람이 나에게 투영되었다는 것도 씁쓸하면서도 허탈한 미소에서 읽어낼 수 있었다. 그 계기를 통해 어머니에 대해 서운함을 마음에서 걷어낼 수 있었다. 그 후로 삶을 바라보는 나의 시선도 한결 가벼워졌다.

올해로 열세 살인 딸을 바라보며 나는 이 아이에게 무엇을 기대하는지, 무엇을 하지 않기를 바라는지 스스로 가만히 물어본다. 내가 달성하고 싶었지만 이루지 못했던 것을 은연중에 강요하고 있지는 않은지, 전망이 어둡고 잃을 것과 겪게 될 어려움이 많을 것이라고 미리 판단해서 애써 아이의 앞길을 재단하고 있지 않은지 나 자신을 돌아본다. 혹여나 나도 모르게 그러했다면 미리 아이에게 사과의 말을 전하고 싶다. 그리고 이제부터는 그런 일은 없을 거라고, 없도록 노력하겠다고 마음의 종이에 나의 다짐을 꾹꾹 눌러 써본다.

한편 묘한 믿음도 솟아오른다. 미술과 음악, 운동 등 나름대로 시도의 시간이 있었고, 자의든 타의든 포기했던 경험이 있었다. 그러다가 성장하면서 우연처럼 느껴지는 계기들이 이어지고 이어져서 미술과 음악 애호가로, 요가 수련자로 나를 이끌어왔다. 이렇듯 부모가 그 길은 아니라고 힘주어 말해도, 어떤 연유에서든 스스로 포기를 했더라도, 아이의 마음속에서 깊이 갈망하는 건 언제고 다시 꺼내서 자신의 방식으로, 자신의 언어로 풀어내게 됨을 믿게 되었다. 어린 시절의 결핍과 아쉬움이 욕구의 우물을 깊게 파고들어갈 때, 스며 나오는 샘물처럼 오늘의 선택과 행동이 나의 삶을 채워감을 경험한다. 자기 자리에 앉아 무언가를 쓱쓱 그리고 사부작사부작 만들고 있는 딸의 뒷모습을 보면서, 어린 시절 나의 모습이 묘하게 겹쳐 한 폭의 데칼코마니처럼 느껴진다. 농구가 너무 재미있다며 농구 하러 가는 화요일 저녁을 손꼽아 기다리는 아이의 얼굴도 가만히 바라본다. 피아노 연습하기 귀찮다고 투덜거리다가도 자기 마음에 와 닿은 곡을 몇 번이고 연주하는 아이의 옆모습도 살포시 떠올린다. 떠나보낸 나의 어린 시절이 '지금, 여기'에서 여전히 변주되어 연주되고 있구나, 새삼 발견하며 묘한 위로와 응원을 받는다. 삶은 그렇게 흘러가는 것이구나 고개를 끄덕이면서 말이다.

우리를

지켜준
것

서은혜

서라운드 스피커가 달린
집

남녀가 내는 소리가 묘하게 섞여서 내 방 벽을 타고 들어왔다. 고등학교 2학년, 그때까지 한 번도 들어본 적 없는 소리였지만 규칙적인 그 소리가 무엇인지 대번에 맞힐 수 있을 것 같았다. 쉰이 넘도록 혼자 살던 옆집 아저씨가 누군가와 함께 살기 시작한 날이었다. 드라마 〈전설의 고향〉에서는 첫날밤 치르는 신랑 각시를 구경하려고 동네 사람들이 신방 앞에 몰려가 문풍지에 구멍을 뚫고 들뜬 웃음을 터뜨리던데. 나는 주먹으로 벽을 쳐서 두 사람이 더 이상 소리를 못 지르게 하고 싶은 충동을 억지로 참았다.

엄마 아빠와 셋이서 영구임대아파트에서 살 때였다. 기다란 복도를 타고 열두 평짜리 집들이 층마다 열 채씩 붙어 있는 곳이었다. 겉에서 보기에는 꽤 그럴듯했지만 집과 집 사이를 갈라놓은 것은 헐한 베니어합판이 고작이라서 옆집 사람이 내는 소리가 우리 집 안에서 울리고는 했다.

엄마와 아빠가 자는 안방 너머에는 휠체어를 타는 서른 살 남짓한 아들과 그의 어머니가 살았다. 여느 때처럼 동네 아줌마 몇몇이 옆집에 몰려와 몇 시간씩 이야기를 나누던 어느 날, 그 집 아줌마가 엄마 흉보는 소리를 우리 집 안방에서 생생하게 들은 적도 있다. 자기 집에서 바퀴벌레가 나오는 건 다 몸이 불편한 우리 엄마 때문이라고 했다. 자기는 굉장히 깔끔한 사람이라 바퀴벌레가 나올 리가 없다고 하면서.

내 방 너머에는 머리를 길게 기른 아저씨가 혼자 살았다. 키가 작고 빼빼하고 수줍음이 많은 옆집 아저씨는 말소리를 거의 내지 않는 사람이었다. 하지만 벽에 뭘 걸다가 바닥에 떨어뜨리든, 몸을 부딪치든, '툭' 하는 그 별것 아닌 소리가 베니어합판 사이를 퉁기며 내 방까지 왕왕왕왕 울리고는 했다. 책상에 앉아 숙제를 하다가도, 옆집 아저씨가 지척에서 움직이는 소리가 서라운드 스피커에서 구현한 입체 사운드처럼 고막을 때릴 때면 몸 끝이 쭈뼛쭈뼛 굳어지는 것 같았다. 아저씨가 소리의 형태를 하고 별안간 내 방으로 침입한 것만 같은 느낌이 들었기 때문이다.

끈적끈적하게 밤을 울리던 옆집 소리가 익숙해질 무렵이었다. 일주일은 지났을까. 갑자기 그 소리가 사라져버렸다. 신라시대 유적지에서 발굴한 것처럼 굵직하고 누런 고리 모양의 금귀고리와 금반지를 끼고 어깨까지 늘어진 머리카락을 쓸어넘기며 해사하게 웃던 아저씨가 어깨를 잔뜩 구부리고 슬리퍼를 끌며 다시 혼자 다니기 시작했다. 우리 아빠 때문이라고 했다.

해로의
비결

하루는 옆집 아저씨가 술을 사 들고 아빠를 찾아왔단다. 엄마와 20년 가까이 해로한 비결을 알려달라고 하면서. 그때 아빠가 그 비결을 말해주었다고 한다. 여자 '귓방망이' 한 방만 날리면 오래오래 잘 살 수 있을 거라고, 여자는 초장에 그렇게 잡아야 하는 거라고 말이다. 그 말을 새겨들은 아저씨가 며칠 뒤에 진짜로 그 동그랗고 포동포동하던 아줌마의 따귀를 날린 모양이었다. 그날 이후로 다시는 아줌마를 보지 못했다.

유독 깜깜하던 그날 새벽이 떠올랐다. 다섯 살 무렵이었을 거다. 아빠가 엄마 따귀 때리는 장면을 처음으로 보았다. 연탄 아궁이 근처에 석유 곤로 하나를 더 두고 밥을 짓는 집에서 살 때였다. 부엌이랄 것은 따로 없었다. 석면 슬레이트 지붕에서는 가루가 날렸다. 창호지 바른 미닫이 방문은 여닫을 때마다 나무 문턱과 문틀이 마찰을 일으키면서 덜컹거리는 소리를 내었다. 아빠가 술에 취해서 비틀거리며 미닫이문을 밀 때마다 문이 부서질 것처럼 시끄러운 소리를 내었다.

그날 새벽에도 아빠는 요란한 소리를 내면서 방문을 밀었다. 방 안 전체가 훤해지게 형광등을 켜고는 입은 옷 그대로 이불 위를 구르며 고래고래 노래를 불렀다. 엄마가 얼굴을 찡그리며 언성을 높였다. 속이 상하기도 했을 테고, 눈이 부시기도 했을 것이다. 씻으라고 했던가, 옷이라도 갈아입으라고 했던가. 아, 잠든 아이를 깨우지 말라고도 했던 것 같다. 그러다 엄마가 신경질적으로 몸을 일으켜 전깃불을 다시 끄던 순간이었다. 아빠가 갑자기 욕을 했다. 그러고는 엄마의 따귀를 내리쳤다. 사방이 조용해졌다.

흥분이 채 가라앉지 않은 아빠는 거기서 그치지 않았다. 주변을 살피기 시작했다. 깜깜한 방 안 어디쯤에서 나를 찾아낸 아빠가 또다시 사납게 눈을 부릅떴다. 내가 어둠 속에 숨어 앉아 아빠를 찌를 듯이 눈 흘기고 있던 것을 알아차린 모양이었다. "이게 어디서!" 아빠가 손바닥으로 내 머리를 밀어서 옆으로 넘어뜨렸다. 그대로 이불 속에 파묻혀서 가만히 숨을 죽였다. 이후로 별 기억이 없는 걸 보면 엄마도 나처럼 소리를 죽이고 가만히 있었던 것 같다.

이해할 수 없는 것을 이해하기를,
보이지 않는 것을 마주 보기를

아빠는 한쪽 다리가 없는 사람이다. 열한 살 무렵에 겪은 사고 때문에 왼쪽 사타구니 아래로 한 뼘 정도만 남기고 모두 잘라내야만 했다. 양팔에 목발을 짚고 다니는 것이 가장 간편하고 안정적인 방법이었지만 아빠는 외출을 할 때마다 의족을 낀 채로 지팡이 하나만 짚고 다녔다. 질끈 묶어 올리던 왼쪽 바짓단 아래로 구두 신은 발까지 다리가 쭉 뻗어 보이게 만드는 의족을 사용하려면 보기보다도 품이 많이 들었다. 일단 아빠의 움직임과 몸에 맞는 의족을 맞추어야 했다. 그리고 그 의족 맨 위에는 털모자 두세 개를 겹쳐 끼워서 그 안에 집어넣을 짧은 다리의 살갗을 보호해야 했다. 나무로 만든 그 긴 의족을 끼고 다니다 보면 피부가 자주 쓸리고 다쳤기 때문이다. 아빠는 한참을 쪼그려 앉아서 그 짧은 다리에 연고를 바르고는 했다. 남들은 쉽게 이해하기 어려운 일상이었다. 그런 일상을 매일 치르며 자신의 장애를 최대한 숨기려 했던 아빠는, 외로운 사람이었을 것이다.

엄마는 따귀를 맞아서 아빠와 20여 년을 해로한 여자가 아니었다. 엄마는 날 때부터 뇌병변 장애인이었다. 말을 하거나 숟가락을 집어 들 때에도 의도하지 않은 근육이 움직이고 뒤틀리고 경직이 되었다. 서른이 넘고부터 엄마의 새엄마는 다른 거처를 구해서 나가주기를 원했다고 한다. 엄마의 엄마는 아홉 살쯤에 돌아가셨다. 이후로 내내 학교를 다니지 못했고 식모방에서 식구들과 따로 생활을 해오던 참이었다. 엄마는 당장 갈 곳이 없었다.

그렇지만 엄마는 장애가 있다는 동네 남자와 결혼을 해서 살기로 했다. 남자는 직업이 없다고 했지만 그것은 문제가 되지 않았다. 그 집에는 다리가 하나 없고 엄마보다 열두 살이 더 많다는 그 남자 외에도, 남자가 이전에 동거하던 여자와 낳은 아이, 그 아이를 돌보는 남자의 어머니도 살고 있다고 했다. 엄마는 그렇게 엄마의 삶을 살기로 했다.

나는 엄마와 아빠 사이에서 비장애아로 태어났다. 내가 태어났을 때에는 배다른 형제 누구도 집안에 없었다. 창호지 바른 미닫이문에 석면 슬레이트 지붕이 달린 그 집이었다. 아픈 엄마는 주로 누워 있었다. 칠순이 넘은 할머니가 그 자리를 대신했다. 아빠는 방 안에 앉아 혼자서 화투 패를 돌리거나 노트 공장으로 일을 다녔다. 공장에 다녀오는 날 저녁에는 나에게 선물을 주기도 했다. 퇴근해서 오는 길에 주워온 나뭇조각으로 직접 조각한 칼이었다. 아빠가 칼 말고 다른 것을 만들어준 기억은 없다.

어느 날인가 맞은편 기와집에 사는 훈이가 칼싸움을 하자고 했을 때, 아빠가 만들어준 것이라며 자랑하듯이 그것을 꺼내들었던 기억이 난다. 훈이의 긴 플라스틱 칼에 된통 당하고 나서는 그것을 들고 밖으로 나가는 행동 따위는 하지 않게 되었지만 말이다. 아빠가 주는 것은 왠지 약하고 믿을 만한 것이 못 된다는 생각을 했던 것 같다. 무엇보다 나는 '칼'을 원한 적이 없었다. 동네 아이들 칼싸움에서조차 힘없이 부스러지던 그따위 칼, 심지어 생김새는 또 얼마나 섬뜩하던지. 어린 내 손아귀에도 쏙 들어올 정도로 작은 손잡이 위에 진짜 단도처럼 생긴 칼날이 뾰족하게 솟아 있었던 것이다.

이렇게 뾰족한 마음으로 엄마의 따귀를 때리고 모진 욕을 내뱉고 함부로 대했던 것인가. 아빠는 이후로도 종종 술을 마시고 언성을 높이고 엄마를 때렸다. 할머니가 돌아가시고 사춘기가 오고부터 난 아빠와 아주 데면데면한 사이가 되었다. 밖에서는 찍소리도 못하면서 아파서 누워 있는 엄마 앞에서만 폭군처럼 고개 빳빳한 아빠가 미워서 죽을 것만 같았다.

그럼에도 불구하고 딸인 내가 도저히 이해할 수 없는, 아빠가 살아온 세상까지 모른 척 내동댕이칠 수는 없었다. 아빠는 아마도 궁지에 몰리고 외로움을 느끼는 순간, 아니 사랑받고 싶은 순간조차도 귓방망이를 내려치는 힘이 간절히 필요한 세상을 살아왔을지도 모른다는 생각이 나를 아프게 했기 때문이다. 매일 칼을 깎아서 어린 나에게 선물하고 또 선물하던 아빠의 마음을 짚어보려고 할 때마다 머리가 아득해졌다.

어쨌든 아빠는 틀렸다. 갈 곳이 없어서 외로운 우리 세 사람에게 필요한 것은 손찌검도 칼도 아니었다. 우리 세 사람의 마음이 그저 같이 있던 그 순간, 엄마가 잠든 아빠의 이불을 매만지고 아빠가 엄마를 위해 생선살을 바르고 내가 아빠에 게 매달려 목을 끌어안던 바로 그 순간, 때때로 천국이 이뤄지고는 했다는 걸 아빠는 정말 몰랐을까.

열셋,

유년의
끝

이설아

막냉이의
세계

"야가 막냉이 아이가."

남동생이 태어나기 전까지 나는 '막냉이'로 살았다. 아빠 손을 잡고 들른 친척 집이나 아빠 회사 야유회, 그리고 오랜만에 만난 친구 가족 앞에서 아빠는 나를 그렇게 소개했다. '설아'라는 예쁜 이름을 지어준 것도 당신이면서 굳이 '막냉이'라는 사투리로 나를 소개하는 아빠의 마음을 그 당시에는 이해하지 못했다. 단지 내가 기억하는 건, 나를 소개할 때 아빠의 목소리에서 느껴지던 자랑스러움, 조그만 나를 어디든 데려가고 싶어 했던 그 마음이다. 남동생이 태어나면서 '막냉이'는 '막내딸'로 변경되었지만, 여전히 나는 아빠의 사랑이었다.

어린 시절을 담은 나의 앨범 첫 장에는 아빠의 노란 티셔츠를 롱드레스처럼 입고 바위 위에 앉아 있는 사진이 있다. 양 갈래로 묶은 머리가 안테나처럼 동서 방향으로 서 있는 세 살짜리 여자아이는 웃통을 시원하게 벗은 아빠 곁에 앉아 해맑게 웃고 있다. 아빠 회사 야유회를 따라갔다가 계곡물에 옷이 몽땅 젖어버린 자신을 위해 아빠가 옷을 벗어주었다는 사실, 온몸을 감싼 옷이 건네는 포근함에 젖어 자신이 뭔가 특별한 존재라고 믿고 있는 듯한 표정이 사진에 남아 있다.

일곱 살 즈음인가, 가족 모두가 모처럼 서울 나들이를 했다가 (우리는 경기도민이었다), 지금의 종각역 근처(그 당시 화신백화점 자리)

에서 나 혼자 가족과 헤어져 미아가 될 뻔했다. 사람 구경과 건물 구경에 정신없던 나는 어느 순간 아빠 손을 놓치고 홀로 당황한 채 서 있다가 다행히 아빠가 차를 세워둔 주차장 입구가 보여 그곳으로 야무지게 걸어갔던 기억이 있다. 얼마나 기다렸을까. 아빠 차의 사이드 미러를 꼭 붙잡고 있던 내 눈에, 모처럼 시내 나들이 나왔다가 막내딸을 잃어버려 혼비백산한 아빠가 나타났다. 반쯤 넋이 나간 채 주차장을 향해 터덜터덜 걸어오던 아빠는 차 옆에 얌전히 서 있는 나를 발견하자마자 놀라 입을 다물지 못한 채 마구 뛰기 시작했다. 아빠의 양복 재킷이 마구 휘날리던 장면과 울 것 같은 얼굴로 내 이름을 부르던 그 표정을 나는 잊을 수가 없다. 나는 아빠의 전부구나, 그날부터 그렇게 믿었다.

초등학교 2학년 가을, 명절 연휴보다 한 주 앞선 평일에 가족 모두가 아빠의 고향 대구로 내려가던 날의 기억도 아직 선명하다. 당시 같은 학교 5, 6학년이었던 두 언니와 나는 2교시 조퇴 후 교문 앞에 도착한 아빠 차에 신나게 올라탔다. 친구들은 모두 교실에 남아 있는데 우리 가족은 이렇게 여행을 떠난다니! 파란 하늘에 하얀 뭉게구름이 펼쳐진 고속도로 위를 아빠 차가 달리는데 기분이 짜릿했다. 달리는 동안 아빠와 엄마가 잠시 투닥거리기는 했지만, 그 정도야 늘 있던 일이라 누구도 개의치 않았다. 무언가 멋지고 새로운 세계로 떠나는 것 같은 설렘이 일었다. 온 가족이 이렇게 함께 달리니까 너무 신나, 우리 가족은 무언가 특별해, 혼자 속으로 중얼거렸던 것 같다.

균열이
시작되던 날

지금 생각하면 조금 우습기도 한데, 어린 시절 나는 한 번도 아빠와 엄마가 사랑하는 사이라고 생각해본 적이 없었다. 엄마는 우리 사남매를 먹이고 돌보는 사람, 아빠는 밤늦게까지 일하며 가족의 삶을 지키는 사람, 두 분은 그저 나의 부모일 뿐 둘 사이에 다른 무엇, 그러니까 사랑이 있어야 그 관계가 유지될 수 있다고는 생각하지 못했다. 내가 두 분의 딸인 게 너무 당연한 것처럼, 두 분은 나의 부모로만 존재하는 삶이 전부라고 믿었던 것이다. 사랑도, 보호도, 일상의 모든 필요도 당연하게 공급될 뿐, 나의 안온한 세계가 유지되기 위해 얼마나 많은 수고가 필요한지 알지 못했다. 부모의 자리를 건강히 지키기 위해 부부의 삶이 얼마나 단단해야 하는지 그때는 상상하지 못했다.

초등학교 6학년의 어느 밤, 나는 퇴근한 아빠의 가방을 재미 삼아 열어보았고 휘갈겨 쓴 절절한 연서로 꽉 찬 수첩을 보게 되었다. 가슴속 폭풍우를 다스리며 일필휘지로 써 내려간 아빠의 글씨, 몇 페이지에 걸쳐 이어지며 꿈틀대는 고백들은 내가 모르는 낯선 이름을 향해 있었다. 정확히 이해할 수는 없었지만 어린 마음에도 더 큰 일이 벌어질까 두려워 서둘러 수첩을 다시 가방에 넣었다. 아빠가 누군가를 향해 이토록 뜨거운 감정을 가지고 있다니, 엄마와 우리는 이제 버림받은 건가. 어쩐지 아무에게도 말하면 안 된다고 생각해서 나로서는 감당할 수 없는 비밀을 갖게 되었다. 그로부터 얼마 후, 며칠 간 침대에 누워 일어나지 못하던 엄마는 응급실로 실려 갔다. 뭔지 몰라도 조금씩 잘못되어간다는 생각, 나를 지켜주던 안락한 세계가 서서히 무너지는 느낌, 내 삶이 예측할 수 없는 궤도 안으로 진입한 것 같은 불안감이 마구 밀려왔다.

"아빠에게 다른 여자가 생겼어." 병원에서 돌아온 엄마는 우리를 불러놓고 담담히 소식을 전했다. 불안한 표정의 내가 걸렸던지 엄마는 가정을 지킬 생각이고 아빠와 헤어지는 일은 없을 거라고 말했다. 그리고 언제가 되든 아빠가 마음잡고 돌아올 수 있도록 이 일은 모른 척하며 아빠가 다시 돌아오면 다정히 대해주면 좋겠다는 당부를 덧붙였다. 기운을 차린 엄마의 모습에 안심이 되면서도 '모른 척 다시 사랑하자'는 엄마의 제안은 잘 이해되지 않았다. 우리를 두고 다른 사람을 사랑한 아빠를 어떻게 모른 척 사랑할 수 있을까. 누구보다 아빠를 좋아하고 따랐던 내가 아무렇지도 않게 아빠를 대할 수 있을까. 아빠의 티셔츠를 입고 웃던 세 살 꼬마의 동심과 잃어버린 줄 알았던 나를 향해 뛰어오던 아빠에 대한 마음, 끝도 없이 펼쳐진 고속도로를 시원하게 내달리던 우리 가족의 일상 모두에 균열이 나기 시작했다.

깨어진
틈 사이로

이 시절에 맞닥뜨린 균열은 나의 정체성을 새롭게 정의하게 했다. '사랑이 깨어진 가정의 아이'라는 정체성을 갖게 된 나는 한편으로는 그것이 현실이 아닌 것처럼 눈 감은 채 이중의 세계를 오가게 되었다. 완전하고 영원할 것이라 느꼈던 이 세계가, 쉽게 변절하고 깊이 상처받는 약하디약한 두 어른이 만든 공간임을 알게 되었지만, 여전히 부모를 사랑하고 가족이 원하는 방향을 위해 보폭을 맞추려 노력했다. 균열의 틈새로 새로운 걸 바라볼 수 있다면 그저 깨어짐의 시간만은 아니었을 텐데 어린 날에는 더 이상의 무엇이 보이지 않았다.

돌이켜보면 오랜 시간 이중의 세계를 오갔던 내가 안쓰럽게 느껴진다. 하지만 두 세계 중 하나가 와장창 깨어지며 끝나기보다 서서히 회복되며 하나로 통합되는 과정을 볼 수 있어 다행이라 생각한다. 어른이 되고 보니 인생의 여러 문제는 단선적이지 않고, 가족이 겪는 어느 시절에는 여러 각도의 균열과 성장통이 뒤섞였음을 본다. 나의 평온했던 유년 시절 동안 언니들은 이미 사춘기를 겪고 있었고, 우리 부모 또한 중년기의 여러 위기를 통과하는 중이었다. 나의 안온한 세계가 유지되던 그 시절에도 가족은 저마다 균열의 시간을 맞이하고 있었던 것이다. 어린 내가 누렸던 사랑과 보호, 관심과 지지가 누구에게나 당연한 게 아니었다는 사실, 그 시절을 떠받친 이들이 균열 속에서도 몫을 해내고 있었던 시간이었다는 걸 뒤늦게 깨닫게 된다.

유년 시절이 끝나간다는 것은 일방적으로 받아 누렸던 사랑과 보호의 책임이 부모에서 가족 모두에게로 옮겨야 하는 시점이 다가온 것을 의미했다. 한 사람의 사랑과 헌신으로 유지

되는 삶이 아닌, 서로를 끝까지 놓지 않고 품어내는 시간만이 가족의 삶으로 빚어진다는 걸 알려주는 시간이었다. 엄마의 바람대로 아빠가 제자리로 돌아오고 모두가 여전히 가족의 이름으로 살고 있는 지금, 각자의 자리에서 호된 시절을 버티고 성장한 서로에게 진실로 고마움을 느낀다. 마음껏 미워하고 원망하며 서로의 균열을 받아들였던 시간, 그럼에도 깨어진 틈 사이로 보이는 새로운 날을 소망하던 시간들은 유년의 끝이 열어준 또 다른 시절이었다.

엄마에게

하고
싶었던
말

황진영

그때의 나를
만나는 순간

대학 내 명상센터에서 일하게 되면서 수도승들이 하는 것이라 생각했던 명상을 실제로 경험하게 되었다. 단순히 눈을 감고 숨을 내쉬는 것뿐 아니라 명상에도 여러 종류가 있다는 걸 알게 되었는데, 이중 가장 신기했던 건 마음을 들여다보는 '자비 명상(Compassion meditation)'이다. 호흡에 집중하는 '호흡 인식(Breathing awareness)', 내 몸에서 느껴지는 신체적인 감각에 집중하는 '신체 탐색(Body scan)' 명상과는 결을 달리하는, 마음속에서 일어나는 '감정'이 내 몸에 미치는 영향을 살펴보고, 감정을 다른 각도에서 볼 수 있도록 도와주는 명상의 한 방법이다.

자비 명상을 하다 보면 나의 안녕과 행복을 비는 과정을 거치게 되는데, 스스로에게 말을 건다는 것이 어색하게 느껴졌다. 낯간지러운 기분을 해소하기 위해 마치 타임머신을 타고 여행을 하는 것처럼 과거 어느 순간 혹은 미래의 나를 떠올리고, 마주한 나에게 말을 걸어보는 방법을 사용하기도 한다. '그 순간의 나'에게 필요한 것을 스스로 채워주는 시간이라 할 수 있다.

자비 명상을 할 때 자주 마주치는 장면이 있다. 버스 정류장 근처 놀이터 벤치에 앉아 있던 여덟 살의 기억이다. 마치 엉덩이가 차가워지는 듯한 느낌이 들 만큼 또렷하게 남아 있는 그 순간으로 이동하고는 한다. 초등학교 1학년 때 나는 버스를 타고 학교에 다녔다. 서랍장 위에 엄마가 바꿔놓은 50원짜리와 10원짜리 동전들이 담긴 작은 상자가 있었는데, 나는 매주 받던 용돈과는 별개로 아침마다 50원짜리 두 개와 10원짜리 네 개를 차비로 챙겨 지갑에 넣었다.

어느 날 나는 엄마 몰래 원대한 계획을 세우고는 상자에 있던 동전을 모두 챙겨 나왔다. 그리고 하굣길 학교 앞 문방구에 들러 먹고 싶었던 불량식품들을 '플렉스'했다. '쫀드기'는 연탄불에 굽고, '꿀맛나', '꾀돌이', 이름이 잘 기억나지 않는 알록달록한 사탕들까지 한아름 샀다. 친구들에게 나눠주고도 많이 남은 과자들을 품에 안고 들뜬 마음으로 집으로 가는 버스를 탔다. 완전범죄를 위해 버스에서 내리자마자 놀이터로 향했고, 벤치에 앉아서 하나씩 껍질을 벗겨 입으로 가져갔다. 그런데 어느 순간부터 과자를 먹는 속도가 현저히 느려졌다. 부츠 안에 있는 발이 시려왔고, 오래 앉아 있어서인지 엉덩이도 저렸다. 하늘을 날아갈 것 같던 기분은 어느덧 모랫바닥 위에 널브러졌고, 더는 달콤하지 않은 과자를 벌 받는 기분으로 까서 입에 넣다가 나를 찾으러 나온 엄마에게 발견되었다. 엄마 말로는 내가 발밑에 빈 봉지들을 늘어놓은 채로 새로운 과자를 까서 입에 구겨 넣으며 눈물을 줄줄 흘리고 있었다고 한다.

그날 크게 혼이 난 기억은 없다. 엄마는 아마도 입을 꼭 다문 내게 "그게 그렇게 먹고 싶었어?"라고 물었을 테고, 나는 고개를 살짝 끄덕이지 않았을까. 그 이후로 문방구에서 파는 불량식품들을 아예 쳐다도 보지 않은 건 아니지만, 불량식품에 대한 나의 애타는 마음은 가라앉았던 것 같다. 자비 명상을 통해 그때의 기억을 자주 떠올리게 된 나는 관찰자의 입장으로 초등학교 1학년의 나의 마음을 찬찬히 살펴본다. 돌이켜보면 나는 '착한 막내딸'이라는, 늘 불리던 이름과는 영판 다른 나의 마음을 어떻게 풀어야 하는지 몰랐을 것이다.

당시 엄마는 불량식품 대신 먹으라며 남대문 도깨비시장에서 사온 '미제 과자'들을 예쁜 그릇에 보기 좋게 담아주셨다. 엄마가 사다 주는 수입 과자가 맛이 없었던 건 아니지만 그래도 친구들이 먹는 문방구표 과자들이 더 맛있어 보였다. 일주일에 500원쯤 되는 용돈을 받아 주일이 되면 교회에 헌금을 하고, 용돈 기입장까지 써야 했던 나는, 차마 '과자'라는 지출 항목을 적을 수가 없었다. 친구들이 가끔 나눠주는 덕에 어떤 과자가 무슨 맛이 나는지는 알고 있었지만, 돈이 있어도 사 먹을 수 없는 불량식품은 나에게 일종의 금기였다. 아마도 그날의 나는 내게 금기된 것을 쟁취하고 싶어서 차비를 몽땅 털어 넣는 일탈을 했는지도 모르겠다. 친구들에게 양껏 나눠준 것도 어쩌면 그동안 얻어먹은 것에 대한 보답이었을지 모르겠다. 엄마의 허락을 받지 않고 사버린 과자를 집으로 당당하게 가져와서 먹을 용기는 없지만 그렇다고 남은 음식을 쓰레기통에 집어넣을 수는 없는, 애매하게 '착한' 딸이었기에, 집에도 못 들어가고 놀이터 벤치에 쪼그려 앉아 있기를 선택하지 않았을까.

애매하게
착한 나

심리학 책에 자주 등장하는 '착한 아이 콤플렉스(부정적이라고 생각되는 생각이나 정서들을 감추고 부모나 타인의 기대에 순응하는 착한 아이가 되고자 하는 아동의 심리상태)'라는 개념을 알게 되고 나서 마음속 어두운 한구석이 툭 하고 터져버린 것 같았다. 언뜻 보기에는 스스로 착한 아이가 되고자 하는 심리상태 자체에는 별 문제가 없는, 오히려 사회화가 또래에 비해 빠르고 잘 이루어지고 있다고 생각해 부모는 큰 복이라고 느낄지도 모른다. 문제는 사람의 마음속에 떠오르는 감정이 늘 긍정적일 수만은 없다는 사실이고, 부정적인 생각이나 정서를 표현하지 않으려는 경향이 성인기까지 지속될 경우, 부정적인 생각 자체가 떠오르는 것을 스스로 억압하거나 그런 생각을 하고 있는 자신을 인식하며 스스로를 나쁜 사람이라고 평가하게 된다는 점이다.

부모님이 바란 건 단지 아이가 착하고 바르게 자랐으면 하는 것일 뿐, '착한 아이 콤플렉스'가 될 거라 생각하고 나를 키운 것은 아니었음을 안다. '착한 아이 콤플렉스'가 사실은 '버림받고 싶지 않은 마음'의 표현이라는 심리학자들의 분석을 읽으며 나는 그동안 나를 움직인 '마법'이라고 생각했던 "착하다"라는 말이 사실은 나를 '착한 아이 콤플렉스'를 가진 사람으로 자라게 한 '저주'였을지도 모른다고 생각하기도 했다. 그런 마음으로 바라보니 엄마가 했던 모든 말이 나를 틀 안에 가두기 위한 족쇄처럼 여겨졌다. "착한 아이가 그러면 못 써." "우리 집에는 그런 나쁜 아이는 없어." "엄마는 널 이렇게 키우지 않았어." 이런 말들은 '진짜 나'를 만들어가기보다는, 양육자의 기대치를 채워가는 것이 내 삶의 목적인 것처럼 느끼게 만들었다. '나다운 것'보다는 '괜찮은 사람'으로 자라는 것이 내가 해야 할 일이라고 생각하고 살았던 것 같다.

'착한 아이 콤플렉스'를 다루는 TV 프로그램은 억눌린 감정들을 밖으로 표출해내야 한다는 조언으로 마무리되곤 했다. 화면 속에서 상처받은 내면 어린아이의 목소리로 "나한테 왜 그랬어!"라고 절규하는 사람들을 보면서 조금은 부럽기도 했지만 이내 그런 생각은 접어두기로 했다. '낳아주고 고생하며 나를 키워준 엄마에게 소리를 지른다고? 엄마가 뭘 그렇게 잘못했는데?'라는 생각을 하며 마음속 '나쁜' 생각들을 다시 눌렀다. TV 속 사례들에 비하면, '억압'이나 '학대'라는 단어를 사용하기에는 나의 어린 시절은 너무나 평온했다. 부모님은 엄하신 편이었지만, '상처받았다'라는 표현을 사용하기에는 어쩐지 고통의 레벨이 충분하지 않은 느낌이다.

그 시절에 아이를 키운 부모라면 누구나 했을 법한, 아이가 건강하고 바르게 자랐으면 하는 마음에서 우러난 그런 말들로 엄마를 재판정에 세울 수는 없었다. 엄마 속을 썩인 적도 있었지만 반듯하게 자란 덕에 지금 내가 이 자리에 서 있다는 것, 그것까지 부정할 수는 없었다. 심리학을 조금 더 파고들었다. 엄마를 사랑하고 또 미워하는, 양극단을 오가며 헷갈리는 마음 상태를 부르는 '양가감정'이라는 단어가 와 닿았다. 모녀 사이에는 누구나 다 애증의 강이 흐른다는 말도 비교적 쉽게 들을 수 있는 요즘에야 마음이 조금 편해졌다. 다들 그렇게 자랐고 다들 그렇게 키웠던 거구나 하는 생각이 드니, 그동안 보이지 않았던, 그때 엄마가 처했을 법한 상황이 보였다. 말과 행동을 이끌어냈던 그 상황들이 말이다. 그렇게 조금씩 나를, 엄마를 이해해가고 있다. 꼭 폭발적으로 감정을 토해내지 않아도, 극적인 상황을 만들지 않아도 마음을 보듬어줄 수 있다는 것을 깨닫고 있다.

'진짜 나'를
보여준다는 것

내가 엄마가 된 지도 10년이 넘었다. 초등학교 고학년인 아들을 키우고 있는 나는 장을 보러 가면 '불량식품스러운 것'들을 사오곤 한다. 아들이 좋아하는 모습을 보는 것이 기대되기도 하지만, 어쩌면 놀이터 벤치에 앉아 있던 여덟 살의 나에게 주는 선물이 아닐까 하는 생각이 들기도 한다. 노랑, 초록, 분홍, 파랑, 알록달록한 색깔의 젤리를 입안에 가득 넣고 우물거리면, 작았던 꼬마 시절로 돌아간 기분이다. 하지만 집에 돌아와 장바구니를 정리할 때는 다시 '엄마 모드'로 전환, 사온 과자 더미를 찬장 속 깊숙이 숨겨놓는다. 어느새 아들은 색소 가득한 젤리와 사탕을 보물찾기 하듯 찾아내 다 먹어치우고는 파랗게 물든 혀를 내밀며 의기양양하게 말하곤 한다. "엄마, 잘 좀 숨기지 그랬어!" 약이 오르기도 하지만, 나는 아이가 나를 나무라는 그 말이 참 좋다.

아이가 '미운 일곱 살' 때였던가, 무슨 일이었는지도 기억나지 않는 일로 유치하게 싸웠던 적이 있었다. 화가 나서 이렇게 소리쳤던 기억이 있다. "너는 이렇게 말도 안 듣는데, 엄마가 왜 너를 사랑해야 하는데?" 아들은 망설임 없이 이렇게 소리쳤다. "엄마니까!" 정신이 번쩍 들었다. 아마도 그때부터가 아니었을까, 아이를 심판자의 눈으로 바라보지 않아야겠다고 생각한 것이.

자랑스러운 일을 하지 못한 날이면 혼이 날까 입을 꼭 다물고 있던, '애매하게 착한 나'여도 괜찮다는 생각이 나를 찾아올 때마다 어색하지만 반갑기도 하다. 착하지 않은 나까지 사랑한다는 말을 엄마의 목소리로 듣고 싶었던 시절이 꽤 길었던 것 같은데, '진짜 나'를 보여주는 것을 두려워하지 않는 아이를 보며 어린 시절의 내가 지고 있던 마음의 무게가 조금씩 가벼워지는 듯하다.

내가
간절히

듣고
싶었던
질문

이지안

떡볶이

상담소로 오세요

'떡볶이 상담소'라는 곳이 있다. 물론 내 꿈에서다. 남편과 은퇴하면 어느 한적한 동네 초등학교나 중학교 근처에 그런 곳을 만들어볼까 우스갯소리로 이야기한 적이 있다. 남편에게 말했다. "당신은 떡볶이를 만들어. 나는 상담을 할게." 방과후 마땅히 갈 곳 없는 아이들, 배고픈 아이들, 누군가의 따뜻한 시선이 고픈 아이들이 쫄래쫄래 들어와 떡볶이 국물을 튀기며 시끄럽게 떠들다 가는 장면을 상상해보니 씨익 미소가 지어졌다.

유독 외롭고 주눅 들어 있는 아이에게 관심이 갔다. 가정형편이 좋지 못해서, 공부를 잘하지 못해서, 친구들이 자주 놀려대서 움츠러들어 있는 아이는 주변에 늘 있었다. 나 역시 반에서 특별히 튀거나 잘나지 않은 그저 그런 아이였다. 결석을 했는지 아닌지는 출석을 부르고서야 겨우 알아챌 수 있었고, 이름도 흔해서 선생님은 다른 아이와 곧잘 헷갈려하곤 했다. 수줍음이 많았던 나는 친구들에게도 쉽게 다가가지 못하고 주변을 맴돌다 말거나 차라리 혼자 있는 편을 택하기도 했다. 어린 나를 생각할 때 늘 가장 먼저 떠오르는 장면이 있다. 내가 다니던 '국민학교'에는 교실이 있는 본관 뒤편 현관으로 나오면 자그마한 단층 건물의 화장실이 따로 덩그러니 있었다. 햇살이 그윽하던 어느 가을, 화장실과 본관 사이 현관 언저리에 나는 홀로 쭈그리고 앉아 있었다. 마음처럼 친구들과 잘 어울리기 힘들어 도망 나왔던 걸까, 아침에 아버지에게 된통 혼이 나서 속상했던 걸까, 어머니의 눈물바람에 내 마음도 같이 꺼져버렸던 걸까. 쉬는 시간인지 수업 도중이었는지조차 기억은 가물거린다. 그저 바닥에 뭔가를 낙서하며 그 무겁고 지루한 시간이 어서 지나가기만을 기다리는 내가 있었다. 왠지 그 시간은 흙바닥처럼 칙칙한 황토색이었다.

내 마음을 살피고 물어봐주는 어른을 만나지 못했다. 아버지의 폭언 앞에서 한숨짓던 어머니는 오히려 내가 마음을 헤아려줘야 하는 존재처럼 느껴졌다. 지근거리에 살았던 삼촌, 이웃 아주머니, 피아노 학원 선생님 그들 중 누구도 아버지에게 맞아 팔에 난 멍 자국에 대해 묻는 이는 없었다. 하루는 교회에서 집으로 가는 셔틀버스를 놓치고 차비마저 없어 막막했던 적이 있었다. 텅 빈 교회 앞마당에 혼자 남아 어쩔 줄 몰라 하며 누군가가 나타나 도와주길 간절히 바라던 순간, 주일학교 전도사님을 마주쳤다. 하지만 내가 상황을 충분히 설명하지 못했던 탓인지, 함께 있던 일행들과의 흥겨운 분위기에 젖어 내 간절함이 와 닿지 않았던 것인지, 전도사님은 시시한 농담만 남기고 자리를 떠버렸다. 나의 세계에서 어른들은 자기 삶 속으로 재빨리 사라져버리는 존재였다.

선생님이
되고 싶었던 이유

그런 내게 학교 선생님은 특별한 의미였다. 어디서도 받을 수 없던 다정한 시선을 선생님에게 기대했던 것 같기도 하다. 쿵쾅거리는 가슴을 진정시켜가며 겨우 손을 들고 한 발표에 선생님의 칭찬이라도 받는 날은 최소 하루치의 행복이 보장된 것이나 마찬가지였다. 하굣길 내내 선생님의 얼굴을 연신 떠올리며 배시시 웃곤 했다. 다른 친구들을 제치고 선생님의 심부름에 호명이 되면, 잘할 수 있을까 하는 두근거림과 선생님께 주목을 받았다는 자랑스러움에 마음이 둥실거리기도 했다. 초등학교 2학년 담임 선생님은 무슨 이유에선지 말수 적고 교실에서 혼자 있는 시간이 많은 나를 애틋하게 봐주셨는데, 어머니가 지금까지도 고마운 분이라며 말씀하시는 걸 보면 여러모로 많이 챙겨주신 모양이다. 소풍날 도시락을 먹는 시간, 가장 인기가 많다는 '선생님 옆자리'에 내가 앉아 있던 사진이 그 애정을 증명하고 있다. 선생님이 내게 어떻게 해주셨는지 구체적인 기억은 거의 지워졌지만 내게 관심을 기울여주신다는 그 따뜻한 느낌만은 여전히 또렷하다.

부모가 완전한 세상이었던 아이가 부모를 떠나 만난 학교라는 세계에서 가장 큰 권위자는 담임 선생님이다. 교사라는 자리는 유아기를 벗어난 아이에게 그 권위가 희미해져가는 부모의 자리를 대신한다. 선생님의 인정과 지지, 비난이나 평가는 아이의 가장 가까운 거울이 되어 고스란히 아이를 비춘다. 자기가 어떤 사람인지, 괜찮은 자질을 가진 사람인지, 세상에서 인정받을 만한 사람인지를, 선생님이 자기를 바라봐주는 태도나 표정, 말 한마디로 가늠해본다. 아이의 성향이나 환경에 따라 선생님이 주는 힘의 크기는 달라지지만 어릴수록, 자신을 적절하게 책임지고 보호하는 어른을 만나지 못했던 아이일수록 선생님이 줄 수 있는 자리는 커진다.

그래서인지 막연히 교사가 되고 싶었다. 외로운 아이들을 살피고 자신감을 잃은 아이들에게 따뜻한 버팀목이 되어주는 그런 사람이 되고 싶었다. 교사라는 직업인이 되는 여러 갈림길 앞에서 망설였다. 교육대학에 진학할까, 임용 시험을 준비할까, 수없이 고민하다 결국 심리학을 택했다. 심리상담사가 되어 타인의 고통을 좀 더 깊이 들여다보고 돌보고 싶었기 때문이었다. 하지만 여전히 교사로서의 삶은 동경과 미련이 남은, 가보지 않은 길이다. 특히 산골이나 섬과 같은 외진 곳에서 관심이 필요한 아이들을 보살피는 선생님들을 보면 질투가 날 정도로 부러워진다.

아이에게 가까운
어른이 된다는 것

어쩌면 나는 그 시절의 나를 구원하고 싶었는지도 모른다. 의지할 데 없고 소외된 아이를 위해 교사가 되고 싶었던 이유도, 그 시절 사랑받고 싶었지만 주목받지 못했던 나를 구하고 싶어서였는지 모른다. 어린 나는 아무런 힘이 없는 절대적인 약자였다. 힘을 가진 어른이 된 후 나와 같은 처지의 아이들에게 도움을 건넬 때, 그것이 곧 그 시절의 나를 보살피는 것과 같다고 느낀다.

아이를 키우면서도 비슷한 느낌을 받을 때가 있다. 어느 날 저녁 먹은 그릇을 치우고 뒤돌아서는데 아이들이 거의 눈물을 흘려가며 깔깔대고 있었다. 아이들 앞에는 장난감에서 흘러나오는 동요에 맞춰 우스꽝스러운 춤을 추며 한껏 망가진 남편이 있었다. 아이들은 남편을 놀려대며 데굴데굴 굴렀다. 그 모습을 보는데 순간, 왈칵 눈물이 쏟아졌다. 아이들에 둘러싸여 신나게 웃어대던 남편은 나를 보더니 눈이 동그래졌다. 나 역시 당황스러웠지만 금세 그 눈물의 의미를 알 것 같았다.

남편은 아이 그네를 밀어주고 목말을 태우고, 아이들이 좋아하는 것에 대해 다정하게 물어봐주는 살가운 아빠다. 남편이 아이들과 같이 노래를 부르고 춤을 추고 농담을 하며 웃을 때면 '아이들은 참 좋겠구나' 하는 흐뭇한 마음과 함께 '다행이다'라는 안도감이 밀려왔다. 그 안도감 뒤에는 가부장적이고 엄한 아버지의 기세에 눌려 입도 벙긋 못하던 어린 내가 있다. 이런 다정한 방식의 사랑을 나의 아버지에게 늘 원했으나 받을 수 없었다. 그 따뜻함을 마음껏 받고 누리는 아이들을 보면서 마치 그때의 내가 아빠와 뒹굴고 깔깔거리고 있는 것만 같았다. 나의 어린 시절도 그렇게 파스텔톤으로 다시 채색되는 느낌이 들었다.

아이에게 가까운 어른으로 살아가는 것은 그 자체로 치유의 과정이 될 때가 있다. 나와 별개의 타인이지만, 내게 있는 욕구가 상대에게도 있다고 가정하고 또 나와 상대를 동일시할 수 있는 상상력이 우리에게 있기 때문이다. 내가 간절히 바랐으나 만나지 못했던 어른의 모습을 하고 아이 앞에 선다. 때로는 싱거운 농담을 하고 같이 배꼽을 잡는 이모로, 언제는 다친 상처를 물어봐주는 이웃 아줌마로, 또 언제든지 기댈 수 있는 강인한 엄마의 얼굴을 하고 아이를 마주한다.

아이에게 단단하고 다정한 우산이 되어줄 때, 어느새 어린 시절의 내가 그 우산 아래 서 있다. 세찬 비에 얼룩졌던 그 시절이 고운 빛으로 채워진다. 나를 그들의 어른이 되게 해준, 아이들이 주는 구원이자 선물이다.

떡볶이 상담소 문을 열고 들어가면, 떡볶이를 가운데 두고 아이들이 모여 앉아 있을 것이다. 누구는 학원 숙제가 너무 많다고 이르고 또 어떤 아이는 아빠가 무섭다거나 부모님이 싸우는 소리가 듣기 싫다며 울상을 짓는다. 그 뒤에 우물쭈물 눈치만 보고 앉아 있는 아이도 있다. 나는 그 아이를 내 곁으로 당겨 앉힌다. 그러고는 아이와 눈을 맞춘다. "무슨 일 있니?" 내가 간절히 듣고 싶었던 질문을 할 것이다.

더러운
아이,

나쁜
아이

정희권

더러운
아이

꼬마였던 내 눈에는 영원히 대통령일 줄만 알았던 박정희가 갑자기 죽었을 때다. 잠시 찾아올 뻔한 민주주의를 만끽할 새도 없이 전두환이라는 새로운 독재자가 총칼로 집권했다. 사람들의 불안과 불만은 곳곳에서 머리를 들이밀었다. 그 불안과 불만이 만들어내는 빈틈을 폭력이 차곡히 채우던 시절.

내가 다니던 학교는 소위 명문대학의 부속 초등학교였다. 많은 사람들이 자기 자식을 그곳에 보내고 싶어 했다. 자가용이 드물었던 시절, 통학 시간에는 자가용들이 줄을 지어 정문 앞에 대기하곤 했다. 누구는 국무총리의 손녀이고, 누구는 텔레비전과 신문에 자주 등장하는 재벌집의 아이였다. 어느 날 그 집 아이가 지나가는데 몇몇이 수군거렸다. "쟤네 집 망했대."

비가 내리면 학교 화단에는 달팽이들이 풀줄기를 타고 올라왔다. 우리는 무뎌진 연필을 깎기 위해 필통 속에 작은 면도칼을 갖고 다녔는데, 어떤 아이들은 달팽이를 잡아 눈알을 잘라버린 후 다시 돌려놓고는 했다. 우리는 어렸지만 많은 것을 알았다. 아마도 어른들이 기대하는 것보다 더.

담임 선생님이 엄마들을 모아놓고, 자기 아들이 대학에 들어갔다며 노골적으로 수금을 했다는 사실도 모두 알고 있었다. 우리는 항상 크고 작은 잘못을 저질렀고 체벌은 흔했다. 우리는 겨우 열 살 남짓이었지만 교사들에게 빰을 맞는 일도 있었다. 촌지와 폭력은 만연했고 당연한 일이었다. 모두가 불편했지만 누구도 문제 삼지 않았다.

그러나 마치 흰 양 떼 속 검은 양 같은 아이들도 있었다. 매일 같은 옷을 입고 학교에 오던 아이들, 잘 씻지도 않는 것 같았던 아이들. 그중에는 유난히 우리의 타깃이 되는 아이가 있었다. 우리의 놀이 중 하나는 그 아이를 놀리는 것이었다. 우리는 그 아이가 얼마나 더러운지, 얼마나 공부를 못하는지 자주 이야기하고 놀렸다. 그 애가 코를 파더니 끈적한 코딱지를 책상 위에 비벼버렸다는, 그것이 사실인지 아닌지 누구도 모르던 소문은 곧 아이들 사이에서 돌았다. 아무도 그 아이 옆에 앉으려 하지 않았다. 20여 년이 지나 아이러브스쿨이라는 사이트가 유행하면서 동창 모임이 활성화되었을 때도 그 아이는 나타나지 않았다. 오랜만에 만난 친구들은 서로의 근황을 주고받았지만 아무도 그 아이에 대해서 이야기하지 않았다.

지금도 생각나는 것은 어느 날 낡은 양복을 입은 작고 깡마른 아저씨가 학교에 찾아왔던 일이다. 그 아이의 아빠라고 했다. 작고 마른 그 아저씨의 표정은 무척 어두웠다. 세 아이의 아빠가 된 지금 나는 그 아버지가 느꼈던 슬픔의 깊이를 짐작하는 것만으로도 버겁다.

나쁜
아이

중학생 시절, 학교에는 엇나가는 아이들이 있었다. 해서는 안되는 일을 하는 아이들, 꼭 해야 하는 일을 못 하는 아이들, 나쁜 아이들. 우리 반에도 한 명 있었는데 그 아이는 영어 시간에 교과서를 읽지 못해 매번 교단으로 불려 나와 맞고는 했다. 놀랍게도 국어책도 잘 읽지 못해 맞는 일도 있었다. 그 아이는 지금은 예쁜 공원으로 개발된 낙산에 있었던 빈민 아파트에서 살았다. 당시 낙산에 들어서면 나쁜 형들에게 돈을 뺏기거나 두들겨 맞으니 절대 그곳에 가지 말라고 부모님들은 신신당부했지만, 우리는 그 아이와 함께 낙산을 올라가곤 했다.

그 아이는 담배를 피웠고, 나쁜 형들과 어울려 다녔으며, 문이 열린 집에서 나이키 같은 고급 신발을 훔쳐 애들에게 팔기도 했다. 그러나 싸움을 잘하는 아이는 아니었다. 당시 학교에서는 거의 매일 아이들끼리 싸움이 벌어졌고 우리는 그걸 구경하곤 했지만, 그 아이가 누군가와 싸우는 것은 한 번도 본 일 없다. 무슨 이유인지는 모르나 정학을 받았던 것도 같던 그 아이는 2학년 때 결국 학교를 자퇴했다.

그 아이를 마지막으로 본 것은 중학교 3학년, 마지막 소풍 때였다. 우리는 이미 고교입학시험을 치렀고 학교는 더 이상 우리에게 뭔가를 가르치려 하지 않았다. 하릴없이 학교에 나와 시간을 죽이던 우리를 위한 썰렁한 소풍이었다. 왜 여기 왔는지도 모를 조선시대 왕의 무덤에 버스를 타고 도착한 우리는 넉넉하게 주어진 자유 시간 동안 주위를 돌아다니고, 싸구려 일회용 필름 사진기로 서로 사진도 찍었다. 가끔 어울리던 친구들과 함께 낮은 산에 올라갔을 때, 그 아이를 보았다. 그 아이는 자기가 자퇴한 학교의 소풍에 따라온 것이다. 낡고 더러운 티셔츠를 입은 그 아이는 친구들과 담배를 피웠다. 누군가장난으로 맥주병을 바위 모서리에 내리쳐 깼을 때 그 아이 눈에 비쳤던 두려움을 기억한다. 그 아이는 말이 없었고, 조용히 친구들을 바라보고만 있었다.

아주 오랜 시간이 지나서야 자신이 그만둔, 어쩌면 쫓겨난 학교의 소풍을 따라온 그 아이의 마음을 이해할 수 있었다. 그 아이는 그저 친구들이 학교를 떠나기 전에 한 번 더 만나보고 싶었던 것이다.

깨달음은
갑자기 찾아온다

어른이 되었다. 결혼을 했고, 아이가 생겼다. 결혼 전에도 아이를 키우는 상상을 해본 일은 있지만, 실제로 나와 닮은 아이가 태어나서 그 아이를 느끼고 이야기하고 함께 사는 것은 그 상상을 아득하게 넘어서는, 내 인식의 지평을 넘어서는 경험이었다. 아이 하나는 각각 하나의 우주를 열어주는 것이다. 퇴근을 하면 나는 문 앞에서 팔을 벌리고 안아달라고 하는 아이를 꼭 껴안고 잠시 서 있고는 했다. 아이 목덜미에 고개를 파묻고 귀를 아이 뺨에 대고 있으면 아이의 체온과 살냄새가 느껴졌다. 그렇게 촉감과 후각으로, 내 모든 것으로 아이를 느끼고 있으면 내 심박이 차분히 가라앉는 것이 느껴졌다.

주말에 텔레비전을 볼 때였다. 선천적 질환을 가진 아이들에 대한 다큐멘터리였다. 이제 막 네 살이나 됐을까, 당시 내 첫 아이 또래의 여자아이가 꽃이 핀 봄날의 정원에서 카메라를 보며 말했다. 선천적인 안면이형장애를 갖고 있는 아이였다.

"○○이(자기 이름)는 안 예뻐요. 저 꽃들도 예쁘고 나비들도 예뻐요. 그런데 ○○이는 안 예뻐요."

그때였다. 내 눈에서 끊임없이 눈물이 나기 시작한 것은. 나는 그날 아이가 한 말을 잊을 수 없다.

나는 결혼을 하고 아이를 가진 이후에야 저 아이, 자신의 의지와 상관없이 일그러진 얼굴을 갖고 태어난 아이가 우리 아이처럼 똑같이 사랑스러운 아이라는 것을 깨달을 수 있었다. 그 애들도 내 아이들처럼 누군가의 소중하고 예쁜 아이였던 것을 너무 늦게 깨달았다. 겨우 어린아이 하나의 마음을 이해하는 데 그토록 오랜 세월이 필요했다.

내 아이를 경험하기 전까지는, 세상의 모든 아이들 안에 얼마나 예쁜 마음이 있는지 알지 못했다. 그 아이들의 겉모습이 어떻건, 어떤 행동을 하건 그들이 얼마나 귀하고 소중한 아이들인지 알지 못했다. 아이들을 줄 세우고 평가하는 모든 것이 그 아이들의 본질과는 아무런 상관이 없다는 것을 알지 못했다. 그 평가에서 밀려나는 것이 그 아이의 잘못이 아니라는 점을 알지 못했다. 내 유년기, 내가 보고 경험했던, 사랑받지 못하는 아이들에 대한 깨달음은 이렇게 뒤늦게 찾아왔다.

한번 불타오른 나무가 재가 되어버리듯, 우리의 삶은 비가역적이다. 우리는 돌이킬 수 없는 찰나의 인생을 단 한 번 살 뿐이다. 상처에는 새 살이 돋지만, 그 상처는 흉터를 남긴다. 우리가 저지른 일을 되돌려 없던 것으로 할 수는 없다.

어른이 된다는 것은 어떤 의미로는 이 비가역적인 삶을 사는 약하고 작은 존재들의 소중함과 아름다움을 이해하고 그것을 지켜주는 사람이 되는 것이라고 생각한다. 우리는 준비 없이 태어났고, 어른이 되는 방법을 배우기도 전에 어른이 되어버렸다. 어른으로서 아이들의 소중함과 사랑스러움을 이해하기 위해 그들을 우리의 기준으로 평가하지 말고 있는 그대로 받아들일 수 있어야 하건만, 과연 누가 우리에게 그런 지혜를 가르칠 수 있었던가?

바라건대 남은 생을 통해서라도 우리 주위의 아이들을, 연약하고 아름다운 그들의 유년을 지켜줄 수 있는 어른이 되기 바랄 뿐이다. 그리고 그게 우리 스스로를 지키는 길이기도 하다고 믿는다.

더러운 아이, 나쁜 아이

정희권

나는
소년이었던
때가

매일
그립다

정지우

안전해서
꿈꿀 수 있었던 시절

나는 거의 매일 소년이었던 때가 그립다. 물론, 지금을 버리고 그 시절로 돌아가고 싶을 만큼 간절한 것은 아니다. 이 그리움은 오히려 약간 눈치챌 듯 말듯 일상의 뒤편에 숨어 있어서 넌지시 속삭이는 것 같은 느낌을 준다. 계속 듣고 있지만, 듣고 있다는 사실을 모르고 있다가 어느 순간 깨닫는 화이트 노이즈처럼, 소년 시절이라는 건 내 일상의 배경에 깔려 있다. 그러다 어느 날이면, 내가 매일 소년이었던 때를 그리워하고 있다는 걸 깨닫는 것이다.

소년 시절을 생각하면, 가장 먼저 떠오르는 건 고요했던 나의 방이다. 나는 내 방을 정말이지 사랑했다. 하루 종일 용사가 마왕과 싸우는 모험 이야기를 홀로 상상하고, 그 장면들을 커다란 전지 가득 그려 넣는 일이 좋았다. 침대 밑에서 레고 박스를 꺼내어 주말 내내 무언가를 만드는 게 좋았다. 책상 밑에 들어가 장난감을 가지고 여동생과 하루 종일 노는 일이 좋았다. 당시 내 방은 부엌 베란다와 이어져 있었는데, 때때로 어머니는 창문을 열어 우리에게 먹을 것들을 건네주곤 했다.

기억은 그곳에서 한 번 멈춘다. 어머니가 방 안으로 먹을 것을 건네주는 그 순간, 내 방은 갇혀 있던 시간에서 벗어나 '바깥'과 이어진다. 선선한 계절에는 바람이 살짝 든다. 그러면, 사실 나는 내 방에 고립되어 있던 것이 아니라 더 큰 품 안에 안겨 있었다는 걸 알게 된다. 어머니의 품, 아버지의 보호, 그런 것 안에서 나는 노닐고 있었던 것이다.

내가 나의 이야기와 상상과 시간에 몰입할 수 있었던 건 내가 진짜 혼자였기 때문이 아니라 늘 안겨 있었기 때문이었다. 보호받고 있었기에 안심하고 나만의 세계에 몰두할 수 있었다. 그렇게 나만의 상상 속에서 모험을 할 수 있었다. 매일 새로운 이야기를 만들고, 새로운 놀이를 발명하고, 새로운 역할을 해볼 수 있었다.

그러니까 나는 늘 그런 시절의 어떤 느낌이랄 것을 그리워하고 있다는 걸 깨닫곤 한다. 안겨 있었기 때문에 자유로울 수 있었던 시절, 자유와 안정이 모순이 아니라 하나일 수 있었던, 어쩌면 인생에서 유일했고 다시 돌아갈 수 없었던 그 시절의 느낌을 그리워한다. 어느 순간, 내가 이 세상과 매일 부딪히며 현실의 칼바람을 맞고 있다는 걸 깨닫는 바로 그런 순간에 말이다.

인생의 꿈이라는 것도 대부분 그런 온실 속에서 피어올랐다고 느낀다. 막연히 내가 가고 싶다고 느꼈던 저 바다 너머의 세상, 언젠가 자유롭게 날고 싶다고 느꼈던 하늘 속 구름들 사이, 무언가 되고야 말겠다고 마음먹은 꿈을 품을 수 있었던 건 나름대로 내가 아직 안전했기 때문이었다. 달리 말하면, 꿈꿀 수 있는 능력은 안전한 가운데 피어올랐다. 반면, 너무 불안했던 어떤 나날들에는 꿈을 품기조차 어려워 수많은 마음을 허비하곤 했다.

그러니까 나는 그 안전함을 그리워한다. 지금에야 스스로 안전을 책임져야만 하는 사람이 되었고, 마냥 편하게 꿈꾸기도 어려운 입장이 되었다. 그러나 여전히 어떤 안전에 대한 욕망은 완전히 사라지지 않는 듯하다. 소년이었던 시절에 대한 그리움은, 이를테면 베란다에 커다란 우산을 펴놓고 그 아래에 돗자리를 깐 다음 여동생과 레고를 조립하고 놀던 어느 오후의, 마음껏 꿈꾸어도 좋았던 그 마음에 대한 것이다.

소년과
함께 사는 시절

나는 새로운 가족을 이루었고, 작은 아이 하나와도 함께 살고 있다. 아이는 거의 매번 나의 어린 시절을 소환해낸다. 인도를 거닐 때면, 내 손을 꼭 붙잡고 놓지 않는 아이의 손끝에서 어린 시절 내 앞에 놓였던 대로가 생각난다. 아파트 단지 바깥에 있던 대로변은 내가 결코 '홀로 건너서는 안 되는' 거대한 레테의 강 같았다. 그러니까 나는 그 대로변에 이르는 단지 내 공간까지 거닐 수 있었고, 그곳에서 보호받고 있었던 것이다. 어머니나 아버지의 손을 꼭 붙잡은 채로 말이다.

내 소년 시절에 대한 그리움은 아이 탓도 있다. 소년이 내 앞에 있으므로, 나는 그 소년을 부러워하고 또 그리워한다. 아내와 나는 종종 "아이가 너무 부러워"라고 말하곤 한다. 하루 종일 무얼 하고 놀까만 고민하는 저 작은 우주의 주인, 상상과 현실의 경계가 허물어진 채 살아도 좋은 장난꾸러기 신(神), 항상 놀이동산의 관람차 안에 살고 있는 듯한 저 신난 관광객 앞에서 나도 불현듯 그 시절의 마음이랄 것을 상기해버리곤 하는 것이다.

그런데 그런 순간, 나는 소년기로 입장하기도 한다. 아이랑 함께 상상의 세계를 헤매고 있다 보면, 이런 세계를 오랫동안 잊고 지냈다는 걸 알게 된다. 가령 숲속의 호랑이나 마녀, 고래 배 속의 세계, 공룡들이 여전히 살아 숨 쉬는 세상, 다양한 중장비들을 서로 친구 맺어주고, 동네 고양이들에 이름을 붙이며 함께 살아가는 삶의 감각이라는 걸 정말이지 '잃어버렸다'는 걸 알게 되는 것이다. 그러나 동시에 아이가 있어서, 아이와 함께하는 순간만큼은 그 모든 것이 내게 다시 돌아왔다는 걸 느끼곤 한다.

그런 순간에 소년기는 더 이상 화이트노이즈가 아니고 내 앞의 현실, 말하자면 갑자기 창밖에서 침투해 들어오는 고장 난 가전제품을 파는 확성기 소리 같은 것이 된다. 그렇게 나도 다시 꿈을 꾸어보게 된다. 아이로부터 시선과 마음을 얻어, 이 세계를 다시 만들어보게 된다. 아이를 보호하는 건 나 자신이지만, 아이와 함께 그 보호 속으로 잠시 들어가보는 묘한 모순을 경험한다. 나는 나를 보호하면서, 나를 꿈꾸게 한다.

삶에서의
보호지대를 꿈꾸며

내가 더 이상 소년일 수 없다는 것은 모든 보호막을 스스로 만들어야 하는 입장이 되었다는 뜻이다. 마찬가지로, 내가 그 시절만큼 자유롭게 꿈꿀 수 없다는 것은 매번 전선에서 이 보호막을 지키기 위해 싸우지 않으면 안 된다는 사실을 의미할 것이다.

그렇지만 마치 전쟁터에서 고향의 유년기를 떠올리듯, 나도 이 부단한 부대낌이 있는 현실 속에서 나만의 소년기를 생각한다. 그리고 가능하다면, 그런 소년기를 다시금 이 현실에 불러오고 싶기도 하다. 그것이 마냥 퇴행이 되지 않으려면, 나는 나 자신에 대한 부모이자 나의 아이라는 두 가지 역할을 모두 해야 할 것이다.

때로는 나 자신만을 위한 보호지대뿐만 아니라 타인을 위한 보호지대를 만드는 것도 좋지 않을까 싶다. 당장 아내와 나는 서로의 보호지대를 만들어주는 면이 있다. 물론, 부부관계라고 서로 마냥 소년소녀가 되어버릴 수는 없겠지만, 그래도 때로는 서로를 지켜주며 보호하고, 무엇보다도 그런 보호지대가 될 수 있는 가정을 만든다는 점에서 나름대로 '보호지대 만들기'를 실현하고 있는 셈이다.

나아가 내가 어떤 고즈넉한 공간 하나를 만들 수 있다면, 그래서 그곳에 입장하는 그 누군가에게 잠시라도 쉬어갈 수 있는 유년기의 마음을 줄 수 있다면, 그 또한 나쁘지 않을 것이다. 어떤 시간, 어떤 사람과 마주 앉아 그 사람에게 잠깐의 '소년기 소환'이라는 걸 가능하게 해줄 수도 있을지 모른다. 마음과 정성으로, 작은 마법 한 번쯤 부려보는 셈이다. 내게는 스스로 주최하는 글쓰기 모임이나 독서 모임이 때로는 그런 작은 '마법 부리기'처럼 느껴질 때가 있다. 사람들과 그 시간에 모여 안전한 마음으로 웃고 떠들 때면 말이다.

그렇게 삶에서 만나는 사람들과 만들어가는 시공간 속에서 이따금 서로에게 소년을 돌려줄 수 있다면, 그 삶은 꽤나 괜찮은 하나의 방식이 되지 않을까. 나는 지금도 매일 소년 시절이 그립다. 그리고 가끔 소년이 된다. 또 가끔은 어느 소년 소녀들의 아버지가 된다. 그 순환이 내게는 일종의 삶에 대한 긍정처럼 느껴진다.

시간의 모음이 묶어

2

지금,

이곳에
살아 있음을
생각하다

영원

첫사랑의 얼굴에 비친
연보랏빛 하늘

얼마 전, 첫사랑을 다시 만났다. 고등학교 졸업식에서 각자
갈 길을 가기로 하고 눈물을 머금은 채 마지막 인사를 나눈
지 꼬박 3년 만이었다. 서로 연락을 끊고 살아가려 했다가도,
한동안은 그래서 정말 모르는 사이처럼 안부 인사도 묻지 않
고 지냈다가도, 겹치는 친구들이 너무 많았던 터라 우연히 연
락이 닿았다. 3년이라는 시간은 이런저런 감정들이 모두 미
화되기에 충분한 시간이었다. 나는 분명 그 애에게 실망하기
도 했고, 서로 상처가 되는 말을 주고받았던 적도 있지만 왠
지 모르게 그 모든 것이 '어렸기 때문에 순수해서 벌인 일'로
만 기억되었다.

미련이 남아 있었기에 만나기로 했던 건 아니었다. 그저 한때
친했던 친구로서, 무슨 생각을 하고 어떤 삶을 사는지 문득
궁금해질 때가 있었기에 연락이 다시 이어진 순간 서로 당연
하다는 듯 얼굴 한번 보자는 얘기가 오고갔고, 정신을 차려보
니 만날 날짜와 장소를 정하고 있었다. 그냥 그때 나의 감정
이 어린 학생의 소꿉장난 정도였으리라 생각했고, 만난다고
해도 별다른 기분이 들지는 않을 것이라 믿었다. 하지만 그
애의 얼굴을 다시 마주하는 순간 마음이 붕 뜨는 것 같았다.

사랑의 감정은 아니었다. 가슴 뛰는 설렘도 없었다. 그저 고
등학생 때의 공기가 나를 사로잡았을 뿐이었다. 그 애의 얼굴
을 보자마자 모든 것이 다 기억이 났다. 아침에 피곤한 몸을

이끌고 교실에 오자마자 엎드려 자던 그 시절. 수업이 시작되면 친구들은 나를 흔들어 깨우곤 했다. 그래도 일어나지 않으면 친구들은 내 등을 콕콕 찌르거나 코 주위에 깃털을 갖다 대며 자기들끼리 킥킥거렸다. 나와 내 친구들은 학교 앞 호수공원의 벤치에 앉아 석양을 바라보는 걸 참 좋아했다. 학교 안에서는 그렇게 시끄럽게 떠들다가도 호수공원의 벤치에 앉을 때면 아무도 먼저 입 여는 사람 없이 멍하니 하늘을 바라봤다. 그러면 가끔은 새가 날아가기도 했고, 가끔은 비를 머금은 구름이 피어오르기도 했고, 또 가끔은 하늘이 너무 맑아 연보랏빛 하늘에 콕콕 박혀 있는 별마저 보이기도 했다. 그럴 때면 우리는 늘 자유를 말했다. '자유'라는 단어는 너무나 추상적이어서 손에 잡을 수 없는 것처럼 느껴질 때가 있는데, 그것이 우리가 바라보고 있던 연보라색 하늘과 비슷하다고 생각했다. 잡을 수 없는 것, 그렇기에 아찔한 것, 또 그렇기에 한없이 아름다운 것. 첫사랑의 얼굴을 보자마자 내가 기억해 낸 것은 그와의 추억이 아닌 어이없게도 아름다웠던 연보랏빛 하늘이었고, 아찔한 자유였고, 나는 손에 잡히지 않는 그 모든 기억에 숨이 막혀 질식할 것만 같았다.

우리는
어디에 머물고 있는가

한동안 학교 공부도, 외부 일도 손에 잡히지 않았다. 집에서 무언가를 하려 할 때마다 다시금 그 시절이 떠올랐다. 나는 새를 동경했다. 그들은 자유로울 것이라 생각했다. 땅에 발 묶여 살아가는 인간과는 다르게, 땅이 싫으면 하늘로 훨훨 날아가면 되고 하늘이 싫으면 땅에 내려앉아 흙을 밟으면 되는 새는 분명 자유로울 것이라 확신했다. 가끔씩 인간은 어쩔 수 없이 땅에 발 묶여 살아가는 존재라는 사실이 떠오를 때 나도 모르게 울적해진다. 땅이 지겨웠다. 죽을 때까지 결코 벗어날 수 없다는 사실이 나를 옭아맸다. 하지만 우리는 땅에만 종속된 존재가 아니었다. 우리는 시간에도 매여 살고 있었다. 나는 그 당연한 사실을, 그 당연한 진리를, 첫사랑을 다시 만나고 그 애의 얼굴에서 연보랏빛 하늘을 보고 나서야 깨달았다. 고등학교 시절의 그 모호한 공기를 다시 한 번만 맡아볼 수 있다면 나는 내가 가진 모든 것을 놓을 준비가 되어 있었다. 하지만 나는 너무 잘 알고 있다. 두 번 다시는 돌아갈 수 없을 것이라는 걸 말이다. 그 시절로만 돌아가지 못하는 게 아니다. 나는 일 년 전으로도, 한 달 전으로도, 일주일 전으로도, 심지어는 일 분 전으로도 돌아가지 못한다. 운명이다. 현재를 살아가야 한다. 현재만을 살 수 있다. 하지만 현재란 없다. 그것도 아주 잘 알고 있다. 과학적으로 '순간'이라 할 수 있는 시간의 쪼개지지 않는 최소 단위는 바로 '플랑크 시간'인데, 그것은 10의 마이너스 43승 초. 우리가 인지조차 할 수 없는 짧은 순간이다. 현재를 살고 있지만 현재란 사실상 없는 것이라면, 나는 도대체 어디에 있는가? 어디에 머물고 있는 걸까? 존재는 하는 걸까? 이 물음들은 어떤 노력을 해도 결코 가라앉지 않고 머릿속에 둥둥 떠다니며 나를 괴롭혔다. 이러다간

확 죽어버리고 싶을 것만 같았다.

현재란 무엇이고, 어떤 것이 '지금'이라는 개념을 만드는지, 더 나아가 시간이 주는 절망에서 어떻게 해방될 수 있을지에 대한 나의 고민은 그때부터 시작되었다. 살아가기 위해서 시작한 고민이었다. 그에 대해 답을 내지 못한다면 무한한 생각에 갇혀 인생을 불행하게 살아갈 것이 틀림없었다. 옛날부터 나는 한 가지 문제에 봉착을 하면 고민을 그만두는 것이 불가능했던 터라, 그것을 안고 평생 살든지 아니면 해결하고 넘어가든지 둘 중 하나를 선택해야 했다. 이번 문제는 정말로 존재에 직결되는 것이었기 때문에 회피할 수는 없었다.

현재를
보여주는 것들

오래전부터 고민했던 비슷한 문제는 또 하나 있었다. '시간이 멈춘 것만 같은 기분'이 들 때가 가끔 있는데, 이것이 어떻게 가능한지에 관한 것이었다. 늦은 새벽, 모두가 잠들어 발소리 하나 들리지 않는 암흑의 시간에 나는 책상에 앉아 가만히 벽을 바라보곤 했다. 그럴 때면 '현재'를 살고 있는 것 같은 기분이 든다. 일부러 집 시계의 배터리를 뺀 적도 있다. 침묵의 시간 속에서 시계 초침마저 움직이지 않는 상태가 곧 살아 있음을 증명해주는 것처럼 보였다. 공연장에 가서 가만히 앉아 음악을 들을 때에도 현재를 경험하곤 했다. 특히 음악이 클라이맥스에 도달해 팡 터질 때에는 시간이 멈춘 상태를 체험하는 느낌이 들었다. 나는 정지했고, 시간에 종속된 세계는 어느새 시간에서 해방된 채 하나의 입체적인 덩어리로 나를 에워쌌다.

우리는 시간이 흐른다고 착각하지만 사실은 시간이란 '두 가지 사건이 동시에 일어나는 접점'일 뿐이라고 한다. 예를 들어서 "다섯 시에 시계탑 앞에서 봐"라는 문장에는 정말로 '다섯 시'라는 시간이 존재하고 그때 시계탑 앞에서 만나는 것이 아니라, 시곗바늘이 '다섯 시'를 가리키는 사건과 두 사람이 시계탑 앞에서 만나는 사건이 동시에 일어날 뿐이라는 것이다. 현재란 무엇인지, 시간이란 무엇이지를 알아내기 위해 찾아본 얕고 좁은 과학적 지식들은 그럼에도 불구하고 나에게 크나큰 통찰을 주었다.

내게 현재를 경험시켜준 모든 시간은 사실상 사건이 없는 상태였다. 늦은 새벽의 고요함 속에 가만히 앉아 벽을 바라볼 때에는 정말로 아무런 사건이 일어나지 않는다. 적어도 밀폐된 내 방이라는 공간 안에서는 말이다. 공연을 볼 때에도 관객은 가만히 앉아만 있다. 공연이 만약 다섯 시에서 여섯 시까지 지속된다고 하면 그들이 가만히 앉아 음악을 듣기만 하는 그 한 시간 동안은 그들에게 '사건'이란 게 일어나지 않기 때문에 한 시간 동안 현재를 경험할 수 있다. 그들은 관조한다. 무대 위의 연주자들은 역동적으로 움직이지만, 그것을 지켜보는 관객들은 객석에 앉아 가만히 바라본다. 그들은 시간의 정지를 경험한다. 그들은 그때 비로소 살아 있음을 경험하게 된다.

관조하기,
동시에 몰입하기

답을 찾았다. 관조하는 것이다. 동시에 몰입하는 것이다. 오케스트라 공연을 보며 가만히 앉아 정지된 시간을 즐기는 '나'와, 음악 안의 역동성에 몰입한 채로 그들과 하나가 되어 잔잔한 부분이 흘러나올 때에는 함께 잔잔해지고, 웅장한 부분에서는 함께 환희를 느끼며, 너무나 아름다워서 오케스트라 단원들마저 넋을 놓고 연주하는 부분에서는 그들과 함께 그 아름다움에 젖어 눈물 흘릴 수 있는 '나'를 만드는 것이다. 공연은 언제나 끝이 난다. 인생의 아름다운 순간은 언젠간 끝이 난다. 그때가 되면 관조하는 내가 몰입하는 나를 꼭 안아줄 것이다. 시간이 흐른다고 해서 존재가 사라진 게 아니라, 언젠가는 시간이 정지할 만큼 아름다운 순간이 다시 올 거라며 위로해줄 것이다. 그러다 다시 음악이 시작되고 정지된 시간이 찾아온다면, 그러니까 아름다운 순간이 또다시 찾아온다면 나는 또다시 몰입하면 된다. 이것이 계속해서 반복될 것이다. 산다는 것은 어쨌든, 아무리 큰 의미를 두고 증명해내려고 해도 그냥 그뿐이다. 반복, 덧없음과 소중함의 끝없는 반복. 그냥 그렇게 살면 된다. 그게 삶이다.

나는 이제 지나간 세월을 그리워하지 않을 수 있다. 삶을 있는 그대로 살 수 있다. 지나간 세월이란 원래 없는 것이고, 삶은 시간적 단위의 덩어리라는 것을, 그래서, 삶은 공연이라는 것을, 우리는 가만히 앉아 무대를 즐기기만 하면 된다는 것

을, 그러므로 한없이 자유롭게 살 수 있다는 것을, 나는 첫사
랑의 얼굴에 비친 연보랏빛 하늘을 통해 깨달았다.

여름의
입구

허태준

머리 위로 불어오는 바람에 나무가 흔들렸다. 아직 더위가 가
깝게 느껴지지 않는 날씨여서 긴팔 옷을 입고 약속 장소로 갔
다. 커다란 빌딩 사이로 그만큼이나 커다란 구름이 떠다녔다.
발걸음을 멈춘 나는 잠시 멍하니 하늘을 올려다보았다. 특별
히 무언가를 생각한 건 아니었다. 그저 마음이 자꾸 부풀어
오르는 것 같았다. 나를 지나쳤던 감정들이 갑작스럽게 모여
가슴에 압력이 차는 기분이었다.

약속 장소에 다다르자 그가 마주 걸어오고 있었다. 늦지 않아
서 다행이라 생각하며 손을 흔들었다. 4년 만에 보는 얼굴이
었다. 머리 잘랐네. 응, 다음에는 반삭하려고. 나는 어울릴 것
같다고 말하고, 그는 진지한 표정으로 그럴까? 되물었다. 나
뭇가지 스치는 소리와 함께 그의 눈가로 머리카락이 흘러내
렸다.

카페로 자리를 옮긴 우리는 여러 이야기를 나누었다. 코로나
때문에 부산에 왔다는 그는 너무 바쁘게 지내지 않아 다행이
라고 하면서도, 한편으로 계획했던 일들을 할 수 없게 되어
스트레스를 받는다고 했다. 나는 모든 게 이전과 크게 다르지
않다고 했다. 만나는 사람도 적었고, 대부분의 일은 혼자 처
리할 수 있다고. 그런 생활이 가능하다는 게 운 좋은 일이라
는 말도 했다.

생각보다 즐거운 대화에 한편으로 안도했다. 대부분은 그가

자신의 대학 생활을 들려주고, 나는 적당히 맞장구를 치며 듣는 역할이었다. 만나지 않았던 시간만큼이나 우리의 삶은 멀리 떨어져 있었다. 그 거리감이 어색할 것이라 생각했는데, 이야기를 듣다 보니 그렇지도 않았다. 대학을 가지 않은 나에게는 그의 이야기 하나하나가 무척 신기했다. 그는 컴퓨터공학과에 진학했다고 했다. 의외라는 생각에 내가 묻자, 이민 갈 때 가장 유리한 학과를 선택했다고 말해서 우리는 같이 웃었다.

그 시절의
추억에서

듣고만 있던 내게 그가 대뜸 어떻게 사느냐고 물었다. 그러게. 나는 어떻게 살고 있는 걸까. 잠시 생각해보고, 특별한 일은 없다고 대답했다. 그냥, 시간이 날 때마다 글도 쓰고, 생활은 해야 하니 돈 버는 일도 하고. 무슨 일 하는데? 책 만드는 일. 신기하네. 그는 작은 궤적으로 고개를 끄덕이며 커피를 한 모금 마셨다. 너는 언젠가 그쪽 일을 할 것 같았어. 그런가, 나는 전혀 몰랐는데. 계속 공장에서 기계 고치는 일을 할 줄 알았는데. 그게 싫지 않았는데.

그는 내가 고등학교 때 쓰던 글을 기억했다. 교육이나 진로에 대한 토론회를 기획했던 것이나 입시에 대한 부담이 없었기에 취업 직전까지 이어가던 여러 활동을 다시 소환했다. 그때 너 꽤 즐거워 보였어. 즐거웠지만 잘하진 못했다. 나는 맞는

말만 하고 싶어 했고, 개개인의 상황이나 마음을 깊게 들여다
보지 못했다. 나를 싫어하는 사람이 많았다. 갈등은 해소되지
않은 채 우리가 성인이 되자 그냥 사라져버렸다. 직업계 고교
에 다니던 나는 졸업 후 취업을 했고, 함께했던 대다수는 대
학을 갔다.

그건 싸구려 청춘영화처럼 기승전결 없이 그렇게 끝난 이야
기였다. 반짝이는 파도처럼 투명하게 부서지며 거품처럼 사
라질 기억이었다. 그러고 보니 문득 궁금해졌다. 너는 왜 나
를 만나자고 했을까. 한때 친밀한 감정을 나누었던 이들도,
모두 각자의 길목으로 바삐 사라져버렸는데. 나는, 너에게도
그저 추억의 일부로 자리매김했던 게 아니었을까. 그 추억을
굳이 다시 마주할 필요가 있었던 걸까.

내 물음에 그는 웃으며 그냥 궁금해서 연락을 남겼다고 했다.
어떻게 지내는지, 뭘 하며 사는지 궁금했다고. 그럴까. 너희도
가끔은 내가 그리울까. 한 번도 그런 생각을 해본 적은 없었
는데. 그는 당연히 그러지 않겠냐고 했다. 그립기도 하고, 궁
금하기도 하고, 한 번쯤 연락해보고 싶기도 하다고.

나는 가만히 생각해보다가, 역시 당연한 일은 아니라고 대답
했다. 그리고 연락해주어서 고맙다고 말했다. 그는 별걸 다
고마워한다는 표정으로 가끔은 먼저 좀 연락하라고 했다. 나
는 웃으며 그러겠다고 했다. 장담할 수는 없지만, 최대한 노
력해보겠다고. 그는 어이없다는 표정을 짓더니, 체념한 듯 대
학에서 있었던 일을 몇 가지 더 이야기해주었다. 공부하는 분
야에 대해, 사회적인 관심과 자신의 태도에 대해, 방학 동안

있었던 일과 학교 안의 작은 텃밭에 대해. 시간이 제법 지났는지, 창문으로 스며든 주홍빛 햇살이 우리 사이로 길게 늘어졌다.

아주 작은
각도에서

예전에는 대학이 부러웠다. 더 넓은 세상. 다양한 가치관을 가진 사람들과 함께 공부하고 교유할 수 있는 기회들. 대학이라는 게 갈 수 없는 먼 나라처럼 느껴지던 시절이 있었다. 첫 직장이 있던 황량한 공단 부지에서 그런 감정은 더 짙어졌다. 사람들이 떠난 자리에 나는 혼자 버려져 있는 것만 같았다. 내가 기준 미달의 인간이라서, 남에게 상처만 주는 이기적인 인간이라서 벌을 받고 있다는 생각을 자주 했다.

그럴수록 나는 나 자신의 삶을 비대하게 포장했다. 일찍 돈을 벌어서 얼마나 좋은지, 내가 사회생활을 통해 얼마나 성숙해졌는지, 경제적 자립을 통해 얻은 자유가 얼마나 값진 것인지를 악을 써가며 설명하려 했다. 아무에게도 닿지 않는 목소리를 키우려 직장 일과 학업을 무리하게 병행했다. 자존감은 온전한 두께를 가지지 못한 채 몸집만을 키웠다. 열등감으로 가득 찬, 속 빈 강정이었다.

하지만 지금, 여전히 멋진 사람으로 남아 있는 그를 보며 깨닫게 됐다. 내가 닿고자 했던 건 대학이 아니라 그 시절의 친구들이었다는 걸. 그들이 살아가는 미래에 나도 속하고 싶었다는 걸. 친구들이 그곳에 있음으로, 대학은 가치 있는 곳이 되었다. 그들이 만들어가는 이야기는 분명 아름다울 테니까. 나는 그게 부러웠을 뿐. 혹시라도 멀리 떠난 그들에게 잊힐까 두려웠을 뿐. 한때 나에게는 그들이 전부였으니까. 전하지 못한 감정이 쌓이고 다시 흩어지는 시간 동안 그토록 열심히 살았던 건 부끄럽지 않은 자신이 되고 싶다는 마음뿐이었으니까.

아주 작은 각도라도 시간이 지날수록 두 선의 거리는 점점 더 멀어졌다. 처음에는 언제든지 뛰어 넘을 수 있는 것처럼 보였지만, 이제는 우리가 완전히 다른 삶으로 접어들었음을 알았다. 그만큼 서로가 모르는 세상이 가득할 것이다. 더 이상 같은 시절에 있지 않더라도 용기를 내어 선을 그으면 서로가 맞닿는 꼭짓점을 만들 수 있었다. 찰나의 순간이지만 각자의 삶을 공유해볼 수도 있었다. 신기한 눈빛으로, 고개를 끄덕이면서 말이다.

다시,
―――
계절의 경계에서

창밖이 어두워짐에 따라 실내조명에 비친 그림자는 오히려 짧아졌다. 슬슬 일어나자는 그의 말에 우리는 카페 밖으로 나갔다. 유리문을 열자 더운 바람이 훅 끼쳤다. 반나절 만에 계절이 지나가버린 것 같았다. 그 변화가 이상하게 느껴지지 않았다. 정말로 아주 오랜 시간 대화를 한 것 같았다.

버스 정류장에 그를 데려다주며, 나는 다시 한 번 감사 인사를 전했다. 만나러 와주어서 고마워. 그는 별다른 말을 하지 않고 웃으며 손을 흔들었다. 조심해서 가. 조심해서 갈게. 조심해서, 내가 가야 하는 곳으로. 지금의 내가 닿아야 하는, 나의 세계로 돌아갈게. 더 이상 너희에게 의지하지 않고 살아갈게. 고맙다는 말을 참을 수 없을 때가 되면, 그때 한 번쯤 먼저 연락할게.

도시의 색채가 어두워지고, 약속이나 한 듯 일제히 빛을 밝히는 가로등을, 나는 발걸음을 멈춘 채 한참을 바라보았다. 왜 이렇게 벅찬 기분이 드는 걸까. 왜 가슴에 압력이 차듯이 답답하고 아픈 걸까. 선 위에 찍은 작은 점이 예상보다 깊게 남은 걸까. 확실한 건, 지금에야 겨우 나의 한 시절이 끝났다는 생각. 너무나 명확하고 거부할 수 없는 계시처럼. 미련도, 후회도, 사랑도, 용서도, 모두 이 여름의 입구에 두고 떠나야 한다고. 무척이나 소중했던 그 시절의 조각들도.

여름의 입구
허태준

오솔길을
사랑해

보배

대만에서의

마지막 날

한국에 돌아가고 싶지 않다고 한참을 울었다. 내일이면 비행기를 타야 해서 차분히 짐을 정리해놓고는 역시나 서울로 돌아가기 싫다고 눈물을 뚝뚝 흘렸다. 벌써 집을 떠나온 지 2년 반이 넘었다.

많은 일들이 있었다. 친구가 보내준 해외 취업 공고를 보고 태국으로 건너가 2년을 보내고, 이후에 대만으로 넘어왔다. 좋아하는 언어 공부를 하고 싶어서였다. 중국에서 한 학기 공부한 적이 있는 터라 이번에는 대만이 궁금했다. 깨끗한 거리, 친절한 사람들, 역사 문제에 있어서 비슷한 입장, 중국에 머물 때보다는 훨씬 마음 편히 지낸 듯하다. 적어도 중국에서처럼 대낮에 혼자 육교를 건너고 있는데 크로스백에 소매치기가 손을 넣고 있는 일은 없었으니 말이다. 대뜸 날아오는, 한국인은 한족이니 사실 중국인이라는 '한국인 중국 민족설' 같은 헛소리에 피로해지지 않아도 되었다. 대만에서의 한 학기는 그저 아쉽기만 했다.

물론 외국에서 지내면서 힘든 일이 없었다면 거짓말이다. 곰곰이 생각해보면 내 인생 통틀어 가장 고되다고 느꼈던 시간인 것 같기도 하다. 내게 돋아 있는 가시가 있다면, 아마도 다 타국 생활 중에 생긴 게 아닐까 싶다. 특히 태국에서의 생활이 그랬다. 이전까지는 가족들 곁의 안전지대에서 해맑고 기쁜, 가시가 필요 없는 날들을 보내왔다면, 외국에서는 나를 보호할 만한 단단한 가시가 필요했다.

방콕의 집 근처 룸피니 공원은 내가 참 좋아했던 곳이다. 주말 저녁에는 오케스트라가 연주도 하고 축제 같은 야시장도 자주 열렸다. 그런데 신기하게도 밤이 되면 성매매 장소가 된다고 해서 좋아하는 공원이지만 늦은 시간에는 지나갈 수가 없었다. 가끔 동네에서 이른 저녁에 터번을 쓴 아랍 아저씨가 고급 승용차를 몰고 뒤따라오며 '헤이!'를 외칠 때에는, 나를 어떤 대상으로 보는 건지 분노가 치밀었다. 대사관들이 많아 경비가 삼엄한, 나름대로 안전한 동네에 살았지만 불안함은 늘 내 몸처럼 붙어 있었다. 3개월 동안 친구로 만났던 사람이 알고 보니 사기꾼이었다거나 내가 나이가 어리다는 이유로 시도 때도 없이 소리를 질러대던 당시 동료는 지금 생각해도 아찔하다.

편안함과는 거리가 멀고 맛있는 엄마표 닭볶음탕도 없었지만, 그래도 대만에서 지내는 시간이 정말 좋았다. 종일 내가 좋아하는 언어 공부만 해도 되었고, 학기가 끝난 날에는 인도네시아 친구들과 딘타이펑에 가서 생강에 샤오롱바오를 실컷 먹었다. 나를 보러 비행기 타고 와준 친구들이나 가족들과 바다 여행을 다녀오는 것도 좋았다. 디지털 노마드의 삶을 사는 시크한 독일 친구를 사귄 것도, 번화가에 있는 맛있는 레바논 음식점을 알게 된 것도 좋았다. 한 번도 경험해보지 못한 자유로운 세계가 일상에 만발한 꽃처럼 가득했다. 외국에서 오래오래 자유롭고 즐겁게 살고 싶었다.

마이
댄싱 파트너

한국에 돌아오면 미뤄놓았던 자격증을 따고, 다시 또 다른 세계인 남미로 떠날 생각이었다. 애초에 2년 반 전 태국으로 떠날 때부터 세워놓은 계획이었다. 우선 타국에서 경력을 쌓고, 국제기구 소속으로 남미에 가고 싶었다. 한국에 들어오자마자 빠르게 움직여서 국제협력단에 지원서를 넣고 면접을 보았다. 면접에서는 가고 싶은 나라와 그 이유, 직업적인 전문성을 확인할 수 있는 이야기 등을 주고받았던 것 같다. 세 명의 면접관은 업무에 대한 나의 열정을 좋게 평가해주었다. 얼마 지나지 않아 합격 통지서를 받았고, 이제 신체검사 후 두 달간의 사전 교육만 받으면 남미로 떠날 수 있었다. 하지만 내게는 큰 비밀이 있었다.

무슨 생각이었는지 모르겠다. 나는 남미에 갈 생각에 태국을 떠날 무렵 아르헨티나 춤인 탱고를 배우기 시작했다. 탱고를 배운 후에는 좋아하는 언어 공부도 미리 더 할 생각이었다. 대만에서 중국어 공부를 더 하고, 남미에 가기 전에 스페인어를 공부하면 세상 어디를 가도 자유로울 것 같았다. 거기에 취미 생활만 미리 준비하면 언제 어디서나 외롭지 않을 듯했다. 한국에 들어온 뒤에도 춤의 메카 홍대로 가서 동호회에 가입하고 수업에 참여했다. 외국어로 듣던 수업을 한국어로 들을 수 있으니 마음이 참 편했다. 언어적인 성장은 없을지라도 춤 성장은 있겠지 하는 마음에 야무지게도 다녔다. 그러던 중 초급반 수업을 함께 듣던 순박한 청년 한 명이 내 마음에 자리잡았다.

문제는 내가 이 청년과 약 4개월 뒤에 사귀어버렸다는 것이다. 분명 곧 해외로 다시 나갈 생각이었으면서 당시의 나는 왜 그런 결정을 했을까 싶다. 사실 나는 이 청년을 보면서 왠지 결혼할지도 모른다는 느낌을 받은 것도 같다. 청년은 내가 인상을 쓰면 카리스마가 넘친다며 좋아했고, 가탈을 부리면 내 성격이 순수해서 얼굴에 맑게 드러난다며 허허 웃었다. 타국에서 길러온 가시가 그의 앞에서는 사라져 내가 마치 솜사탕이 되는 듯했다. 편안한 사람이었다.

내가 남미를 가게 된 것이 결정된 날, 그는 속도 없이 기뻐했다. 환하게 웃고 있는 그를 보면서 속으로 '무슨 자신감인가' 싶었다. 나는 남미로 떠난 뒤 한국으로 돌아올 거라는 확신이 없었다. 그곳 생활이 너무 좋아 아예 정착해버릴지도 모를 일이었다. 마음 가는 대로, 가장 좋아하는 것들을 선택하며 살자는 신념 아래 크게 후회해본 적도 없다. 자유에 대한 열망이 관계에 대한 책임보다 크던 시절이었다.

후회 없는 선택을 하려면 어떻게 해야 할지 고민에 고민을 거듭했다. 사귄 지 100일이 조금 넘은 남자친구는 잘 다녀오라며, 시차가 정반대인 곳에 있을 나와 어떻게 생활 패턴을 맞춰 연락해야 할지 고민하고 있었다. 그런 그를 보며 나는 머리가 지끈거렸다. 그는 짧은 연애만 반복하던 내가 한 사람과 오래 만날 수도 있겠다는 생각을 들게 만든 첫 연인이었다. 계속해서 '최선'을 고민했다. 아무래도 이렇게 한국을 떠나

헤어지게 되면 나중에 후회할 것 같았다. 그때까지 만난 그는 내게 물처럼 있는 듯 없는 듯 늘 곁에 있어주던 존재였다. 이전까지의 만남들이 액상과당 잔뜩 넣어 몸에 안 좋은 탄산음료 같았다면 그는 내게 시원해서 달큼하기까지 한 생수였다. '그래, 1년만 더 만나보자. 그 후에 결정해도 늦지 않아. 해외 파견이야 1년 뒤에 가도 되는걸. 1년이라는 시간을 내 인생을 위해 투자해보는 거야.'
나는 곧 파견 포기서를 작성했다. 그는 나를 장난으로라도 한 번을 잡은 적이 없었고, 나 역시 그를 위해 내 미래를 유예했던 것이 아니었다.

그리고
오솔길로 걸어갔다

5년이 지났고, 나는 지금 한국에 살고 있다. 순박한 청년과 결혼도 했다. 1년을 더 만나겠다던 나는 2년을 더 만난 뒤에 그에게 청혼했다. 한국에서 2년을 더 보냈던 것은, 얼마 지나지 않아 시작된 전염병 이슈도 있었고, 그와 함께 보내는 시간도 꽤 좋았기 때문이다. 그는 나와 사귀면서 내가 한국 생활에 적응할 수 있도록 백방으로 도왔다. 기계치인 내게 일을 효율적으로 할 수 있도록 기계 사용법을 알려준다거나 종일 앉아서 일을 해도 허리가 아프지 않은 의자를 들여준다거나 했다. 명품 가방을 사주는 것보다 더 마음이 동했다. 역시 신랑감이라는 생각을 했다. 나의 청혼에 그는 당혹스러워했지만, 성격

대로 천천히 생각해보고 대답을 주었다.

1년을 더 투자해서 지금의 남편을 만나게 된 것은 아마도 내 인생에서 가장 잘한 일이 아닐까 싶다. 외국에서 평생을 살고 싶어서 20대 내내 매년 타지 생활을 하며 지냈다. 중국과 대만에서 중국어를 배웠고, 중국어를 배웠기 때문에 갈 수 있었던 라오스, 라오스에 갔기 때문에 이어졌던 태국, 남미를 가고 싶어 배운 태국에서의 탱고, 탱고를 추며 만난 남편.

가끔 '인생이라는 게 그냥 물처럼 흐르는 게 아닐까. 내가 아무리 애를 써도 실은 정해진 방향으로 흐르고 있는 것이 아닐까' 생각이 들기도 한다. 계단을 밟아 부단히 어딘가로 올라가기보다는 내 앞에 펼쳐진 작고 호젓한 오솔길 하나를 걷는 게 전부가 아닐까 싶은 것이다. 정해놓은 상위 목표에 도달하지 않아도, 매 순간 온 마음을 다해 원하는 걸 선택하고 움직이다 보면, 그 모든 것이 하나의 선으로 연결되며 하나의 길이 만들어지는 것처럼 말이다.

사실 나는 야망이랄 것도 없고, 포기도 쉬운 편이다. 그러다 보니 다른 사람들보다 좀 수월하게 인생을 사는 것 같기도 하다. 다만 내 마음에는 솔직함을 유지하고 싶다. 전공과는 무관한 중국어를 배우고 싶어 유학을 갔던 것처럼, 오랜 꿈이었던 남미를 포기하고 당시의 남자친구를 선택할 수 있었던 것처럼, 나는 늘 내 마음이 원하는 곳으로 몸을 움직였다.

인생을 정해진 선택지로 제한했다면 아마 지금의 내 모습은 없었을 것이다. 남미를 갔어도 정말 좋았겠지만, 현재의 '나' 역시 꽤 괜찮다는 생각이 든다. 요즘은 내 인생에서 가장 편안하고 안전하게 살고 있는 것 같기도 하다. 무엇보다 더 이상 외국으로 돌아다니지 않는 나를 보며 안심하는 부모님을 보니 나도 마음이 한결 가볍다.

청년기의 불안정성, 미확실성, 자유에 대한 열망 같은 것이 이제는 조금 희미해졌다. 그리고 부모님이 바라던 가장 안정적인 모습의 내가 있다. 이런 안정감 때문에, 나의 청년기도 절정을 지나버린 듯해서 한편으로는 좀 아쉽기도 하다. 아무래도 곧 인생의 새로운 챕터로 들어서야 하는 건 아닌지 걱정도 든다. 그래도 나는 세월이 지나도 나의 이십대처럼 쉽게 마음을 먹고, 쉽게 포기하기도 하며, 솔직한 마음으로 주어진 것을 열렬히 사랑하며 살 생각이다. 앞으로 받게 될 상처도, 마주하게 될 벽도 이전보다 훨씬 많겠지만, 내 인생을 애틋하게 여길 수 있도록 눈앞에 펼쳐진 나만의 오솔길을 마음 다해 사랑하려 한다.

중년의
초입에
서다

정지우

어떤
___
중년의 시작

삼십대의 중턱을 지나간 입장에서, 나는 요즘 무척 애매한 세대라고 느끼곤 한다. 흔히 2030이라고 묶는 청년 세대에 속하는 것 같다가도, 이미 결혼하고 아이까지 키우고 있는 입장에서 청년보다는 아저씨나 아빠 쪽이 어울린다고 느껴서다. 1990년대만 하더라도 나이 서른이면 중위연령(中位年齡)에 속했으니 '중년'이라고도 할 법했는데, 근래에는 중위연령이 마흔을 훌쩍 넘겼으니 아직 청년이 맞나 싶기도 하다. 그래도 내 마음은 이미 중년으로 향하고 있거나 중년에 진입했다고 느끼곤 한다.

특히 아내랑 같이 길을 걷다가 대학생들이나 데이트하는 연인들을 볼 때면 "저런 사람들이야말로 청춘이지" 하고 서로 이야기하곤 한다. 그들과는 이미 너무 다른 세계에 사는 것 같기 때문이다. 인생의 중대사라고 하는 결혼과 출산을 겪고, 이제 육아를 하다 보면 '우리'의 입장보다는 겨우 대여섯 살 된 '아이'의 입장이 청년들과 더 가깝다고 느낄 때도 있다. 그만큼 결혼과 아이의 탄생 이후 인생에서의 다른 시절로 급격히 넘어왔다고만 생각되는 것이다.

생각해보면, 이미 내 나이 때 어머니와 아버지는 초등학생 자녀 둘을 둔 부모였다. 더군다나 그 시절에는 삼십대 중반이면 실제로도 '중년'이라 불릴 만한 시기였다. 모르기는 몰라도, 이 나이 즈음 어머니와 아버지는 청년과 중년의 경계는커

녕 이미 확고하게 중년이라 느끼고 있었을 것이다. 어떤 시대에는 평균 연령이 고작 마흔 정도였다고 하니, 이미 노년에 가까운 나이였을지도 모르겠다. 그러니까 청년이니 중년이니 노년이니 하는 것도 그 시대의 맥락에 의해 좌우되는 셈이다. 이렇게 그 모든 것 또한 다 생물학적인 나이보다는 주관적인 상황이나 느낌에 따라 달라지는 것이다. 내가 청년이라고 하면 여전히 청년이겠지만, 내가 청년이 이미 끝났다고 한다면 중년인 것이다. 그렇다면, 나는 내가 여전히 혈혈단신의 청년보다는 가정이라는 나의 울타리를 가꿔나가는 입장으로서 중년이라고 말하고 싶다.

중년이
된다는 것

청년 시절에는 앞으로의 삶이 무형의 슬라임처럼 느껴졌다. 나는 주로 무엇이 될 것인지와 함께 어디에서 살 것인가를 생각했다. 조만간 떠날 거야, 제주도나 일본에 가서 살 거야, 글을 쓰면서 여행 가이드를 하는 자유로운 삶을 살 거야. 그런 꿈이라는 걸 마음 한편에 늘 갖고 있었다. 고민의 핵심은 어떻게 하면 내가 더 자유롭고 조금이라도 더 행복하게, 나와 어울리는 삶을 살 것인가 하는 것이었다. 어떻게 하면 나는 가장 행복할까, 어떻게 하면 내가 가장 만족할까, 어떻게 하면 내가 가장 좋아할까 같은 청춘의 꿈이나 소망이었다.

그러던 어느 날, 내 마음이라는 게 마치 영혼이 바뀌듯 달라졌다는 걸 깨달은 때가 있었다. 아이가 태어나고 얼마 지나지 않아서, 그 이전까지 강박적으로 몰두하던 '나의 만족'이라는 게 상당 부분 희석된 걸 느꼈다. 앞으로 인생을 생각할 때, '나 자신을 얼마나 만족시킬 것인가'라는 문제는 오히려 후순위가 되어 있었다. 그런 만족, 기분, 감정 같은 문제보다는 그저 아이가 잘 자라고, 나의 가정을 튼튼하게 잘 유지하며, 그저 새로이 만든 이 관계를 잘 가꾸고 이어가야겠다는 마음이 가장 중요해졌다는 걸 느꼈던 것이다.

미래는 무한한 가능성으로 펼쳐져 있는 것이 아니라 오히려 지금 내게 있는 것들을 어떻게 잘 지켜야 하는지 가늠해야 하는 문제가 되었다. 미래는 내가 홀로 나아갈 바다가 아니라 이제 내가 탄 배를 어떻게 항해시켜 나갈 것인가로 축소되었다. 청년 시절이 바다 앞에서 수평선을 바라보는 기분이었다면, 중년이라는 것은 이제 배를 타고 바다 한가운데 들어선 듯한 느낌을 준다. 나는 이 배가 부서지지 않게끔 잘 지켜내고, 보수하고, 계속 다듬어야 한다. 청년 시절 가장 중요한 고민이 나를 위해 어떤 배를 고를 것인가였다면, 이제는 이미 고른 배를 어떻게 가꾸고 운용해나가야 할 것인지가 되었다. 중년이란 흔히 인생에서 '중간쯤'에 있다는 의미일 테지만, 나에게는 그렇게 바다 한가운데 있게 된 느낌이 든다. 그것이 내게는 중년의 초입에서 느끼는 가장 큰 변화이다.

중년으로
살아가기

살아가면서 마음의 태도라는 건 늘 바뀌어간다. 어린 시절, 나는 그저 가정의 보호 아래 사랑받고, 공부하고, 여동생을 챙기며 한 시절을 보내면 되었다. 청년 시절, 나는 비로소 홀로서기를 시작하며 내 인생에 관해 치열하게 고민하고, 나를 위한 인생을 꿈꾸어야 했다. 중년 시절, 이제 나는 나에 대한 몰두에서 벗어나 아이를 책임지고, 아내와 함께 만든 이 가정을 어떻게 잘 꾸려나갈 것인지에 마음을 둔다. 나 자신보다는 아이의 만족과 미래를 더 많이 생각하고, 아내와 가정을 위해 양보하거나 자제하는 것도 많아졌다.

아침은 늘 정신없이 아이를 먹이고, 아이 옷을 입히고, 아이를 등원시키는 것으로 시작한다. 집에 돌아오면 곧장 모두가 좋아할 만한 메뉴를 함께 고르고, 아이가 어지른 것들을 치우고, 집안일을 한다. 주말은 내가 보고 싶은 영화를 고르기보다 셋이서 가기 좋은 곳들을 부지런히 찾는다. 나 자신을 만족시키기 위한 아주 섬세한 것들로 삶을 채울 여지는 별로 없다.

언뜻 들으면 불행하거나 불만족스러운 인생 같을지도 모르겠으나, 사실 그렇지는 않다. 오히려 내가 나를 만족시키기 위해 예민하게 애썼던 나날들이 더 피곤했던 것처럼 느껴지기도 한다. 오늘 나는 무엇을 먹고, 보고, 경험해야 '나 자신'에게 가장 좋을 것인지를 매일 고민하고, 미래의 나는 무엇을 선택해야 가장 '나를 위한 것'인지를 끝없이 고민하던 것이야말로 더 어려웠던 것 같기도 하다. 또한 그런 나를 만족시키기 위한 일상이라는 건 어딘지 불안한 데가 있었다. 끊임없이 변하기도 하는 나는 좀처럼 붙잡히지도 않았고, 나 자신이 어디로 흘러가버릴지 알기 어렵기도 했다.

지금은 보다 확고한 삶의 기준이 생기다 보니 선택의 짐은 덜어졌고, 나 자신도 덜 예민해졌다. 덜 예민해진 나, 그리고 좀 더 명확한 기준이 있는 삶이 더 편하게 느껴지기도 한다. 더군다나 나의 '기준'이 된 이 '사랑하는 존재'들은 내 눈앞에 너무도 생생하게 살아 있다는 점에서 나의 불안을 씻어내는 듯하다. 손에 잡을 수 있는, 더 단단해진 '물질'의 연대 속에 들어온 느낌이 든다.

이제 와 생각해보면, 내가 나를 위해 그렇게까지 애썼던 것이 이상하게 느껴지기도 한다. 가령 오늘 무엇을 먹고 싶은지 그리 대단히 고민하지 않고, 적당히 때우더라도 별 상관이 없다. 이 영화를 볼까 다른 것을 볼까 선택에 몰두하지 않고 적당히 봐도 충분히 재미를 느낄 수 있다. 이번 주말 무얼 할지 그렇게까지 애써 고민하고 계획하지 않아도 시간은 나쁘지 않게 흘러갈 수 있다. 인생에서의 일도 다 장단점이 있기 마련이므로, 크게 괴롭지 않다면 내가 할 수 있는 적당한 일을 하면 된다. 잘못 건드리면 죽는 화분처럼 나를 너무 애지중지하며 만족시키기 위해 살 필요는 없는 것이다.

오히려 요즘처럼 사랑하는 이들과 적당한 조화를 이루면서 안정적으로 살려고 애쓰다 보면, 그렇게 만들어진 관계와 울타리가 그 자체로 더 크고 안정적인 만족을 주는 것처럼 느껴진다. 그러니까 나에게 중년이란, 그 무언가의 가운데(中)로 들어가는 일이다. 그 속에서 나는 조금 작아지고, 그 대신 이전에는 몰랐던 다른 책임과 만족을 알게 되며, 떠나기보다는 지키는 것을 더 마음의 중심에 두는 어떤 시절로 가는 일이다. 나는 그런 이 시절을 좋아한다.

그
시절의
배경음악

정인한

나를 추동했던
목소리

스스로를 청춘이라 믿던 시절, 스물셋의 나는 습관처럼 귀에
이어폰을 끼고 살았다. 군대를 갓 제대하고 복학생으로 불리
던 시기였다. 비어 있는 시간에는 늘 무언가를 들었다. 말 그
대로 공강 시간, 강의실에서 다른 곳으로 이동할 때, 혼자 밥
을 먹을 때, 잠깐 쉬러 나와 나무 그늘 아래 자판기 커피 한잔
을 뽑아 담배를 물고 있을 때도 이어폰을 끼고 있었다.

노래를 즐겨 들었던 것은 아니었다. 그 속에는 동기 부여에
능숙한 교육학 강의 파일과 청년들을 대상으로 사역했던 서
울의 유명한 목사 설교 파일이 가득 들어 있었다. 인터넷에
떠돌아다니는 누군가의 임용시험 합격 수기에 그런 것들을
주로 들었다고 쓰여 있었다. 나도 그렇게 하면 되지 않을까
하는 여린 믿음이 있었다. 그것을 듣고 있어도 초조함과 불안
이 완전히 사라지는 것은 아니었지만, 그래도 듣는 동안 괜찮
은 느낌이 들었다. 그래서 계속 귀에 꽂고 있었다.

무의식에 스며들었으면 하고 바랐다. 처음에는 조금 의심이
들긴 했지만, 완전히 스며들었으면 좋겠다, 그래서 용기를 가
졌으면 좋겠다, 하루하루 뚜벅뚜벅 걸었으면 좋겠다, 그런 생
각들을 했다. 실제 삶을 살고 있지만, 이를테면 롤플레잉 같
은 종류의 게임을 하는 것 같기도 했다. 나는 그 게임의 성실
한 플레이어였고, 나를 승리로 끌어줄 경험치와 아이템을 수
집하는 중이라고 자기 최면을 걸었다.

실제로 이어폰을 통해 들리는 격언들이 때때로 나의 무기가 되고 방패가 되기도 했다. 하루건너 나를 찔러대는 불안을 물리칠 수 있었고, 그저 널브러져 있고 싶은 마음을 밀어내는 데 도움이 되었다. 유독 마음에 드는 말이 있으면 노란 포스트잇에 옮겨 적었다. 그리고 눈에 잘 띄는 곳에 붙였다. 전공 책 속지 첫 번째 장에, 도서관 사물함에, 하숙집 공용 화장실 휴지를 놓는 선반에 붙여놓았다. 그런 일을 반복하자, 나는 수집한 문장들을 어느 정도 믿게 되었다. 덕분에 대부분의 시간에 시계처럼 움직일 수 있었다.

밝은 곳을 보면 그림자는 등 뒤에 생긴다. 그런데도 어둡고 불안하다면 터널을 지나가는 중이라고 생각하고 감사하자. 터널은 최대한 직선으로 가는 지름길이니, 고마워하는 것이 마땅하다. 그래도 떨린다면 정확한 방향이기 때문이다. 정확히 북쪽을 가리키는 지남철의 끝은 원래 떨리는 법이다. 시작은 미약하지만, 끝은 창대하겠지. 지금 문득 기억나는 것은 대략 이런 문장들이다.

시간이 흘러 어느덧 그런 말을 신봉했다. 의심할 시간도 아까웠다. 마음에 여유가 없었던 것은 나에게는 주어진 환경이 그랬기 때문이었다. 본가의 형편은 넉넉하지 않았고, 서울에서 공부하는 동생은 학자금을 대출받아 고학한다는 것을 알았다. 한 번에 시험에 붙지 못하면 모든 것이 어렵게 된다는 것이 분명했다. 그 때문에 나를 추동할 문장들이 절실했다. 그래서 그런 목소리를 찾아 들었다. 세상에는 그런 격언이 많아서 힘들지는 않았다. 나는 그것을 시시때때로 옮겨 적었다.

열람실 불이 꺼지기 3분 전에는 그날 인풋한 내용을 빈 종이에 아웃풋했다. 빈 종이에 그림을 그리듯 뭔가 써낼 수 있는 느낌이 좋았다. 개념도를 그렸다. 가지를 뻗어나가고 정리된 내용이 길게 나올수록 자신감이 생겼다. 그것도 누군가의 합격 수기에서 읽었던 내용이었다. 그렇게 하면, 그것을 오래도록 지치지 않고 반복하면, 어디에선가 지켜보고 있을 절대자가 알아주지 않을까, 괜찮은 미래에 닿지 않을까 싶었다.

청춘의
또 다른 리듬

그 이어폰으로 가끔 음악을 듣기도 했다. 학과에서 답사를 다닐 때 그랬다. 주로 오래된 음악들이었다. MP3 플레이어의 용량이 작았고 음성 파일이 많았기 때문에 저장된 노래는 몇 곡 없었다. 주로, 김광석, 유재하, 김동률의 음악이었다. 고등학교 시절에 테이프로 즐겨 듣던 것들이었고 군대 시절 경계 근무하며 작은 목소리로 불렀던 것이었다. 나에게는 작은 성공이라 여길 수 있었던 시절이었다. 목표로 하는 학과에 들어갔고 무사히 제대도 했다. 그 세월도 그렇게 지나서 여기에 있게 되었으니, 이 길에서도 이렇게 견디면 어딘지에 가 닿겠지 싶었다.

종종 혼자서 술을 마실 때도 음악을 들었다. 방학이 시작되고 캠퍼스가 조용해지면 이상하게 술을 마시고 싶었다. 사람이 적어서 뭔가 몰두하기에는 더 좋은 환경이었을 텐데 이상하게 더 쉬고 싶어졌다. 겨울방학의 밤은 전기장판을 틀고 이불 속에 몸을 묻으면 쉽게 잠들었지만, 열대야가 이어지는 여름방학은 달랐다. 열린 창문으로 매미 소리가 뜨거운 바람과 함께 밀려오고 옛날 친구들이 그리우면 뭔가 홀린 것처럼 옥상으로 올라갔다.

하숙했던 집 옥상에는 빨랫줄과 오래된 평상이 있었다. 한낮의 열감이 여전히 남은 평상에 앉아 있으면, 습하지만 조금은 시원해진 밤공기가 나를 이불처럼 휘감는 것 같았다. 보이는 것은 없었지만, 줄에 매달려 흔들리는 빨래들이 그것을 증명했다. 거기서 새로운 것 없는 오래된 노래를 듣고, 담배 몇 개비를 태우고, 혼자 한 병의 술을 비웠다. 그런 일탈을 종종 했다.

하지만 나는 목표를 이루지 못했다. 졸업하고 치른 첫 시험의 결과는 고독하게 보냈던 3년을 무색하게 만들었다. 공부만 할 수 없어서 잠깐이라도 일하려고 했지만, 경력 없는 지방 사범대 학생을 받아주는 곳은 거의 없었다. 구인공고가 뜨면, 연고가 없어도 지원하러 갔다. 교생 실습 때 샀던 정장을 입고 새로 산 가죽가방을 들고 뭔가 팔러 다니는 외판원처럼 이 도시 저 도시를 여행 다녔다. 그런 시간 속에서도 나는 여전히 이어폰을 끼고 새로운 수업 파일이나 설교를 들었다. 구인공고가 없으면 독서실이나 도서관에서 공부했다.

목소리와 리듬의 끝에
도달한 곳

그렇게 세월이 흘렀고 청춘은 저물어갔다. 그러는 사이에 나는 짧으면 몇 주씩 길게는 몇 달씩 중고등학교에서 일을 하기도 했다. 시험 준비를 하며 학교에서 일을 했던 이유는 돈 때문이기도 했지만, 내가 꿈꾸는 자리의 감각을 잃어버리기 싫어서였다. 생생하게 꿈꾸면 현실이 된다는 말도 믿었고, 끌어당기면 무엇이든 이루어진다는 말도 믿었다. 새롭게 알게 된 말이었다. 세상에 그런 말은 쉽게 만들어졌고, 넘치도록 흘러다녔다. 나는 그 믿음 또한 한동안 물고 늘어졌다. 그럼에도 그 시절 동안 나는 꿈을 꾸기만 했었고 원했던 꿈을 이루지는 못했다.

그런 말을 흘려듣게 된 것은 내가 나를 청춘이라 믿지 않았던 시절부터였다. 어느 순간부터 그런 언어는 공허했고 무의식적으로 거부감이 들었다. 몸에 해로운 약처럼 느껴졌다. 자기계발, 자기 경영 이런 말만 들어도 신물이 나왔다. 내 삶은 창대하게 끝나지 않아도 되니 이 지난한 이야기가 조금이라도 진행되길 원했다. 끝이 미약한 것이어도 괜찮을 것 같았다. 느리게 도착해도 되니까. 이 긴 여행이 끝났으면 했다. 그것이 이십대의 끝에 꾸었던 유일한 꿈이었다.

그렇게 백지에 그렸던 꿈의 가지가 거의 다 잘려 나가고, 거의 기둥만 남았을 무렵이었다. 나는 고향에 내려와 있었고, 늙어가는 도시의 중학교에서 근무하게 되었다. 기간제 교사도 아니고 백만 원 조금 넘는 월급의 수준별 강사 자리였다. 그때는 이제 더 이상 설교나 강의 파일을 듣지 않았다. MP3 는 한물간 물건이 되었고, 나도 그랬다. 그 무렵부터는 공부하는 시간을 초시계로 기록하지도 않았다.

나는 어느새 꿈을 권하는 것을 두려워하는 사람이 되어 있었다. 학생을 평가하는 것도 두려웠다. 나에게 교사가 어울리지 않는 직업이었다는 것을 청춘이라 믿었던 시절을 통과하면서 배웠다. 그럼에도 모든 터널에 끝이 있는 것처럼 그 시간에도 결국 끝은 있었다. 우연히 닿은 곳이 목적지가 아니어도, 우회해서 도착하더라도, 빛나고 소중한 무엇이 있었다. 어두운 것이 있다고 하여도 그렇게 나쁜 것만은 아니었다. 내가 경험했던 청춘은 추종이었고, 꿈을 있는 힘껏 부풀리는 것이었고, 거기에 몰두하는 것이었다. 동시에 누군가는 그것을 이루지만, 또 누군가는 불가능할 수도 있다는 사실을 납득하는 시절이었다. 청춘이라 말하고 인생의 봄이라 믿지만, 또 그렇게 봄 같지 않았던 시절을 그렇게 걸었다.

어쩌다
보니,

새내기
중년

황진영

나는 긴 세대다. X세대라고 말하기에는 너무 젊고 MZ세대라고 말하기에는 너무 늙은, 어중간한 그 어디 즈음에 끼어 있는,《82년생 김지영》과 사회적 경험을 상당 부분 공유하는 세대다. 평균 수명이 80세를 넘어가는 요즈음 '중년'이라는 단어를 나이가 많아서 현명해졌다거나, 어른 대접을 받는다거나 안정된 생활을 영위하는 세대로 정의하기에는 어렵다. 마흔 번째 생일을 기점으로 이제는 아무리 발버둥 쳐도 더는 '청년'에 편입될 수 없는 나이가 되었다는 생각이 들어 서글퍼지기도 했다. 스무 살의 내가 꿈꾸던 '중년의 나'는 어떤 모습이었을까.

"다 그런 거야"라고
말하지 않는다

대학 가면 저절로 살도 빠지고 남자친구도 생긴다는 말을 믿었다. 좋은 대학을 졸업하면 좋은 직장에 취직해 앞으로 고생 없이 편하게 살 수 있다는 어른들의 말을 곧이곧대로 믿었던 적이 있었다. 모두의 믿음을 깨어버린 첫 번째 사건은 IMF가 아니었을까. 가장 믿을 만한 존재였던 국가가 부도 위기에 처할 수 있고 하루아침에 가정이 무너질 수 있다는 것을 우리는 삶으로 체험했다. 적어도 1990년대 초반 서울에 있는 대학에 입학했던 사람들은 지금의 청년에 비해 낭만을 즐길 만한 여유가 있었다. 저학년 때 학사 경고를 받더라도 3학년 즈음 정신을 차리면 학과 사무실을 통해 들어온 원서를 받아 취업이라는 것을 어렵지 않게 할 수 있었기 때문이다. 그러나 IMF를 겪으며 취업문은 좁아졌고 대학 졸업 후 취직해 평생 '뼈를 묻을 직장'은 점점 화석 같은 단어가 되어버렸다. IMF 때 하필 사립대학에 입학한 97학번인 언니의 등록금 고지서를 보며 엄마는 늘 한숨을 내쉬었다. 언젠가부터 엄마는 고등학생인 내게 '교대, 교대' 노래를 불렀다. 둘째인 나는 언니처럼 좁은 취업 시장에서 고생하지 않고 성차별이 비교적 덜한 곳에서 오랫동안 일할 수 있는 초등교사가 되기를 바라는 마음이 있었다는 걸 교대에 입학할 때부터 알았다면, 엄마의 '막내딸 초등교사 만들기 프로젝트'는 성공했을지도 모른다. 꿈을 향해 걸어가는 여정이라기보다는, 누군가의 바람을 실현한다는 마음으로 보낸 대학 시절은 즐겁지도 보람차지도 않았다. 어영부영 보낸 4년의 세월은 임용고사 불합격으로 끝을 맺었다. 충격으로 인한 약간의 방황기를 거쳐, 대학 동기들이 5년 차 교사가 되었을 때 나는 소위 '안정적인 직업'이 보장된다는 한 공공기관에 입사했다.

10년이 조금 안 되는 기간 동안 내가 일터에서 경험한 일들이 지금의 기준으로 보면 다른 해석이 가능하다는 것을 당시에는 몰랐다. 국장실에 손님이 오셨을 때 눈치 빠르게 커피를 타 갔다고 당시 팀 내 여자 직원들에게 공공의 적이 되었던 것이 '직장 내 괴롭힘'에 해당할 수 있다는 것, 회식이나 출장 중 은밀하게, 혹은 대놓고 행해지는 성추행 시도들이 말해봐야 나만 다치니 쉬쉬할 문제가 아니라 '위계에 의한 성폭력'이라는 것, 민원 전화를 받으며 폭언까지 친절하게 응대하지는 않아도 된다는, '감정 노동자'가 보호받아야 할 만한 권리가 있다는 것을 내가 청년일 때는 알지 못했다. 그저 조금 더참으면, 나이가 많아지면, 직급이 올라가면, 다 괜찮아질 줄로만 알았다.

물론 제도가 생겼다고 지금의 직장에서 겪는 어려움이 모두해소되었다고 볼 수는 없다. 근로기준법 제76조에 "사용자 또는 근로자는 직장에서의 지위 또는 관계 등의 우위를 이용해 업무상 적정범위를 넘어 다른 근로자에게 신체적·정신적 고통을 주거나 근무환경을 악화시키는 행위를 해서는 아니 된다"라는 조항이 신설되었다고 해도 '직장 내 괴롭힘'이 사라지지는 않을 것이다. 직장 내 갑질 행위로 인한 피해를 산업재해로 인정받기 위해서는 치밀하게 자료를 수집하고 수완 좋은 법률가의 도움을 받아야 한다. 내부고발자라는 위험을 무릅쓰고, '위계에 의한 성폭력'을 고발한 당사자들에게 쏟아지는 2차 가해와 사회적 낙인이 피해자를 얼마나 고통스럽게 하는지에 대한 사례를 어렵지 않게 찾을 수 있다. 고객을 응대하는 직원들이 있는 창구에 붙은 '갑질 근절' 포스터나 상담원 전화 연결 전 나오는 산업안전보건법 관련 안내 메시지 등 감정 노동자를 보호하기 위한 장치가 마련되었지만 여전히 이 법의 혜택을 받지 못하는 조직의 직원들이 여전히 존재한다.

2020년부터 전 세계를 강타한 코로나 바이러스는 IMF 이후 한국 사회 전반에 강력한 영향을 미친 두 번째 사건이 아니었을까. 직장생활을 하는 사람이라면 당연히 견뎌야 한다고 굳게 믿었던 것들이 어쩌면 바꿀 수 있는, 아니 바꿔야 하는 고루한 사고방식이라는 것을 반강제적으로 깨닫게 된 계기가 되었다는 생각이 든다. 아픈 몸을 이끌고서라도 출근해야 제대로 된 직장인이라는 인식, 일은 사무실 책상에 오래 앉아 있는 사람이 잘할 거라는 믿음, 회식은 업무의 연장이며 술자리는 비즈니스 관계에서 매우 중요하다는 당위적 사고. 그 모든 것이 사회생활의 일부라며 "다 그런 거야"라고 말해왔던 불합리한 관행들에 대해 적어도 의문은 제기할 수 있게 되었다.

파릇한 청춘들을
짓밟지 않겠다는 소망

'착한 막내딸'로 살았다는 약간의 억울함 때문이었을까, 사회 초년생 때의 나는 '바른말'을 참지 않는 캐릭터였다. 자꾸만 나에게 일을 미루는 상사에게 "본인 일은 본인이 하시죠?"라고 대꾸했다가 서류철이 얼굴에 날아왔다. 사무실에서 담배를 피우고 재떨이가 날아다니던 시절에 비하면 빈도와 강도가 약해졌을지 모르겠으나 서류철을 사람 얼굴에 던졌다는 것은 명백한 폭력이다. 그런데 그 물리적 폭력보다 더 아프게 남아 있는 기억은, 나를 따로 불러내 '너무 강하면 부러진다'는 충고를 던지며 나에게 유연한 조직 생활을 당부하던 팀장의 태도였다.

내가 겪었던 모든 억압의 흔적을 배움이라 포장해서 나보다 어린 세대에게 물려주고 싶지는 않다. 남자가 여자보다, 어른이 아이보다, 상사가 부하보다 목소리가 큰 것이 당연하지 않은 시대가 되어가고 있다. 가정, 학교, 직장에서 미시 권력을 남용하는 사람들을 '닮아야 할 사회생활의 표본'이 아니라 우려하고 닮지 말아야 할 대상으로 보는 시각이 좀더 널리 인정받고 있는 시대가 오고 있다. 모두가 '꼰대'가 되지 않기 위해 애를 쓰는 모습을 보며 "라떼는 말이야"를 연발하는 대신, 누군가 울먹이지 않아도 되는 상황을 만들어보겠다고 다짐하고는 한다.

한국에서 미국으로 삶의 터전을 옮기면서 나는 신입사원이 되는 경험을 몇 번이나 더 하게 되었다. 그래서인지 나는 파릇파릇한 사회 초년생들이 차마 입 밖으로 꺼내지 못하는, 마음속에 담고 있을 만한 생각들을 조금은 더 생생하게 기억하고 있다. 동시에 원하는 것을 언제, 어떻게 표현해야 '윗사람'들이 귀를 기울여줄지도 조금은 알게 되었다.

'MZ세대의 솔직한 연차 사유'가 화제가 된 적이 있다. 연차 사유에 '생일 파티' 혹은 '전날이 휴일'이라고 기재된 서류를 보며 '최소한의 예의도 없다'는 의견과 '당당한 솔직함이 부럽다'는 의견이 팽팽하게 맞서는 것을 보다가 갑자기 궁금증이 생겼다. '연차를 승인하는 과정에서 사유가 얼마나 중요한가?'

근로기준법 제60조에 따르면, 사용자는 사업 운영에 막대한 지장을 초래하는 경우에는 연차 사용 시기를 조정할 수 있지만, 연차 휴가는 근로자가 청구한 시기에 주어야 한다. 사유가 관행에서 어긋난다고 하여 연차 사용을 거부하는 것은 직장 내 괴롭힘에 해당한다는 해석이 지배적이다. 따라서 연차 사유를 어떻게 써야 하는지가 문제라기보다는 연차를 신청할 때 사유를 기재하도록 하는 관행에 문제의 소지가 있다.

'요즘 것들'을 데리고 일하느라 힘들어하는 관리자들의 한숨을 자주 듣는다. '칼퇴'해버린 부하 직원의 일을 마무리해서 아직 대기 중인 임원에게 보고하고 "수고했으니 술 한잔 하자"라는 예정에 없던 회식 요청을 거절하지 못하고 억울해하는 '긴 세대' 중간 관리자들에게 위로의 말을 전하고 싶다. 하지만 '감히 입을 열지 못하던 그 시절'을 그리워하지는 말자고 당부하고 싶어진다. 그런 시대는 다시 돌아오지 않을 거라고, '억울하면 출세해'라는 말 자체가 이미 빛이 바랬다고 말이다.

청년과 노년 사이의 단계를 이르는 '중년'이라는 단어 자체가 '긴 세대'의 역할을 부여받았다는 의미를 내포하고 있는 것은 아닐까. '긴 세대'의 설움을 대물림하는 것보다는, 누군가 남몰래 숨죽여 울고 있지는 않은지 살피고 싶다. 아직 현명하지도, 존경받는 어른이 되지도 못했지만, 새록새록 올라오는 흰머리에 대한 걱정은 '새치 커버 월 정액권'으로 덮어버리고 싶다. 단지 스무 살의 내가, 서른 살의 내가 만나고 싶었던 그런 멋진 중년이 되기 위해 치열하게 고민하겠다는 작은 소망을 가져본다.

삶이라는
실험

이지안

508단지에서
살다

성신여대입구역에서 버스를 타고 15분 정도 가파른 언덕길을 오르면 '508단지(지번주소가 정릉동 508번지로 시작해서 붙여진 이름)'라는 암호 같은 동네 이름이 나왔다. 2, 3층짜리 빌라들로 이어진 골목길 서너 개가 계단처럼 놓여 있고, 군데군데 빈터에 잡초며 들꽃이 자라고 있었다. 동네 꼭대기는 북악스카이웨이와 이어져 있어 주말이면 하이킹하러 온 사람들이 오갔지만 평소에는 이 동네까지 올라오는 사람을 찾기 힘들었다. 산의 능선 그대로 경사가 져 있어 집에서 마을 입구인 버스정류장까지 내려가려면 양 허벅지에 힘을 단단히 주어야 했다. 눈이 오면 제설차가 가장 먼저 오는 동네 중 하나였지만, 여의치 않으면 버스가 끊겨버려 오도 가도 못하는 신세가 되기도 했다.

마을 입구에는 슈퍼가 있고 그 맞은편 첫 번째 골목 중간에 널찍한 계단이 있었다. 어쩌다 안건이 있는 날이면 어스름한 저녁에 주민들이 그곳에 모여 마을버스의 배차 시간이나 가로등의 하자 보수와 같은 문제로 회의를 하기도 했다. 동네에 사는 사람들이 빤해서 누구네 아이가 태어났고, 어느 집 할아버지가 편찮으셔서 병원에 입원하셨고, 어느 집에 형제가 함께 이사를 왔다는 소식이 돌고 돌았다.

남편과 나는 둘의 직장과 가까운 곳에 신혼집을 구해 지내다 4개월 만에 그 동네로 이사를 갔던 터였다. 평소 가깝게 지내던 선배와 친구 몇 집이 이미 그 마을에서 살고 있었고, 우리 부부는 집이 나오기를 기다리고 있었다. 전셋집이 하나 나왔다는 소식을 듣고 집을 본 당일에 계약을 했다.

실험을 위한
작당

초등생 아이를 둔 선배들부터 우리 같은 신혼부부, 그리고 혼자 사는 청년들에 이르기까지 우리 네다섯 가구는 대부분 교회나 사회과학 서적을 함께 읽는 스터디 모임을 통해 알게 된 사이였다. 모여 살면 재미있을 것 같아 시작한 마을살이. 내심 자본주의의 압박에 크고 작은 저항감이 있었던 우리에게는 소비를 부추기는 사회에 역행해보자는 거창한 목표도 있었다.

크리스마스 같은 날에는 외식을 하거나 공연을 보러 가기보다 '문화의 날'로 정해 모였다. 어느 부부는 성가를 부르기도 했고, 누구는 아이의 실로폰 소리에 맞춰 기타 연주를 했으며, 어떤 이는 시를 낭송했다. 아이들은 연극을 준비해왔는데, 동방박사 역할을 맡은 아이가 무대를 휘젓고 다니는 바람에 배경으로 걸어둔 이불이 떨어져 아수라장이 되었다. 배우와 관객 모두 바닥에 엎드려 깔깔거렸다. 어느 때보다 시끄럽고 마음이 꽉 차는 크리스마스를 보냈다. 우리 첫아이의 돌잔치도 뷔페식당 대신 집에서 이웃과 음식을 나눠 먹고, 누군가의 축시와 축가를 들었다. 즐거움을 위한 노동을 외주화하지 않

고 스스로 만들어내는 이 새로운 방식에 나는 매번 감탄하고
또 감격했다.

물건을 공유하는 실험을 해보기도 했다. 아이들 옷이나 장난
감부터 유모차까지 대부분의 육아 용품은 동네에서 돌고 돌
았다. 캠핑 용품이나 세탁기, 교자상처럼 자주 사용하지 않는
물건을 함께 쓰기도 했다. 집도 공유했다. 취업을 준비하거나
이제 막 직장 생활을 시작한 청년들에게 서울의 주거비는 감
당하기에 벅찬 수준이었다. 상대적으로 경제적 여유가 있는
기혼 가정들이 방 한 칸을 내주었다. 친구 부부의 집에는 탈
북민 청년들이 함께 지냈다. 나중에는 청년들이 집을 따로 임
대해서 모여 살기 시작했다. 지금으로 말하면 '셰어하우스'였
다. 가족과 타인 사이에 그어져 있던 분명한 경계가 조금씩
희미해져갔다.

남편이 출근한 후 적막한 집에서 아이를 돌보다가도 동네 또
래 엄마들이 모이는 날이면 그렇게 신이 날 수가 없었다. 아
이를 들쳐 업고 경사로를 조심조심 걸어 내려가면서도 콧노
래가 절로 나왔다. 우리는 시시때때로 수유하고 또 기저귀를
갈면서도 발도로프나 비고츠키니의 교육철학에 대해 더듬더
듬 알아가기도 했고, 남편과의 갈등이나 육아의 고충을 털어
놓았다. 우리만의 세계에 있으면 세상에 무서울 것이 없었다.
"그까짓 돈, 많지 않아도 이렇게 행복하고 풍요로운데!" 이런
말이 자주 감탄사처럼 튀어나왔다.

내게 가장 큰 실험은 아이를 낳는 방식을 선택하는 것이었다.
나는 병원이 아닌 조산원에서 아이를 출산했다. 출산은 산부

인과에서 해야 한다는 당연한 믿음에 균열이 생긴 것은 나보다 먼저 조산원에서 출산한 선배에게 《농부와 산과의사》라는 책을 건네받고 나서였다. 산부인과의 역사가 그리 오래지 않았다는 것, 조산사 역시 의사 못지않게 출산을 위한 충분한 수련을 받는다는 것, 그리고 결정적으로 출산에 대한 산부인과와 조산원의 시각이 다르다는 것에 설득되었다. 안전한 출산을 위해 산모를 환자로 여길 수밖에 없는 산부인과와 달리 출산의 주체인 산모에게 출산할 수 있는 힘과 결정권을 주는 조산원의 방식에 매료되었다. 단지 출산의 방식을 선택한 것임에도 내 몸에 대한 자부심이나 선택에 대한 자신감 같은 것이 돋아났다.

물론 이런 생활에 대한 주변의 우려도 있었다. 안전한 병원을 놔두고 굳이 조산원을 고집하는 우리를 부모님은 못미더워하셨고, 좀 더 크고 성대하게 첫 손주 돌잔치를 하고 싶으셨던 시부모님과 갈등이 있었고, 아이에게 새 장난감이나 옷을 사주시려는 부모님의 호의를 번번이 거절해야 했다. 갈등의 끝에는 늘 '평범하게 살라'는 조언이 따라왔다.

어떤 삶이든
괜찮다는 믿음

부모님의 말씀처럼 유난을 떨었던 것일 수도 있다. 사실 내가 그 모든 것을 대단한 사회 변혁에 대한 의지나 확신이 있어서 했느냐 하면, 그것은 아니다. 오히려 청년 때까지의 나는 사람들이 바라는 길을 충실히 따르려고 노력하는 '모범생' 타입의 사람이었다. 어릴 때는 어머니의 기대에 부응하고자 열심히 공부했고, 집을 떠나 대학에 입학한 후에는 사회에서 인정하는 '인재'가 되기 위해 열심히 학점을 따고 아르바이트를 하며 스펙을 관리했다.

어느 정도 사회가 원하는 기준에 뒤처지지 않게 살고 있다는 자신도 있었다. 임상심리전문가가 되기 위한 코스인 석사 과정, 대학병원 수련, 자격증 취득까지 모든 것이 순조롭게 맞아떨어져갔고, 내가 원하는 자리에 직업을 구했다. 서른이 되기 전, '늦지 않은' 나이에 결혼도 했다. 그렇게 청년 시절 내내 세상이 맞다고 하는 방식대로 한 계단씩 올라가는 것에서 성취감과 안정감을 느꼈다.

하지만 중년의 문턱에서 '이렇게 사는 게 맞는 걸까. 어떻게 사는 게 의미 있는 삶일까'라는 질문이 자주 찾아왔다. 열심히 일해서 자산을 불리고, 집을 사고, 아이를 유능한 존재로 키우는 것. 세상이 '표준'이라고 말하는 삶 그 이상에 뭔가가 있지 않을까 하는 막연한 생각이 들었다. 청년기까지 그 표준을 좇아 열심히 달려왔지만, 돌아보니 그것이 내게 진정한 만족감을 주는 삶이었나 의문이 든 것이다. 혼자만의 물음표가 있던 중, 우연히 같은 고민을 하는 사람들을 만났고 또 이미 그렇게 사는 선배들이 있다는 것을 알게 되었다. 그들과 손을 잡고 평균적인 삶과는 조금 동떨어진, 나만의 중년기로 건너왔다.

사실 나는 주변 사람들의 눈치를 살피고 분위기를 맞춰주는 성향의 사람이었다. 내 판단에는 거듭 회의하고 타인의 의견에는 너그러웠다. 신기한 것은, 세상이 바라는 것과는 조금 어긋난 삶의 방식을 선택하고 실천할수록 오히려 나에 대한 확신이 자라났다는 것이다. 내가 옳다고 생각하는 소비, 출산, 육아를 실험하듯 저질러볼수록 타인의 평가에 대한 두려움이 점차 옅어져갔다.

시간이 흘러 결국 우리는 흩어졌다. 누군가는 시골로 이사를 가고 누군가는 마을에 남았다. 나 또한 직장 때문에 멀리 이사를 왔다. 하지만 그 시절 중년의 초입에서, 새로운 방식으로 살아보겠다며 뜻이 맞는 사람들과 함께 저질렀던 실험의 결과가 유산처럼 여전히 남았다. 스스로 삶의 방식을 선택할 수 있는 자유가 있고, 어떤 형태의 삶이든 가능하고 또 괜찮다는 믿음 말이다.

이후로도 아이들을 키우는 문제부터 돈을 쓰고 모으는 방식에 이르기까지 대부분의 사람들이 맞다고 이야기하는 것을 의심하는 선택을 해왔다. 나에게 중년기란 남들이 기대하는 표준에서 벗어나 나만의 기준을 만들어가는 시기였다. 동시에 가족을 벗어난 사람들과의 경계가 허물어지는 시간이기도 했다. 마음이든 돈이든 시간이든 공간이든 의도적으로 그 경계를 자주 넘으려 했다. 누군가를 위한 식탁을 열고, 사람을 들이고, 나 또한 누군가에게 그러한 신세를 지기도 했다. 그러는 동안 우리 집 식구는 네 명이었다가 다섯 명이었다가 일곱 명이 되기도 했다. 공동육아 어린이집을 거쳐 마을에서 꾸린 독서모임, 온라인 모임 등 지향점이 비슷한 이들을 부지런히 찾아가 곁에 머물고 함께했기에 가능한 실험들이었다.

"지난 크리스마스에 우리 모였었잖아. 그 파티에서 만난 친구 덕분에 여기 지내는 동안 외롭지 않았어." 홀로 파견되었다가 본국으로 돌아가는 친구는 말했다. 작년 크리스마스, 이웃들을 불러 모아 아이들의 연주를 듣고 음식을 나누는 파티를 열었다. 타국에서 지내는 요즘에도 여전히 또 어떤 새로운 시도를 해볼까 남편과 궁리한다. 타국에서 사는 삶 자체가 이미 거대한 실험이기도 하지만, 그 안에서도 주말을 보내는 방식, 이웃과 관계 맺는 방식 등 우리에게 의미 있는 방식이 무얼까 고민하고 저질러본다. 앞으로의 인생의 챕터마다 또 어떤 모양의 실험이 기다리고 있을지 기대하면서.

증명의
시절

정연

나의
동력

경영학 이론과 비즈니스 현장에서 중요하게 다루는 주제 가운데 하나가 구성원 동기 부여(Motivation)다. 동기 부여 이론의 토대를 만든 대표적 심리학자가 프레더릭 허즈버그인데, 그는 사람에게 동기를 부여하는 요인을 크게 두 가지로 나누어 설명했다. 불쾌감을 회피하려는 욕구로서 보수와 근무 환경과 같은 외재적 요인을 '위생요인'이라고 불렀고, 정신적 성장과 자아실현을 추구하는 욕구로서 인정과 성취와 같은 내재적 요인을 '동기요인'이라고 명명했다. 그는 외재적 요인을 아무리 충족해도 불만족감이 줄어들 뿐 적극적인 만족감이 증대되는 것은 아니며, 내재적 요인의 충족 여부는 적극적 만족감의 증감에만 영향을 준다는 가설을 세우고 입증하려고 노력했다. 이러한 이론적 바탕 위에 오늘날 기업에서는, 금전 보상을 무한정 늘린다고 해서 동기 수준이 지속해서 상승하는 것이 아니고 일정 수준에 도달하면 그 영향력이 떨어지기 때문에 중장기적으로 구성원들이 몰입감을 느끼고 동기 수준을 높게 유지할 수 있도록 '인정과 칭찬'을 강력한 무기로 사용하려고 노력한다. 소속된 구성원에 대한 팀 리더의 공개적인 칭찬을 적극적으로 장려하고, 목표를 달성했을 때 상패나 상장을 제작해서 공로를 치하하는 행사를 하며, 동료 집단에서 구성원 간 상호 긍정적인 피드백을 교환하도록 독려하는 것 모두 그 맥락에서 추진된다.

나 역시 외재적 요인보다는 내재적 요인에 깊게, 지속적으로 동기 부여되는 성향이어서 '인정과 칭찬'이 나를 움직이는 주된 동력이었다. 특히 청년 시절 나의 모습을 떠올리면 인정과 칭찬에 목마른, 앙상한 나무 한 그루가 머릿속을 가득 채운다. 아프리카를 제외한 전 세계 곳곳에 사업장을 가진 회사에서 인사 담당자로 근무해온 나에게 4년간 글로벌 인사 업무를 할 기회가 주어진 적이 있다. 해외 신규 사업장의 인사 제도를 만들거나 외국인 임원을 채용하거나 해외 주재원을 선발하여 곳곳에 파견하는 일이 주된 역할이었다. 천 명에 가까운 주재원들을 선발하고 파견하고 다시 귀임 배치하는 일들은 보람도 있지만 꽤 고된 일이어서 육체적으로 정신적으로 힘들었던 기억이 난다.

한 번은 새벽 두 시가 넘어 택시 타고 퇴근했다가 바로 그날 새벽 다섯 시에 다시 택시 타고 출근한 적도 있었다. 어쩐지 의아하기까지 한 상황이었는데 그 순간을 기억하겠다며 그날 택시 영수증 두 장을 나란히 두고 사진을 찍어서는 SNS에 올리기도 했다. 몸과 마음이 다 힘들었던 그 시기를 보내면서도 달리기하는 사람들의 러너스 하이(runner's high)처럼 묘한 성취감과 몰입감에 큰 쾌감을 느끼기도 했다. 할 일을 기한 내에 완수했다는 뿌듯함도 분명히 있었지만, 일련의 일들을 통해 조직에서 칭찬받고 팀장님과 동료들에게 인정받는다는 마음이 나를 강력하게 끌고 나갔다.

과정보다는
결과

되새겨보면 인정과 칭찬을 또렷하게 갈구하기 시작했던 건 중학교 시절부터였다. 전교 1등을 놓칠세라 중간고사와 기말고사 그리고 중간중간 치르는 모의고사에서 모두 좋은 성적을 받기 위해 부단히도 노력했다. 깜깜한 독서실 한 귀퉁이에 자리 잡고 앉아서 캔커피를 늘어놓고 홀짝홀짝 마시며 밤늦도록 공부하곤 했다. 당시에는 앎의 기쁨과 학습의 열정이 나를 이끌어간다고 생각했는데 나이가 들어 되돌아보니 그 모든 노력은 부모님의 인정과 칭찬을 받기 위해서였음을 새삼 깨달은 적이 있다. 새로운 걸 학습해가며 느끼는 성취도 분명히 있었지만, 성적이 어떻게 나올지가 더 기다려졌던 게 사실이다. 누가 알아봐주길 바라는 마음마저 들 정도로 자랑스러운 성적표가 나온 날, 그 성적표를 나풀나풀 들고 집에 돌아온 나는 마치 로마의 개선장군처럼 어깨에 힘이 들어가 있었다. 당시에는 흔하지 않았던 레스토랑 피자 한 판을 먹고 싶다고 아버지께 당당히 전화할 수 있는 것도 승자의 특권이었다.

그렇게 부모님의 인정과 칭찬을 먹이 삼아 공부하던 나는, 특목고 진학을 준비하는 과정에서 꽤 오랫동안 예상 밖의 무시무시한 녀석과 싸워야 했다. 그것은 바로 시험 강박증이었는데, 중요하다고 여기지는 시험일수록 더 강한 기세로 나를 짓누르곤 했다. 중학교 3학년에 시작된 시험 강박증이 대입 수능시험과 논술고사까지 이어질 줄은 미처 몰랐다. 마음에 품었던 최선이 아닌 차선의 대학교와 전공을 택한 탓에 수능철만 되면 싱숭생숭한 마음을 부여잡고 살기도 했다. 대학에 가보니 중고등학교 시절과 달리 정해진 교과목도 전교 등수도 없어서 누구보다 우월하다는 이유로 칭찬받거나 인정받을 일도 없었다. 똑같은 목표를 두고 한 줄로 달리기하다가 갑자기, 목표 지점이 모두 다 다른 각자의 레인을 걷게 된 것이다. 이미 대학생이 되어버린 아들에 대한 부모의 인정과 칭찬은 서서히 그 빛이 바래가고 있었다.

군대를 다녀와서 학교로 다시 돌아온 나는 앞으로 어떤 일을 해가며 살아갈지 심각하게 모색하는 시간을 보내야 했다. 대학 첫 학기의 성적 장학금 수여는 아이러니하게도 동기 부여 요인으로 작용하지 못했고, 내 실력에 비해 떨어지는 학교와 전공을 선택했다는 후회와 아쉬움의 증표가 되어버렸다. 그 이후 2년 넘는 시간 동안 나는 학교와 학과에 정을 붙이지 못했다. 인정과 칭찬의 샘이 그곳에는 없었다. 그러다가 발등에 불이 떨어지게 된 건, 졸업을 세 학기 남긴 시점이었다. 복학은 했지만 쌓아둔 학점도 명확한 진로도 없는데, 함께할 미래를 그리게 된 친구가 내 옆에 있다는 사실 때문이었다. 게다가 그녀는 단과대학 톱을 하며 장학금을 받을 정도로 성적이 아주 좋았다. 공부로는 어디 가서 꿀린 적이 없는 내가 그녀 옆에 서면 작아지는 것만 같았다. 그때부터였다, 학기 중이든 방학 중이든, 낮이든 밤이든 공부와 성적에 다시 매달렸던 것이. 그렇게 미친 듯이 학점을 따서 결국 졸업식 날에 우등생을 뜻하는 별이 또렷이 박힌 졸업장을 받았다. 그 시절 내게 인정과 칭찬의 샘은 여자친구였다.

인정과 칭찬의
원천

이름을 대면 다들 아는 대기업 인사팀에서 원하는 직무의 일을 시작하게 되었고, 그해 가을, 그 공부 잘하는 여자친구와 결혼했다. 취업 준비생 시절, 치열한 진로 탐색 끝에 '인사'라는 직무를 발견했고 회사 간판보다는 직무를 따라서 자기소개서를 쓰고 면접을 봤다. 결국 원하는 팀에 배치 받았을 때의 기쁨은, 남들이 부러워하는 우리 회사의 합격자 발표 때보다 백 배는 컸다. 예전보다는 그 영향력이 조금 희미해졌지만 부모님의 인정과 칭찬을 받을 수 있었고, 당시 여자친구, 나아가 여자친구의 가족에게도 인정받을 수 있는 계기가 되었다. 입사한 지 몇 개월 안 됐을 때 회사 대표로 주요 일간지와 인터뷰를 해서 '대기업 취업 이렇게 뚫는다'는 제목으로 기사가 크게 실리기도 했다. 쑥스럽긴 한데 당시 여자친구 아버지가 신문을 구해 코팅까지 해두신 것이 지금도 앨범에 꽂혀 있다. 그렇게 부모에게서 여자친구, 지금의 아내에게로 인정과 칭찬의 주체가 바뀌었다.

하지만 기대가 너무 컸던 걸까? 대기업, 원하는 팀에서 하고 싶은 일을 시작하게 된 나에게 곧 큰 실망감이 찾아왔다. 학교 다니면서 교과서에서 배웠던 인사 제도나 우수 사례와는 너무도 차이가 나는 조직의 현 수준에 깊은 절망을 느꼈다.

회사를 잘못 선택한 것인가? 질문을 붙잡고 이직도 고민하면서도, 매일 새벽같이 출근하며 누군가의 인정을 받고자 부단히 발버둥 쳤다. 바로 팀장님이었다. 상사에게 인정받기 위한 나의 노력은 가상하기도 했고 어떤 면에서는 처절했다. 근면을 선호하는 분위기에서 매일 새벽 여섯 시 반이면 사무실로 달려가 자리에 깃발을 꽂듯이 나의 이른 출근을 팀장님이 알아주기를 바랐다. 보고서를 잘 써서 일 잘한다는 평가를 받고 싶었다. 동료와의 관계도 좋고 커뮤니케이션도 잘한다고 인정받고 싶었다. 심지어 회식 자리에서 술도 잘 마시고 분위기도 잘 만든다는 이야기를 듣고 싶어 안달이 났다. 태생이 아침잠 많은 내향적인 사람이, 새벽부터 밤까지 회사에 온몸을 바치는 외향형으로 살려다 보니 몸도 마음도 지쳐갔다. 그럼에도 버틸 수 있었던 건 부모님, 아내로 이어진 인정과 칭찬의 주체가 팀장님으로 바뀐 상황에서 나의 갈구가 계속되었기 때문이었다. 그렇게 자신을 스스로 소진하며 계속 달려 나갔다.

비단 부모님, 아내, 팀장님뿐만이 아니었다. 친구와 동료, 잘 알지도 못하는 지인들의 인정과 칭찬에 늘 목말라 있었다. 그러다 보니 나의 방향과 나의 만족을 위해서가 아니라, 타인의 인정과 칭찬을 위해서 청춘의 에너지를 미치도록 발산하며 살았다. 물론 그 덕에 학창 시절 공부도 열심히 했고 사회에 나오며 나름대로 성취도 거둘 수 있었다. 일의 영역에서 전문 역량을 쌓은 것은 물론, 오랜 시간 단련해온 근면과 성실이 몸에 배어 어떤 일이든지 열심히 해내는 것이 습관이 되었고 나의 자산이 되었다. 그럼에도 공허함이 늘 나와 함께했다. 내면을 살펴보며 스스로 성찰하며 살아오기도 했지만, 나의 눈은 늘 타인을 주시하고 그들의 관심과 기대에 부응하고자 부단히도 애썼다. 나의 역량과 성과를 입증하고 나 자신을 스스로 증명해야 한다는 압박을 내려놓기 시작했을 때 비로소 나의 청년 시절도 스르륵 그 막을 내리기 시작했다. 누군가는 사랑으로, 열정으로 청년의 때를 기억한다고 말하겠지만, 적어도 내게는 인정과 칭찬, 입증과 증명으로 점철된 시절이었다고 고백할 수밖에 없다.

어른의
시간

서은혜

두 가족의
시간

아동그룹홈에서 보육사로 일하고 있다. 아동그룹홈은 원가족과 함께 살기 어려운 몇몇의 아이들이 혈연관계가 아닌 가정을 이루며 함께 사는 집이다. 지역사회 안의 아파트나 빌라, 단독주택에서 아이들에게 가정과 유사한 환경을 제공하는 것이 이곳의 목적이다. 통상 서너 명의 사회복지사가 24시간, 365일 돌아가며 일곱 명 이내의 아이들과 그룹홈에서 함께 잠을 자고 밥을 해 먹는다. 나는 그 중의 한 명이다.

토요일인 어제, 아침 열 시에 출근해서 일요일인 오늘, 오후 세 시가 조금 넘어서 퇴근했다. 지하철을 타고 남편과 두 딸아이가 기다리는 집으로 돌아왔다. 저마다 주말을 어떻게 보냈는지 이야기를 늘어놓는 동안, 입던 옷을 벗어서 세탁기에 돌리고 커피 한 잔을 내려 마셨다. 노트북이 놓인 책상 앞에 앉으니 오후 네 시 반이 되었다. 내일 하루를 집에서 쉬고 나서 화요일 아침 열 시가 되면, 그룹홈 아이들이 기다리는 또 다른 집으로 나는 돌아갈 것이다. 커피 한 잔을 마신 뒤에 컴퓨터가 놓인 책상 앞에 앉아 업무 메일을 확인하고 교대하는 동료와 함께 어제 하루는 무탈했는지, 아이들이 학교는 잘 갔는지, 며칠 전과 크게 다를 바 없는 이야기를 그렇게 또 시작할 것이다.

일요일인 오늘 아침은 그룹홈 아이들과 함께 느지막이 시작했다. 고등학교 1학년 첫째가 일어나 나를 보자마자 "이모, 마라탕이 먹고 싶어요" 하고 콧소리를 내었다. 생각해둔 메뉴는 따로 있었지만, 이번 시험을 특히 잘 봤다고 자랑하는 녀석이 기특해서 어떻게든 축하를 해주고 싶었다. 냉장고와 부엌 선반을 뒤져서 대패삼겹살과 오징어, 콩나물, 중국 당면을 넣은 마라탕을 끓여 내었다. 중학교를 다니는 둘째가 마라탕은 먹지 않겠다고 어깃장을 놓았다. 초등학교를 다니는 셋째는 마라탕이 생각보다 맛있다고, 조금 더 끓여달라고 요청했다.

어찌어찌 식탁을 치우고 나니 아홉 시가 좀 넘었다. 날이 선선할 때 숙제를 마치라고 아이들을 책상 앞에 앉힌 후에, 설거지하고 빨래하고 집 안을 청소하고 금세 또 점심 준비할 때를 맞았다. 닭 다리살에 당근과 양파, 당면을 넣고 닭볶음탕을 끓였다. 한창 자라는 사내아이들이라 먹는 것에 어찌나 신경을 곤두세우는지, 그날 반찬이 입맛에 맞는 정도에 따라 나머지 반나절 표정이 결정되었다. 입맛도 심사도 제각각인 아이들을 제대로 헤아리는 것은 쉬운 일이 아니었지만, 아이가 밥을 먹다 말고 자기도 모르게 흥이 올라 전에 없던 이야기를 꺼내면서 눈을 맞추고 웃음을 짓는 순간, 바로 그 순간에 느끼는 희열에 비견할 만한 것도 없어서 나는 또 아이들의 마음을 훑고 또 훑게 되었다.

매만지는
시간

그룹홈에서 일한 지는 3년 정도 되었다. 밤잠 설쳐가며 대학원 공부를 마치고 10년도 훨씬 넘는 사회복지 커리어를 가지고도 나이 마흔여섯에 명함 한 장도 없는 아동그룹홈 보육사가 되었다. 사회복지시설 종사자 인건비 가이드라인에도 못 미치는 처우를 받는, 그야말로 현장에서도 홀대를 받는 직종이다. 그러나 아이를 낳고 기르는 기간, 개인적으로 상당히 고되었지만 이력서에는 기록할 수 없었던 7년간의 경력 단절과 이후 노동시장에서 겪었던 일들과 비교해보면 내게 이 이상 좋은 일자리가 없을지도 모른다는 생각을 하기도 한다.

무엇보다 나에게 확신을 주는 한 가지는, 여기서 일하는 것이 좋다는 내 감정이다. 그냥 그룹홈에서 아이들이랑 지내는 것이 좋다. 아이들과 함께 생활을 하다 보면, 아직도 해결하지 못한 내 안의 상처들을 다시 쳐다보고 매만지는 것 같은 느낌을 받는다. 아이들의 '불쌍함'이 아니라 내 안의 해결되지 못한 문제가 나를 끌어당기는 것 같다. 남들과 다른 성장 환경을 의식하다가 어색한 모습을 보인다거나, 자신의 결핍을 메우고 싶어서 뭔가를 과잉하며 노력한다거나, 행복한 집에서 태어났으면 어땠을까 하고 혼자만의 공상을 일삼는 아이들의 모습을 볼 때마다 그런 생각이 더 강하게 들었다. 웬만하면 다시 기억하거나 꺼내지 않고 없는 듯이 잊어버리고 싶었던 시간들을 일일이 꺼내서 볕에 내놓는 의식을 치르는 것 같기도 했다. 아이들과 함께 있는 시간에 말이다.

과하게 애쓴다는 말을 종종 들었다. 한 동료는 힘들지 않느냐고 대놓고 물었다. 남들과 다른 성장 환경이나 결핍을 메우려고 나도 모르게 과잉으로 치닫는 모습을 들추어내려는 것일까, 괜히 긴장하게 되었다. 별것 아닐 수 있는 말이 다친 곳을 후비는 것처럼 아프고 불쾌했다. 엄마 아빠는 장애인이다. 아빠는 한쪽 다리가 없고 엄마는 뇌성마비로 몸이 계속 비틀렸다. 부모의 받아들여지지 못함은 결국 나의 것이 되었다. 엄마 아빠는 나를 아낌없이 사랑했지만 끝끝내 스스로를 존중하지 못했던 행동 양식은 고스란히 나에게 학습되었다. 나는 나를 있는 그대로 표현해도 안전하다는 확신을 받지 못한 것 같다. 내 존재 자체보다는 존중받지 못하는 부모, 그리고 그들의 자녀라는 위치에서만 감지할 수 있는 미묘한 공기를 마시며 자랐다. 장애에 대한 혐오였다. 눈빛이나 몇 마디 말로 스쳐 지나갈 줄 알았던 사람들의 사소한 제스처들이 쌓여 엄마 아빠의 삶을 넘어서 내 삶에까지 깊은 흔적을 남겨놓았다. 집안 누구의 결혼식이었는지도 기억이 나지 않는다. 그곳에 참석했던 친척 어른 한 분이 일부러 남편을 찾아와 인사를 하다가 어깨를 두드리며 혀를 찼다. "몸이 불편한 부모 밑에서 보고 배운 것 없이 자랐더라도 자네가 은혜를 이쁘게 좀 봐주게"라고 했던가. "그래도 애는 착하다"라고 했던가. "부디 잘 해주게" 하고 인자하게 웃으며 마무리했던가. 그게 나를 바라보는 주변 어른들의 시선, 내가 느끼는 세상의 시선이었다. 언제부터인가 그들의 시선으로 나를 쳐다보고 의식하는 습관이 생겨났지만, 나는 그 모든 것을 완전히 이겨낸 사람이 되고 싶었다.

어른의
시간

그러고 보면 이십대와 삼십대 내내 골몰했던 것은 '도망'이었는지도 모르겠다. 그 시절의 내가 이 문장을 읽었더라면 본인 인생의 상당 시간을 '이겨냄'이 아니라, '도망'이라는 키워드로 표현한 것을 두고 펄쩍 뛰겠지만 말이다. 이른 결혼, 하루에 한 시간씩 잠을 자며 이어갔던 대학원 생활, 영혼을 갈아 넣은 육아, 그리고 우수 사례를 휩쓸고 다녔던 직장 생활. 어디에나 가난 혹은 결핍을 벗어나고 싶은 마음이 도사리고 있었다. 나는 모든 것을 이겨낸 사람이 되고 싶었다. 하지만 가난이나 결핍이라는 흔적은 생각지도 못한 곳에서 생각지도 못한 모양을 하고 끊임없이 영향력을 미치고는 했다. 이를테면 불쑥불쑥 솟아오르는 우울감이나 자괴감, 불안, 열등감같이 설명하기 힘든 감정들과 함께 말이다.

그룹홈에서 보육사로 일하면서부터였을 것이다. 그림자 하나 없이 이 모든 것을 말갛게 이겨낸 사람이 되고 싶다는 생각을 내려놓게 되었다. 그간의 나는 이겨낸 것이 하나도 없기 때문인지도 모르겠다. 누구나 감탄할 만한 무언가를 보란 듯이 성취한 삶을 좇아갈 때마다 내 목마름이 극심해진다는 생각이 들었기 때문인지도 모르겠다. 그렇다고 사라지지 않는 것과 싸워서 이겨보겠다고 하던 청년 시절의 나를 후회하거나 나무라는 것은 아니다.

나에게 중년은 어른이라는 이미지와 맞닿는다. 어른은 약하고 어린 누군가를 보듬어줄 수 있는 존재다. 마흔여섯의 나라면 어린 시절 그렇게도 원하던 어른의 돌봄을 줄 수 있을지도 몰랐다. 어린 시절의 내가 매 순간 이겨내고 싶어 했고, 도려내고 싶어 하던 흉터들을 잠잠히 응시하고 매만지는 것이다. 남이 보는 시선을 따라 내가 동요할 때마다 내가 서 있는 위치에서 내 눈으로 보았을 때 보이는 세상을 내가 가진 언어로 하나씩 하나씩 새로 감각해나가는 것이 어떤 것인지 알려줄 수도 있다고 생각하면 가슴이 뛰었다. 그러니까 어른의 시간은 남이 말했을 때 좋은 시간, 남이 말했을 때 좋은 조건이 아니라 내가 느끼기에 좋은 시간, 내가 느끼기에 좋은 조건을 찾아가는 시간이기도 할 것이다. 그림자까지도 끌어안는 시간이라고 해야 적절하겠다.

그럼에도 불구하고 나는 아직 어설픈 어른이다. 깜깜한 밤, 아이들이 내 방을 찾아와 "저는 왜 이렇게 남들과 다르게 살아야 해요?" 물을 때마다 제대로 된 어떤 대답도 할 수가 없어서 그저 듣기만 했다. 아이를 끌어안거나 고개를 끄덕이는 것 말고는 그 어떤 답도 해보지를 못했다. 할 수만 있다면 말 대신 삶으로 그 대화를 계속 이어가는 이모가 되고 싶다. 아이가 아이 몫의 씨름을 벌이며 눈물을 흘리거나 흔들리는 모습을 보일 때, 나는 내 몫의 씨름을 벌이며 그 곁을 꿋꿋이 지켜나가고 싶다. 어떤 힘듦과 괴로움 속에서도 저마다 고유한 사랑과 기쁨 때문에 어디에서나 빛을 잃지 않는 삶을 추동할 수 있다는 것을 일상으로 증명하는 대화를 그렇게 나누어보고 싶다.

청춘의
창

김상래

갈 수 없는
어떤 길

"어머니, 상래는 남다르니 꼭 그림을 시키세요." 초등학생이
던 때부터 학년이 올라가며 빠짐없이 듣던 말이었다. 고등학
생이 되었을 때 내 진로는 오직 하나로 정해져 있었다. 예술
가, 그러니까 정확하게 화가.

어른들은 내게 다른 세계로 향하는 길을 가르쳐주지 않았다.
생각해보면 그들은 지금의 나보다 훨씬 어렸다. 그들 역시 자
신들의 세계를 정확히 알면서 가고 있진 못했을 거다. 지금의
내가 그러하듯. 청춘의 첫 번째 고비는 고등학교 2학년 때 찾
아왔다. 서양화가 아닌 디자인으로 진로를 변경했다. 먹고사
는 길을 염두에 두지 않으면 가난한 예술가를 면할 수 없다고
했다.

쉽게 얻어지는 것이 없던 시절, 대입도 마찬가지였다. 차선으
로 선택한 대학 생활은 캠퍼스의 여유 같은 것과는 사뭇 거리
가 있었다. 순수미술과는 다른, 버라이어티한 영상디자인과
에 들어가 느닷없이 16밀리 필름으로 단편영화를 만들어 과
제로 제출해야 했다. 전공을 살리려면 영화감독을 꿈꿔야 했
다. 밤새 작업실에서 프랑수아 트뤼포의 〈400번의 구타〉나 클
로드 를루슈의 〈남과 여〉 같은 거장들의 영화를 수십 번씩 보
며 분석하거나 코카콜라 광고를 만들겠다고 라텍스로 몸통
과 눈알을 만들어 뜨거운 물에 삶고, 식으면 색을 입히며 시
간을 보냈다. 애니메이션 만드는 일은 정말 내 취향은 아니었

지만, 밤을 새워가며 했다. 한 번은 지인의 커피숍을 빌려 단편영화 촬영을 하다가 천장에 불이 붙어 뉴스에 나올 뻔한 일도 있었다. 필름을 뒤집어 끼워 촬영한 탓에 영사기에서 나오는 알 수 없는 점들을 보며 망연자실하던 때도 있었다. '청춘이란 원래 일이 안되어야 하는 것인가.'

아이디어를 생산하는 공장처럼 뇌는 늘 풀가동 상태여야 했다. 지구상에 존재하는 영상물과 음악을 어느 만큼은 알게 된 시절이기도 했지만, 마음은 늘 순수미술에 있었다. 느릿하게 사고하는 나는 반복적으로 그림을 찍어낼 에너지가 없어 재수할 용기도 내지 못했다.

대학을 졸업하고 동기들은 주로 PD가 되거나 카메라맨, CF 감독, 3D 디자이너가 되었는데 나는 웹디자이너가 되었다. 졸업 후에는 사실 좀 편하게 살고 싶었다. 차비도 안 되는 돈을 받아가며 몇 날 며칠 외박하고 밤샘을 강행해야 하는 막내 스태프 일부터 배울 자신이 없었다. 웹디자이너는 조명기를 들고 서서 줄 필요가 없고 앉아서 일하고 일한 만큼의 대가를 받을 수 있었기에 편하다고 생각했다. 그러나 인생이란 것이 어디 쉽게 살게 해주던가. 주 6일, 잦은 밤샘 근무, 원치 않는 회식, 강남에서 수원까지 택시를 타고 가로등 불빛에 의지해 집에 들어갔다가 잠깐 눈을 붙이고 여전히 어두운 새벽에 집을 나서곤 했다.

고등학생 때부터 좋지 않던 장이 자주 문제를 일으켰다. 일을 잘하면 할수록 내 일 이외에 다른 일이 넘어왔다. 업무를 마치고 퇴근이라도 하려면 내 의사를 묻지 않는 회식 자리가 생기곤 했다. 그런 자리가 내키지 않았다. 특히 술 취한 상사가 머리에 넥타이를 두르고 테이블 위에서 춤추는 걸 보는 것도, 함께 블루스를 추자고 억지로 끌어내는 상황도, 모두 사회 초년생인 나에게는 넘기 힘든 산 같았다. 그나마 직장 생활을 버틸 수 있었던 건 동료들의 끈끈한 전우애 덕분이었다.

나는 집이 멀다는 핑계로 자주 택시를 타고 줄행랑을 쳤다. 그런 일이 있고 나면, 한동안은 그 상사에게 단단히 찍혀 되도록 눈에 띄지 말아야 했다. 잔소리는 늘 같았다. "조금 더 일찍 와라. 당신만 멀리 사는 거 아니다. 회식 자리엔 꼭 참석해라. 왜 그렇게 분위기를 못 맞추냐." 스트레스가 극에 달해 무엇이든 먹기만 하면 바로 화장실로 달려가 비워내곤 했다.

스물여섯. 원치 않는 세계에서 도망갈 계획을 세워야 했다. 결혼은 도피처가 될 수 없었고, 불현듯 대학 시절 재미있게 작업했던 단편영화들이 떠올랐다. 밀쳐두었던 영화감독이 되고 싶은 꿈이 나도 모르게 스멀스멀 피어올랐다. 일상의 세계, 꿈을 이루고 사는 사람들의 세계, 그 어느 곳에도 제대로 발붙이지 못한 나는 이방인이었다. 어느 길 위에도 서지 못하고 공중 부양인 채로 허공을 맴돌며 사는 이방인.

프랑스행은 막연한 동경에서 비롯되었다. 시절마다 나를 사로잡은 것 역시 프랑스 영화였다. 집에서 혼자 떠나는 일을 허락할 리 없었다. 스스로 결단하지 않으면 만들어진 틀을 깰 수 없을 것만 같았기에 직장에 다니며 떠날 경비를 마련했다. 강남에 있는 유학원을 통해 어학연수 받을 학교를 찾고 입학 허가증을 받아 들고서야 부모님께 당당하게 말할 수 있었다.

보헤미안이
되고 싶던 나

자유의 시작은 낭시에서였다. 파리에서 남쪽으로 두 시간 반
정도 기차를 타고 가면 만날 수 있는, 월세와 물가가 저렴한
가성비 좋은 대학의 도시 낭시. 그곳에서 6개월가량 살았다.
그때, 내가 가장 좋아하던 것은 내 방 창문과 생전 처음 보는
길을 찾아 걷는 것이었다. 벽 전체를 차지하는 커다란 투명
창. 어스름한 새벽, 나는 창문 앞에 서서 골목 가득한 새벽 냄
새를 맡곤 했다. 늦게 잠든 날도 새벽 공기가 나를 깨웠다. 커
다란 창문 너머로 보이는 보랏빛 새벽의 그림들이 나를 자극
하기에 충분했다. 아르코(Arco)의 〈퍼펙트 월드(Perfect World)〉 노
래를 배경 삼기에 딱 맞는 시간이었다.
그토록 원하던 보헤미안의 삶이었다. 처음에는 유학원을 통
해 함께 온 사람들과 은행 업무나 학교 가는 길 등을 같이 익
혀갔다. 하지만 도움을 받거나 도와주는 일이 늘고 시간이 지
나면서 누가 누구와 사귄다거나 하는 뜬금없는 소문들로 그
사이에 함께 있는 것이 불편해졌다. 소란스러운 활기로부터
스스로를 격리하고 싶어 어울림보다는 혼자 있기를 택했다.
처음 보는 길을 찾아다니며 사진을 찍거나 영상 촬영을 하며
시간 보내는 일이 즐거웠다. 밤에는 혼자 맥주나 와인을 마셨
다. 그러고는 스프링이 달린 검은색의 작고 두꺼운 도화지에
그림을 그렸다. 아는 이들의 얼굴을 크레파스로 채워갈 때마
다 공허함이나 외로움 같은 것이 사라지는 듯했다. 보헤미안

을 자처했어도 모든 것이 불확실한 시절의 밤은 어딘지 구멍 뚫린 검은 도화지 같았다. 그 구멍을 아는 이들의 얼굴로 메우고 있었는지도 모르겠다. 그때의 나는 예술가가 되고 싶었고, 나 자신이 되고 싶었다.

골목골목 더 갈 곳이 없을 즈음, 파리로 이사를 했다. 파리에서도 한곳에 정착할 수 없었다. 집을 세놓은 사람에게 집세를 떼이거나 국가보조금을 가로채이는 등의 이유 때문이었다. 나는 몽마르트르가 있는 18구의 작은 스튜디오, 라데팡스의 음악인 기숙사, 파리 외곽의 '몽수리 공원' 근처 한적한 동네로 옮겨 다니며 살았다. 한인 민박집이나 한인이 운영하는 어학원, 한불문화협회 등의 홈페이지를 만들어주면서 부족한 생활비와 학비를 마련하기도 했다.

여전히 이상과 현실 사이의 공간은 메우기가 힘들었다. 에펠탑이 바로 내려다보이는 곳에 살 수는 없었으니까. 하지만 오래도록 걸으며 매일 하늘을 보는 일은 꼭 그곳이 아니어도 가능했으니 괜찮았다. 급한 일이 아니면 지하철보다는 버스를 타거나 걷는 날이 많았다. 아침 일찍 나가 밤늦도록 목적 없이 걷기도 했다. 어떤 날에는 한낮의 벤치에서 한 줌의 햇살을 안고 장자크 상페의《라울 따뷔랭》같은 책을 읽고 있으면 그러고 있는 내가 진짜 나 같았다. '비로소 보헤미안이 되었구나.'

그제야 내게 주어진 시간을 만끽할 수 있었다. 도통 어디에 있는지 알 수 없던 내가 그곳에 있는 것만 같아 그 시간을 정지시켜두고 싶었다.

솔기 위를
걸었던 시절

"언니, 언제 와? 나 12월 24일에 결혼해." 스물여덟, 꽃다운 나이에 둘째 동생이 결혼했다. 그러면서 스물아홉 나의 유학 생활은 막을 내렸다. 파리에서는 아르바이트하면서도 학생 비자를 받기 위해 한국에서 주기적으로 정해진 금액을 송금 받아야 했다. 딸 셋이 공부하고 있던 때라 부모님으로서는 부담이 컸을 때다. 갈 때는 그렇게 매몰차게 떠나놓고 올 때는 순순히 돌아왔다. 어쩌면 조금은 부모님 생각을 하게 되었거나 혼자인 것이 외롭다 느꼈는지도 모르겠다. 시작하고는 끝내지 못한 시간이 그곳에 남았다.

다시 웹디자이너가 되었다. 문래동 A시티빌딩 17층. 직장에서 해가 가장 잘 드는 방에 디자인 팀장 자리가 마련되어 있었다. 내 책상 바로 옆에는 전체가 투명한 창문이 있었다. 내게 선물은 이런 것.

틈날 때마다 창문을 투과해 들어오는 햇살을 커다란 숨으로 들이마시곤 했다. 두 눈을 꼭 감고 있으면 마치 한낮의 파리 벤치에서 장자크 상페 아저씨의 책을 읽을 때처럼, 그렇게 진짜 내가 그곳에 있는 것만 같았다. '이건 내가 아는 그 햇살이구나.' 그 시간만큼은 보헤미안이 될 수 있었다. 사각형의 공간 안에서 아주 작은 자유의 흔적이라도 찾으려고 했다.

지나고 보니 청춘은 옷의 솔기처럼 느껴진다. 모든 것이 따로 떨어져 있지 않고 시작되는 곳에서 끝이 나기도 하고 끝나는 곳에서 시작하기도 하는 옷의 솔기. 맞닿아 있어서 떨어질 기미가 보이지 않지만, 더러는 떨어진 곳이 흉하게 구멍 나버리는, 마음에 들지 않는 어떤 부분만 떼어내려고 하면 도무지 모양새가 나지 않는, 또 마음에 드는 한 조각만 가지고는 별 의미가 없어져버리는. 청춘이 꼭 그런 솔기 같다. 완전한 형태를 갖추지 못하고 온전히 도달하지 못한 어떤 아련한 흔적만을 남긴 것이 나의 청춘이 아니었을까. 그래서 나는 여전히 정확하게 청춘이 무엇이었는지 잘 모르겠다. 다만, 사막 한가운데 신기루처럼 실제로 존재하지 않는 어떤 곳을 찾으려고 솔기 위를 하염없이 걷고 또 걸었던 시절이었던 것만 같다.

청춘의 창
김상래

부모로

빚어지는
시간

이설아

다른 사랑을
꿈꾸다

7개월의 입양 절차를 거쳐 생후 한 달 된 아들과 만났다. 숱이 많은 머리카락과 까만 눈동자, 오동통한 얼굴을 보는데 우리에게 오는 과정에서 실수로 천사 날개와 머리 위 링을 빠뜨린 게 아닐까 싶은 생각이 들 만큼 예뻤다. 아이의 커다랗고 순한 눈망울을 가만히 들여다보는데 '내가 이렇게 예쁜 아이의 엄마라니!'라는 독백이 절로 나왔다. 출근 전 잠들어 있는 아들을 담겠다며 부지런히 휴대전화 카메라를 누르는 남편의 모습, 이른 아침부터 우리 방 문을 두드리며 "우리 강생이 일났나?"라며 안부를 묻는 아흔 살 왕할머니의 목소리, 매일 오후 다섯 시에 목욕하는 손주를 보겠다고 부랴부랴 외출에서 돌아오시는 친정 부모님의 상기된 표정 모두 내 인생에선 한 번도 상상해보지 않았던 장면이었다.

결혼한 지 4년 차가 되도록 부모가 되고 싶은 마음이 없었다. '부모'라는 단어를 떠올리면 왠지 무겁고 답답한 느낌이 먼저 들었다. 한번 마음먹은 건 어떻게든 추진하고야 마는 불도저 같은 아빠, 불안정한 부부관계에도 아내와 며느리 자리를 지키느라 딸들의 마음은 돌볼 여력이 없었던 엄마. 그 사이에서 오랫동안 기대에 부응하는 딸로, 불안정한 가족의 틈을 메꾸는 이로 살았던 나는, 더 이상 사랑과 부담이 뒤엉킨 관계를 만들고 싶지 않았다. 나처럼 부모와 가족을 사랑하느라 어깨가 무거운 자녀를 만드는 대신 누구에게도 부담이 되지 않는 가벼운 커플로 삶을 이어가자고 남편과 마음먹었다.

그 마음에 작은 파동이 인 건 미술학원에서 그림을 배우던 학생이 나에게 "설아 선생님이 우리 엄마였으면 좋겠어요"라는 말을 건넨 후부터였다. 엄마와 살아본 기억이 없다는 아이가 건넨 그 말은 나를 깊고 아프게 베었다. 내가 낳지 않은 아이의 부모가 된다는 건 어떤 느낌일까. 나로부터 이 땅에 오지 않은 아이라면 조금은 덜 무겁게 사랑할 수 있지 않을까. 부모가 있었지만 혼자 크는 것처럼 외롭고 마음 기댈 곳이 필요했던 시간들이 떠오르면서, 내 의지로 자녀를 만드는 건 내키지 않아도 이미 태어나 부모를 필요로 하는 아이라면 왠지 그 곁에서 부모 역할을 해주고 싶다는 마음이 들었다. 내 부모와는 다른 부모가 되고 싶다는 생각, 모두가 의심 없이 하는 선택과는 조금은 다른 삶을 살고 싶다는 마음이 잔잔하게 동심원을 그리며 퍼져나갔다. 그렇게 나는 입양으로 부모 되기를 선택했다.

아이와 나
그리고 부모의 시간

두 눈을 꼭 감은 채 젖병을 빨아대던 아들을 세워 안고 등을 몇 차례 토닥이니 귀여운 트림 소리를 냈다. 품에 안고 몸을 좌우로 살살 움직이며 자장가를 불러주려니 어느새 기절하듯 잠들어버리는 아이. 쌔근대는 숨소리에 가만히 귀를 기울이고 그 보드라운 뺨에 얼굴을 부비는데 내 안의 어딘가 깊은 구멍이 메워지는 느낌이 들었다. 부모가 된다는 건 이토록 놀라운 일이구나. 작은 아이의 존재가 이렇게 구원의 느낌을 건넬 수 있다니, 가슴 깊은 곳에서 묘한 떨림이 일었다. 아이를 눕힌 후 그 곁에 모로 누워 가만히 바라보는데 잠든 아이의 얼굴 위로 비슷한 시절의 내 얼굴이 겹쳐졌다.

그 곁으로 집에서 출산을 마친 지 얼마 안 된, 아들을 기대했다가 딸로 태어난 셋째를 보고 한참 울었다던 엄마도 보였다. 그 뒤로 네 살과 다섯 살, 두 딸의 밥을 챙기면서 셋째에게 젖을 물리기 위해 미역국에 밥을 급히 말아 먹는 모습, 백일 동안 기침이 그치지 않던 나를 밤마다 돌보느라 핼쑥해진 얼굴, 저녁을 준비하는 동안 기어 다니는 아기가 위험할까 싶어 기저귀 천으로 장롱 다리와 내 발목을 연결해 묶는 엄마의 모습이 보였다. 그간 기억했던 엄마는 가족의 식사 준비로 바쁘던 뒷모습, 새벽녘 부엌 한편에서 조용히 기도를 읊조리던 목소리, 울고 있는 딸에게 다정한 말 한마디 건네지 못하고 돌아서던 무뚝뚝한 얼굴이 전부였는데, 내 곁에 누워 나를 쓰다듬으며 젖을 물리고 다칠 새라 안전띠를 매는 엄마가 보였다. 그 흔한 흉터 하나 없이, 잔병치레도 없이 성인이 되도록 나를 빚은 손길이 여기 있었구나. 엄마도 나를 바라보고 있으면 어딘가 깊은 구멍이 메꿔지는 듯한 느낌을 받았을까. 그간 떠올려보지 않았던 질문이 아이와 나, 엄마 사이를 오가며 이리저리 바느질을 해댔다.

다섯 살 겨울에 우리 가족이 된 큰딸은 잘하고 싶은 마음이 크고 사랑받고 싶은 마음이 깊은 아이였다. 천사의 링을 빼먹

고 온 게 아닐까 싶을 만큼 순한 아들을 키우다가 갑자기 욕
망과 시샘이 가득한 딸을 누나로 키우려니 하나부터 열까지
쉽지 않았다. 아이는 새로운 환경에 적응하느라 잔뜩 긴장했
는지 이런저런 거짓말을 자주 하곤 했다. 아이의 마음속 두
려움을 헤아릴 수 있었다면 좋았으련만 그때의 나는 너무 무
지했고 성급했다. 가족으로 거듭나기 위해 모두가 노력하는
데 맹랑한 거짓말이 웬일인가 싶어 매의 눈으로 아이를 노려
보고 훈육이란 이름으로 아이를 잡기 일쑤였다. 그럴수록 더
욱 마음을 숨기며 정교한 거짓말을 만들어내는 아이. 잡히지
않는 아이의 마음과 '아이를 사랑하지 못하는 못난 엄마'라는
자괴감 사이에서 마음이 널뛰던 어느 날, '엄마는 알고 있었
을까?'라는 엉뚱한 질문이 올라왔다.

가려져 있던
시간

"엄마, 저 오늘도 못 들어가요. 학교에서 밤샘 작업해야 해."
아무렇지 않은 표정으로 능숙하게 거짓말을 하는 내 목소리
가 들린다. 어차피 반대할 테니 그냥 멋대로 하겠다는 스무
살 그때의 마음은 다섯 살 딸아이와 비교도 안 될 만큼 뻔뻔
하고 결연했다. 새로운 갈림길로 들어선 사람처럼 부모를 향
해 무조건 등을 보였던 이십대의 나를 엄마는 어떻게 눈감아
준 걸까. 엇갈렸던 마음이 다시 엄마에게 돌아설 때까지 어떤
마음으로 기다린 걸까. 마음을 꽁꽁 싸맨 딸을 묵묵히 참아주

느라 새카맣게 탔을 엄마의 속마음도, 낯선 어른을 엄마라고 부르며 어떻게든 적응하려 애썼을 우리 딸의 작은 마음도 조금씩 눈에 들어왔다. 엄마의 자리에 서고 보니 생각지 못한 시야를 얻는구나. 이 낮은 자리에 섰을 때라야 건드려지는 감각이 있음을 뒤늦게 깨닫는다. 반투명한 시폰 커튼 뒤로 가려졌던 엄마의 시간이 슬쩍슬쩍 진실의 형체를 드러내는 것 같다. 딸아이를 향해 부릅떴던 눈에서 서서히 힘이 풀리기 시작했다.

13개월에 만난 막내는 매일 밤 자정 무렵 원인을 알 수 없는 울음을 두 시간씩 토해내곤 했다. 저 작은 몸 어디에서 이런 깊은 울음을 내는 걸까. 놀란 마음으로 녀석을 안고 방과 거실 사이를 서성이노라면, 잠에서 깬 아빠가 다가와 막내를 건네받아 안곤 했다. 평화로운 밤이 다시 찾아올까. 내가 이 아이의 상실을 보듬을 수 있을까. 자괴감과 두려움이 밀려올 때 할 수 있는 일이라곤 소파에 쓰러지듯 기대어 앉아 막내를 달래는 친정 아빠를 지켜보는 것뿐이었다. 막내를 품에 안고 작고 낮은 목소리로 자장가를 부르며 느린 박자로 왈츠를 추는 듯 움직이는 아빠의 커다란 등을 보는데, '내가 알던 그 아빠는 어디로 갔나' 하는 마음이 들었다.

해결할 문제가 산적한 것처럼 늘 찌푸려져 있던 미간, 자녀들을 향해 천둥처럼 쏟아내던 비판의 목소리, 동행하는 이는 아랑곳하지 않고 혼자 성큼성큼 앞서가던 발걸음이 아닌, 이 작은 손주를 위해 산처럼 거대한 몸을 움직이며 고요한 왈츠를 추는 새벽 한 시의 아빠라니. 아빠의 낯선 모습이 내 안을 채웠던 이전의 이미지를 후- 하고 흩어버리는 것 같았다. 아빠를 이토록 든든한 어른으로 빚은 건, 부모가 된 자식일까, 아프게 우는 손주일까, 새로운 시절을 두 팔 벌려 끌어안은 아빠 자신일까. 아빠도 밀려드는 생의 과제에 맞춰 스스로를 계속 빚어가고 있었구나. 때늦은 깨달음에 마음이 여러 빛깔로 물든 새벽이었다.

다르게 돌아
같은 자리에서 만나다

입양은 다른 삶의 시작이었다. 임신과 출산이 아닌 여러 차례의 상담과 교육, 법원의 판결을 거쳐 부모가 된다는 점에서 다른 삶이었다. 자신을 낳아준 다른 한 쌍의 부모가 존재한다는 사실을 아이가 알고 자란다는 면에서, 훗날 아이가 원하면 기꺼이 그들과의 연결도 열어두어야 한다는 면에서 정말 다른 삶이었다. 그러나 한편으로는 내 부모와 다르지 않은 삶이기도 했다. 내 부모보다 더 나은 부모가 되고 싶다며 호기롭게 선택한 입양이었지만 돌이켜보니 자녀를 위해 가장 낮은 자리로 내려간다는 면에서, 아무리 노력해도 불완전한 부모일 수밖에 없다는 점에서 다르지 않았다. 무엇보다 '사랑한다'고 수천 번 고백하지만 그 사랑 역시 '내 방식대로의 사랑'일 뿐이라는 지점에서 내 부모와 그리 다르지 않은 삶이었다. 입양 부모로 사는 것은 타인을 향한 연민이나 알량한 정의감만으로는 살아낼 수 없는, 매일 자신을 돌이켜 진짜 부모의 자리에 서야만 이어지는 삶이었다. 햇볕도 잘 들지 않고 가시덤불 가득한 수풀 속처럼 이리저리 길을 헤맬 때면 이상하게도 내 부모의 모습이 떠올랐다. 더듬더듬 헤매다 나오는 길목이면 수백년 된 은행나무처럼 든든히 그 자리에 서서 웃고 있는 부모의 미소와 만나며 안식을 찾곤 했다.

어느새 중년의 부모가 된 나는 다른 삶도, 더 나은 삶도 꿈꾸지 않는다. 부모의 삶이란 그저 평생 이 자리를 지키며 내 아이들의 뒷배가 되어주는 것이라고 매일 스스로에게 새길 뿐이다. 단 하나, 부모 된 삶이 건넨 생각지 못했던 유익이라면 한 번도 상상해본 적 없던 '내 부모의 가려진 시간'을 깨닫게 되었다는 것, 그로 인해 부모가 그리고자 했던 큰 그림을 조금 더 이해하게 되었다는 것이다.

사막에

두고
온
것

정희권

사막을
—
건너는 꿈

고등학교 시절, 어른이 되면 사막을 건너는 여행을 하고 싶었다. 고민과 두려움이 많았던 시기였다. 어른이나 주위 사람들이 정해둔 길로 나아가는 것이 올바른 일 같지 않았다. 답을 찾고 싶었고 시간이 필요해서 답답했다. 그럴 때마다 나는 자주 사막을 상상했다. 아무리 달려도 지평선밖에 보이지 않는 광활한 사막. 하늘과 땅, 밤과 낮, 한낮의 더위와 밤의 추위, 하늘과 모래, 내가 갖고 있는 모든 번민이 간단해지는 냉정한 이분법의 세계를 상상했다. 그곳에 가면 내가 갖고 있는 고민들이 해결될 것 같았다.

실제로 나는 대학을 졸업하기 직전인 1997년 겨울, 큰 사막을 가로지르는 여행을 했다. 그리고 그곳에 무언가를 두고 왔다.

아내의
—
초자연적인 능력

아내는 가끔 나를 놀라게 한다. 그녀에게는 내 주위에서 다른 이의 흔적을 발견하는 능력이 있다. 예를 들어 내가 결혼 전에 입던 옷들 중 다른 여자에게 선물 받은 것을 기가 막힌 정확도로 골라내곤 한다. 그 사진을 발견한 날도 그랬다. 오래된 앨범을 함께 뒤적이고 있었다. 오래전, 호주의 서쪽 끝 퍼스라는 도시에서 내가 여러 외국인들과 웃으며 함께 찍은 사진을 보다가 아내는 갑자기 그 중 눈이 크고 키가 큰 여학생을 짚으며 내게 말했다. "당신, 이 사람과 사귀었지?"

나는 정말 놀랐다. 모모코(가명)와 나는 멀리 떨어져서 카메라를 바라보며 웃고 있을 뿐이다. 아내는 도대체 어떻게 눈치챈 것일까? 하지만 정확히 말하면 모모코와 나는 연인이 되지는 못했다.

1997년 겨울 호주로 떠난 것은 즉흥적인 결정이었다. 부족한 영어 실력을 보완하고 싶었기에 당시만 해도 인종 차별로 유명했던, 그래서 한국 유학생도 드물다는 서호주의 대학을 골랐다. 담당자에게 메일을 보냈으나 답이 없었다. 휴가 기간이었다. 고민 후 일단 떠나기로 했다. 적어도 그 나라는 노숙자들도 영어는 할 테니 말이다. 도착 후 배낭여행자 숙소에서 지내다가 개강일이 되자 학과 사무실로 향했다. 개강일에 배낭을 짊어지고 직접 찾아온 나를 본 직원은 좀 어이없어했지만, 반이 배정되었다. 역시 걱정할 필요가 없었다.

퍼스는 스완 리버라는 강이 흐르는 아름다운 항구도시다. 나는 수업이 끝나면 도서관에 가서 문 닫는 시간까지 정말 열심히 공부했다. 나처럼 늦은 시간까지 남아서 공부하는 사람은 많지 않았는데, 언제부터인가 조용히 구석에서 책을 읽는 키 큰 일본 여학생 한 명을 자주 보게 되었다. 일본 패션잡지에서 튀어나온 것 같은 예쁜 여학생이었다. 자주 마주치다가 서로 눈인사도 나누었고 자연스럽게 이름도 알게 되었다.

호주는 참 심심했다. 세상에 스마트폰 같은 것은 없을 때다. 주말마다 남학생들은 학교 운동장에 모여 축구를 했고 여학생들은 관중석에서 구경을 했다. 끝나면 모두 같이 맥주를 마시러 갔다. 로비라는 현지 학생 집에서 하숙을 하고 있던 모모코는 그 자리에 오지 않았다. 나는 젊었고, 한국에 두고 온 여자친구는 없었으며 그녀는 예뻤으니 관심이 가지 않을 수 없었다. 하지만 당시 나는 다른 나라 여학생들에게 마구 들이대는 몇몇 친구들이 꼴불견이라고 생각하고 있었다. 어느 주말, 친구들과 근교를 여행했다. 모닥불 주위에 둘러앉아 맥주를 마시는데, 로비가 내게 다가왔다. 혹시 사귀는 사람이 있냐고 물었다. 없다고 하자 혹시 자기 집에 하숙하고 있는 모모코는 어떠냐고 물어보는 것이었다. 직설적인 질문이 당황스럽기는 했지만 나는 모모코가 예쁘고 매력적이라 생각한다고 대답했다. 갑자기 고쳐 앉은 로비는 내 어깨를 툭 치며 말했다. "토마스, 지금 뭘 하고 있는 거야? 내일 학교에 가면 바로 데이트를 신청해. 모모코는 항상 시간이 많아."

모모코

그다음 주 토요일, 나는 스완 강가의 레스토랑에서 모모코를 기다리고 있었다. 무척 더웠지만 강가에서는 시원한 바람이 불었다. 하늘하늘한 하얀색 면 치마를 입고 모자를 쓰고 걸어오던 모모코의 모습이 지금도 또렷하다. 나는 세상에서 제일 예쁜 여자 옷은 하얀색 면치마라고 생각한다.
점심식사를 하고 우리는 강가를 산책했다. 스완 리버에는 이름 그대로 백조가 살았다. 블랙 스완이란 건 진짜로 있다. 커다란 백조들은 물 위를 유유히 떠다니다가 우리가 강가로 가자 다가왔다. 근처에서 놀던 백인 아이가 우리를 보고 갑자기 울기 시작했다. 아마 동양인을 처음 봤으리라. 부모가 달래는 동안 나는 다정하게 아기에게 이야기했다. "Don't worry, Honey, We don't bite." 그리고 멀어지며 조용히 한마디 더했다. "Usually." 모모코가 큰소리로 웃기 시작했다. 나중에는 눈물까지 흘리며 웃었다. 모모코가 그렇게 크게 웃는 것은 처음 보았다.

우리는 함께 오래 걸으며 정말 많은 이야기를 했다. 나는 모모코가 오사카에서 대를 이어 음식점을 하는 집안의 외동딸임을 알게 됐고 모모코는 내가 온 집안의 반대를 무릅쓰고 철학을 공부하는 중이라는 걸 알게 됐다. 모모코는 자기 집에 있는 고양이 사진을 보여주었고 나는 내가 길렀던 다리가 세 개뿐이었던 강아지 이야기를 했다. 형제들에게 치이는 그 녀석을 위해 우리 삼남매는 다른 강아지들을 구석에 몰아넣고 그 녀석이 어미젖을 독차지할 시간을 주곤 했다. 모모코는 내가 항상 가지고 다니던 워크맨이 너무 구형이라 이상하다고 이야기했고 나는 그런 거 별로 신경 안 쓴다고 대답했다. 저녁 시간이 가까워져 들어선 레스토랑에서 모모코는 맥주를 한 병 시켜달라고 했다. 얼굴이 발그레해진 모모코는 말이 많아졌다. 우리는 서툰 영어로 이야기했지만 대화하는 데 아무런 지장이 없었다.

문득 나는 궁금했던 것을 물어봤다. "모모코, 너는 왜 그리 늦게까지 열심히 공부해?"

모모코는 빤히 내 얼굴을 보더니 대담했다. "토마스, 네가 항상 그곳에 남아 있으니까." 내 얼굴도 붉어졌다.

모모코는 일본에서 도망치고 싶었다고 말했다. 왜냐고 물었더니 잠시 망설이다가 입을 열었다. 모모코는 누군가에게 그 말을 하고 싶었던 것 같다. 그 생각을 하면 지금도 마음이 아프다. 함부로 남의 속내를 듣는 것은 위험한 일이다. 통곡의 벽 역할을 하기 위해서는 바위 같은 마음이 필요하고 한 남자가 그런 마음을 품게 되기까지는 종종 오랜 세월이 필요하다. 모모코는 아이를 한 번 가진 일이 있었다고 했다. 자신은 그 아이를 낳고 싶었으나 남자친구는 아이를 지우기 원했고 그래서 너무 슬펐다는 이야기를 하며 눈물을 쏟았다. 힘들어하는 모모코에게 가족들은 외국 여행을 제안했고, 그렇게 모모코는 호주에 오게 된 것이었다.

지금의 나는 그때 내가 어떻게 했어야 했는지 알고 있다. 나는 조용히 그녀를 바라보며 그녀가 하고 싶은 말을 모두 다 쏟아낼 때까지 기다려준다. 섣부른 위로의 말 따위는 하지 않는다. 그녀의 감정이 너무 격해진다면 손을 꼭 잡아주거나 안아주었을 테지만 굳이 서두르지는 않을 것이다. 그녀가 이야기를 다 쏟아내고 나면 나는 자연스럽게 다른 이야기를 시작할 것이고, 반드시 그녀를 웃게 만든다. 모모코가 너무 웃어서 배가 아프다고 할 때까지. 그건 내게 충분히 가능한 일이다. 웃음의 잔향을 머금고 우리는 어두운 밤길을 지나 그녀의 집까지 같이 걷는다. 걷는 도중에 나는 그녀의 손을 꼭 잡아줄 것이다. 그리고 나는 다음날 아침에 일찍 일어나 그녀를 데리러 갔으리라. 분명히 우리 둘은 서로 사랑하게 됐으리라.
그러나 나는 그때 어른의 껍데기를 쓴 아이였고, 그저 당황하
고 있었다. 나는 그때 여자친구 손 한 번 잡아본 일 없는 숙맥
이었기 때문이다. 뭘 어찌해야 할지 몰랐다. 한심한 일이다.
집까지 데려다주는 동안 모모코는 말이 없었다.

그날 이후 모모코는 도서관에 나오지 않았다. 학교에서 마주
칠 수 있길 바랐지만 모모코를 볼 수 없었다. 로비 집에 전화
를 걸 수도 있었을 텐데 나는 그러지 못했다. 그러던 중 학교
게시판에 붙은 공고를 보았다.

사막을
건너는 여행

호주의 동쪽 끝 시드니까지 횡단여행을 하는 팀에서 멤버를
구한다는 공고였다. 사막을 여행하겠다는 내 오래된 목표를
달성할 좋은 기회라는 것을 깨달았다. 출발은 일주일 후였다.
나는 학교에 그 주까지만 나가겠다고 통보했다. 이 기회가 학
업보다 중요하다고 생각했다. 나는 들떠 있었다. 오랜 꿈을
실현할 기회가 온 것이다.

내가 여행을 떠난다는 사실은 작은 유학생 커뮤니티 사이에
곧 알려졌다. 우리는 한창때였고 그래서 모두들 몸살이 날 정
도로 심심해했다. 친구들은 나를 부러워했다.

며칠 후, 그날 이후 처음 교정에서 마주친 모모코는 안부인사
도 생략한 채 내게 여행을 간다는 말이 사실이냐고 물었다.

나는 맞다고 대답했다. 호주 사막을 가로질러, 사막 한가운데에 솟은 거대한 바위 울룰루를 거쳐 브리즈번까지 가는 여정에 대해 이야기했다. 오래 꿈꾸었던 여행 코스를 설명하는 나를 빤히 바라보며 듣고 있던 모모코는 잠시 아무 말도 하지 않다가 갑자기 일본인 특유의 예의 바른 웃음을 지으며 말했다. "잘 가, 토마스."

여행은 고생스러웠다. 비포장도로를 달릴 때 험로용 대형 SUV는 요동이 심했다. 호주의 사막은 뉴스에서 본 화성의 표면과 같은 붉은색이었다. 나는 호주의 붉고 고운 먼지가 스며든 신발을 그 후로도 오랫동안 신고 다녔다. 꼬박 일주일을 일직선으로 달렸지만 사방으로 보이는 것은 온통 지평선뿐이었다. 밤이 되면 우리는 사막 한가운데에 침낭을 펴고 들어가 잤다. 검은 하늘에 거대한 은하수가 천구를 가로지르고 있었다. 가장 기억에 남는 것은 지평선 멀리 하늘과 땅을 잇고 있는 거대한 회색의 기둥들이었다. 도대체 저게 뭐냐고 물었을 때, 나이 많은 호주인 여행자가 웃으며 말했다. "토마스, 곧 알게 될 거야." 기둥 중 하나가 도로 한가운데에 놓여 있었다. 베테랑 여행자인 호주인은 모두 내려서 저 가운데로 걸어가자고 했다. 기둥 속으로 들어가자 엄지손가락만큼 굵고 뜨거운 빗방울이 소리를 내며 내 얼굴을 두드렸다. 온몸이 흠뻑 젖었지만, 그 기둥 바깥으로 나오면 곧 젖은 몸이 말라버렸다. 그곳은 사막이었으니까. 하늘과 땅을 이어주던 거대한 빗방울의 기둥, 파리 떼가 들끓던 물웅덩이들, 밤에 하늘을 보고 누우면 머리 위를 가득 채우고 있던 별들, 그리고 세상의 배꼽이

라는 거대한 바위산 울룰루에 비치던 신비로운 석양에 압도
되는 동안 거짓말처럼 나는 모모코에 대해 생각하지 않았다.

삶의
분기점에서

한국에 돌아온 나를 기다리고 있던 것은 아버지의 간암 판정
소식이었다. 생전에 한 가지라도 아버지를 기쁘게 해드리고
싶었던 나는 철학을 전공하겠다는 꿈을 접고 취업 준비를 했
다. 그해 갑자기 세상은 무척 구체적인, 시간 안에 풀어야 할
문제 같은 것이 되어버렸다. IMF 외환 위기가 닥쳤다. 대기
업의 부도가 이어졌고 취업은 쉽지 않았다. 닥치는 대로 입사
지원을 했지만 번번이 고배를 마셨다. 원래 6개월 판정을 받
으셨던 아버지는, 내가 모 기관에 취업됐다는 소식을 들을 때
까지 그 두 배 가까운 시간을 견디고 돌아가셨다.
지금 나는 직장을 다니는 평범하고 시시한 중년이 되었다. 아
내와 아이들도 생겼다. 그리고 오래된 사진을 꺼내기 전까지
는 모모코에 대해 잊고 있었다. 25년 전 그녀는 정말 예쁘고
멋졌지만, 나는 그녀보다 내 앞에 놓여 있는 자유를 더 사랑
했던 것 같다. 그 자유가 내 눈앞에 놓인 길보다 더 좋은 것인
지 알 방법은 없었다. 자유라는 건 그저 가능성의 공간일 뿐
이지 항상 다른 것보다 더 낫거나 옳은 것도 아니다. 나는 그
저 그 미답의 가능성을, 결정되어 있는 다른 미래보다 더 사
랑했던 것뿐이다. 청춘의 시절이란 그렇게 미완의 가능성에

열려 있던 시기를 의미하지 않나 싶다.

1997년 겨울 호주 사막을 건넜던 일과 그때 내가 그곳에 두고 온 것들을 생각한다. 청년의 나는 미래에 대해 열려 있는, 자유로운 존재가 되고 싶었다. 그래서 그게 아무리 아름답거나 좋을지언정 어딘가에 머무르는 일을, 정해진 미래에 갇힐지도 모르는 상황을 두려워했다. 사람들 사이를 나와서 사막으로 들어간 나는 여행이 끝나면 다시 도시로, 사람들 사이로 돌아가야 했다. 나는 그저 더 늦기 전에 사막으로 들어가고 싶었고 내가 갈 수 있는 한 최대한 멀리 나아가고 싶었다. 그곳에서 내가 기대하지 않았던 무언가를 만나고 싶었다. 그것을 보기 위해 내가 포기해야 할 것들이 있었음에도, 치러야 할 대가가 있더라도. 그 청춘의 순간, 나는 이 순간이 다시 오지 않을 것임을 잘 알고 있었다. 그래서 그 순간을, 무슨 일이 일어날지 모를 미래를, 그리고 청춘 안에 있는 나 자신을 무엇보다 사랑했던 것이다. 나는 이것을 사막을 건너며 어렴풋이 깨달았던 것 같다.

청춘이 지나갔다는 것은, 그렇게 미정(未定)의 미래를 사랑하는 일을 끝냈다는 것을 의미하지 않나 싶다. 항상 그 선택이 멋진 길로 나를 인도했던 것은 아니지만, 딱히 후회는 없다. 나는 내가 선택한 삶을 살았다.

그러나 가끔 상상해보지 않는 것은 아니다. 나는 우리가 인생의 고비에서 내리는 선택들이 만드는 분기점과, 그 분기점에서 탄생하는 평행세계를 생각해본다. 그해 겨울, 호주에서 내가 다른 선택을 했다면, 어쩌면 지금쯤 나는 오사카의 일식집

에서 머릿수건을 한 채 "이럇샤이마세"라고 외치며 손님을
맞고 있었을지도 모른다. 그것도 충분히 멋진 인생일 것이다.
단지 나는 그 길을 가지 않았을 뿐이다.

내일을 사랑하는 용기

3

라스트
신
미리보기

황진영

Ep. 82. Scene 42
호스피스 병동

진영, 침대 위에서 몸을 일으키려다가 한숨을 내쉰다. 간호사 등장.

간호사   잠깐만요, 일으켜드릴게요.

진영   (부축을 받아 몸을 일으킨다. 힘겹게 입을 뗀다.) 연락…… 왔
       나요?

간호사   그제 출발한다고 했으니 지금쯤 한국에 왔을 것
       같아요.

진영, 안심한 듯 고개를 끄덕이며 몸을 뒤로 기댄다. 간호사,
진영이 침대에 다시 눕게 도와주고는 주사약을 확인한다. 방
을 나서려는 순간, 진영이 간호사를 부른다.

진영   도착하기 전에 내가 가면 (잠시 멈추고 한숨을 내쉰다)
       고맙다고 전해주세요.

• • •

노년기를 죽음으로 가는 관문이라고 생각하지는 않지만, 노
년기라는 말을 들으면 세상과 이별하기 직전의 모습이 자꾸
만 떠오른다. 내가 세상을 떠나기 직전을 상상해본다면, 아마

도 이런 전개이지 않을까. 암에 걸린 나는 수술을 몇 번 했으나 전이가 발견되어 호스피스 병동에 입원한다. 의료진은 내게 남은 유일한 가족인 아들에게 마음의 준비를 하라고 연락을 하고, 아들은 반수연의 소설 〈통영〉에서처럼, 한참을 찾지 않았던 한국 땅을 밟는다……

남편과 나는 계획 세우는 것을 좋아한다. 결혼기념일이 휴일이면 좋겠다는 생각에 결혼식장이 비는 몇 개의 날짜 중 현충일을 선택하기도 했다. 그러나 우리의 얄팍한 계산은 미국에 살게 된 이후 빗나갔다. 6월 6일은 여기선 그냥 평일이다. 세월이 흐르며 세상일이 계획대로 다 되지는 않는다는 것을 알게 되었지만 우리는 여전히 하루의, 1년의, 5년 후의 계획을 구체적으로 세우는 것을 즐긴다. 계획을 세울 때 반드시 들어가는 과정이 있는데, 그것은 가장 최악의 상황을 구체적인 장면으로 그려보는 것이다. 최고의 선택을 하지는 못하더라도 최악의 상황으로 이끄는 변수들을 하나씩 파악하고, 나름대로 대비를 하는 것이 우리 부부가 지향하는 삶의 방향이다.

최근 의도치 않게 죽음에 대해 생각하게 되는 경험을 많이 했다. 부모님이 몇 달 간격으로 건강검진에서 암이 의심된다는 소견을 들었고, 수술을 받으셨다. 수술을 앞둔 엄마가 걱정과 염려에 기운이 없다는 언니의 말에 엄마에게 전화를 했다.

"엄마, 이건 그냥 확률일 뿐이야. 바로 수술 잡힌 거 보면 그래도 해볼 만한 게임이니까, 잘될 거예요. 의사 선생님을 믿으시고, 수술 잘 받아야 해요, 응?"

부모님의 수술 소식을 들으며 암 진단이 청천벽력 같게 느껴지던 때는 이제 지나간 시절에 불과하구나 생각했다. 요즘은 세 명 중 한 명은 살아가는 동안 암 진단을 받는다고 한다. 나는 부모님이 모두 암 진단을 받았고, 조부모님들 중 암으로 돌아가신 분이 셋이나 되니 남들보다 더 높은 확률을 가진 셈이다. 이렇게 된 이상 암에 걸렸다는 말을 듣게 된다면 조금 더 초연하게 받아들이겠다고 다짐하고 다시 계획을 세운다. 지금 다니는 직장의 의료보험이 보장되는 만 67세까지, 혹은 그 이후 진단을 받을 경우를 나누어 생각한다. 아이도 돌봐야 하고, 암 치료는 단기간에 끝나지는 않으니 현직에 있을 때 둘 중 하나가 암 진단을 받게 된다면 꼭 필요한 경우가 아니라면 당사자만 치료에 집중하는 게 좋겠다고 남편과 이야기했다. 막연한 두려움을 이겨내는 우리만의 방법이기도 하다.

유언장을
쓰는 마음

자주는 아니지만 부모님이 돌아가셨다는 소식을 전하는 친구들이 꽤 된다. 간혹 배우자나 형제자매, 드물게 자녀를 먼저 보낸 경우도 보게 된다. 친구 D는 동생의 갑작스러운 죽음을 맞이했던 친한 친구를 곁에서 지켜본 후 유언장을 작성하기로 마음먹었다고 했다. 어떤 내용이냐고 물어봤더니 생각보다 현실적인 내용이 담겨 있었다. 크게 세 부분으로 나누어 ⑴ 주민번호 등 인적 사항, 장례 절차 및 식을 치르는 데 도움을 줄 수 있는 친구들의 이름과 연락처, ⑵ 은행 계좌 등 주요

계정 정보와 현재의 금전 관계 기록, (3) 가족 구성원 등 가까운 사람에 대한 인사 등을 적어놓았다고 했다. 미혼인 자신이 어느 날 갑자기 세상에서 사라졌을 때, 주위 사람들이 큰 어려움 없이 자신의 흔적과 유산 등을 정리할 수 있도록 도와주는 기록쯤으로 생각하고 주기적으로 업데이트하고 있다는 것이다. 그 말에 드라마 〈서른, 아홉〉에 나왔던 시한부 암 환자인 찬영의 생전 장례식 장면이 떠올랐다.

드라마에서 찬영은 죽음이 가까워지자 가장 친한 친구인 미조에게 자신의 부고를 전해야 할 사람들의 이름과 연락처를 적은 종이 한 장을 건넨다. 미조는 그 명단의 사람들에게 미리 연락해 한자리에 불러 모은 후 찬영을 초대한다. 참석한 이들이 찬영에게, 또 찬영이 이들에게 마지막으로 인사할 수 있는 기회를 준다는 뜻이었다. '생전 장례식'이라는 생소한 이벤트에 참여한 이들의 얼굴에는 백 퍼센트의 슬픔이 서려 있지도 않았지만 마냥 즐겁지만도 않아 보였다. 뭐랄까, 울컥하는 마음을 누르고 애써 웃음을 지어보겠다는 의지가 가득 담긴 표정이었다고나 할까.

친구 D에게 유언장을 업데이트할 때 어떤 기분이냐고 물었다. "그때그때 달라"라는 모호한 대답이 돌아왔다. 어떤 날은 더없이 담담하게 수치를 수정하고 덮을 때도 있고, 또 어떤 날은 조금 가라앉은 마음으로 추억을 재생하며 하염없이 생각에 잠기기도 한다고 했다. 친구는 이렇게 말했다. "유언장을 펼칠 때 드는 첫 감정은 매번 다르지만, 덮을 때는 늘 같아. 왠지, 잘 살아야겠다는 다짐을 하곤 해." 친구의 유언장 업데이트 얘기를 듣다가 갑자기 나의 마지막 순간이 궁금해졌다. 나의 장례식에는 누가 와줄까? 그리고 나는 어떻게 기억될까?

남은
삶의 키워드

드라마에서처럼 생전 장례식을 치를 수는 없으니 SNS 계정에 이런 질문을 올렸다.

제 장례식에 오게 되신다면, 그래서 옆에 앉은 누군가에게 "진영이는 어떠어떠한 사람이었어요"라고 말해야 한다면, 뭐라고 하시겠어요?

하루도 되지 않아 꽤 많은 수의 댓글이 달렸다. '야무진', '매사에 열심인', '성실한' 등 삶의 주어진 과제들을 헤쳐나가는 태도를 이루는 말을 보니 어쩐지 부끄러워졌다. 새로운 도전을 하기 위해 열과 성을 다했던 시간들도 분명 있었지만, 사실 나는 그렇게 규칙적이고 확고한 루틴을 가진 사람이라 할 수 없다. 의지의 불꽃은 반짝 스파크를 튀긴 후 곧잘 사그라들고는 하기 때문이다.
지금까지의 내 삶을 돌이켜볼 때 언뜻 떠오르지 않는 표현들도 있었다. '따뜻하다', '다정하다' 같은 타인을 대하는 태도에 관한 이야기들도 있었고, '마음이 단단하다'처럼 이전의 내가 듣고 싶었던 말들도 꽤 많이 보였다. 늘 마음이 흔들리고 잘

휘청이는 탓에 '후회가 취미고 자책이 특기인 유리 멘털 소유자'라고 스스로를 소개했던 내가 누군가에게는 단단한 마음을 가지고 있는 사람으로 기억된다니, 나를 다듬어가려는 꾸준한 노력이 어느 정도 효과가 있었나 싶어 살짝 흐뭇해졌다. 평균 수명이 80세라 치면, 이제 나는 절반 정도를 살아냈다. 내게 앞으로 얼마의 시간이 허락되었는지는 모르지만, 내 '리허설 장례식'에 전해진 메시지가 실전에서도 그대로 들릴 삶을 살 수 있다면, 그것만으로도 충분히 의미 있는 삶이 되지 않을까 생각했다. 유언장을 정리할 때마다 남은 삶을 어떻게 살아야 할지에 대해 고민을 하게 된다는 친구의 말처럼 나도 '나의 죽음'을 생각하며 앞으로의 삶에 대한 다짐 같은 걸 하게 되었다.

내가 지금 그리고 있는 라스트 신의 디테일은 아마도 계속 바뀔 것이다. 장소가 호스피스 병동이 아닌 요양시설일 수도 있고, 나를 죽음으로 몰아가는 것이 암이 아니라 치매일 수도 있다. 존엄사가 허용되는 곳에 살고 있다면, 나와 마지막 대화를 나누는 사람은 의사일 수도 있을 것이다. 확률적 평균 수명을 고려해 남편은 이미 이 세상에 없는 것으로 상상할 때가 많지만 내 옆을 지키는 것이 남편일 수도 있다. 누군가와의 대화가 내 삶의 마지막 순간이라고 상상하고 싶은 마음은 세상을 떠나기 전 내 옆에 사랑하는 소중한 사람이 있어주었으면 좋겠다는 바람이 아닐까. 나의 마지막을 기리기 위해 누군가 달려오는 상상을 포기하고 싶지 않은 마음, 그리고 고마움을 전하고 싶은 마음, 이런 마음들을 잊지 않고 살아가고 싶다.

우리가
사랑으로

다시
만날
때

이설아

함께 그린

동그라미

눈을 뜨니 남편 자리가 비어 있다. 고개를 돌려 탁상시계를 보는데 아직 6시 10분이다. 이 남자가 어디 간 건가 싶어 거실로 나서니 오디오에서 잉거 마리(Inger Marie)의 〈내일도 나를 사랑해줄 건가요?(Will you still love me Tomorrow)〉가 잔잔히 흘러나온다. 남편은 오늘도 나의 플레이리스트로 하루를 시작했나 보다. 주방으로 들어서는데 어제 밤늦게까지 식재료를 다듬느라 아수라장이었던 싱크대며 아일랜드 조리대가 말끔하다. 손님이 오는 날이면 시키지 않아도 집 안 곳곳을 살뜰히 청소하는 그는 이른 새벽부터 주방을 정리하고 정원으로 나간 것 같았다. 현관문을 열고 10월의 아침 공기를 큰 숨으로 들이마시는데 정원 곳곳에 만발한 달리아 꽃들이 보인다. 저 멀리 대문 앞 주변을 열심히 쓸고 있는 그의 모습. 나이가 들었어도 여전히 단정하고 꼿꼿한 그의 뒷모습을 나는 사랑한다.

사귄 지 7년이 되도록 그는 내게 프러포즈를 하지 않았다. 뒤늦게 다시 시작한 공부며 그로 인해 늦어진 취업으로 아직 기반을 못 잡은 이유도 있지만, 이후에도 그는 인생의 어떤 큰 결정에 대해 먼저 제안한 적이 없었다. 결혼하자는 말도, 자녀 없이 딩크족으로 살자는 제안도, 그러다 입양으로 부모가 되어보는 건 어떠냐는 엉뚱한 소리도 모두 내 쪽에서 먼저 꺼냈다. 그때마다 그는 신중하게 "생각해보자"고 대답하고는 며칠 후, 혹은 몇 달 후에 "그러자, 그렇게 하자"는 답을 주었다. 여느 남자들처럼 멋들어진 이벤트를 해주거나 먼저 계획을 짜놓고 나를 짠! 놀라게 하는 면모는 없지만 자신이 뱉은 말은 반드시 지켜내는 성실한 그였기에, '그러자'는 대답만큼 반가운 것도 없었다.

남편의 은퇴 이후 어디에서 어떤 삶을 꾸려야 할까 먼저 고민한 사람도 나였다. 사십대 후반, 아파트 베란다에서 이런저런 식물 키우기에 재미를 붙인 나는 드넓은 대지 위에 쏟아지는 햇살을 받으며 자라날 탐스러운 꽃과 무성한 나무를 떠올리며 혼자 행복해하곤 했다. 탁 트인 자연에서 정원을 가꾸며 노년의 남편과 함께할 수 있는 일이 무얼까 고민하다 많은 이들이 하루쯤 쉼을 얻고 갈 수 있도록 작은 시골 민박을 해도 좋겠다는 생각이 들었다. 다행히 남편은 그 제안이 마음에 들었던지 웬일로 바로 그러자고 답을 주었고, 5년 후에는 미련 없이 일을 그만두겠다는 말도 덧붙였다. 외진 카페를 찾아오는 손님과 이웃을 위해 빵과 커피를 만드는 부부의 이야기를 그린 〈해피 해피 브레드〉라는 일본 영화를 보던 어느 저녁에는, 자신도 은퇴 후에 베이킹과 커피를 배우겠다는 말을 해나를 깜짝 놀라게 하기도 했다.

언제나 하고 싶은 일이 많고 다양한 사람을 품느라 몸과 마음을 한껏 늘려 사는 나와 달리, 그는 자신과 가족을 지키는 것외에는 큰 관심이 없는 사람이었다. 내가 더 넓은 세상과 사람을 향해 두 팔을 벌리고 달려 나가는 것과 반대로 그는 늘자신의 다리를 제자리에 고정시킨 채 가족의 일상을 지키고싶어 했다. 그가 컴퍼스의 고정 다리처럼 흔들림 없이 자리를 지키면 나는 세상과 사람 사이를 마음껏 오가며 커다란 원을 그리곤 했다. 그렇게 잘 맞는 우리는 약속대로 55세에 시골 민박을 시작했고, 아름다운 정원이 있는 우리의 공간에서 올해 나란히 예순을 맞이했다.

8인용

테이블

오늘은 우리 세 녀석의 생모―낳아준 엄마―들을 집으로 초대한 날이다. 영화에서나 가능할 것 같던 만남이 현실이 되기까지 얼마나 긴 시간 애를 태우며 기도를 쌓아왔던지. 이번 만남에 대해서만큼은 '그러자'라는 남편의 답을 얻기까지 꽤 오랜 시간이 걸렸다.

남편은 세 녀석이 자신의 생모를 궁금해하고 만나고 싶어 하는 것은 당연하다고 여기면서도, 자신은 전혀 그들과 마주치고 싶지 않다고 했다. 일반적으로 입양 아빠보다는 엄마들이 아이의 생모를 궁금해하고 같이 만나보고 싶어 하긴 하지만, 우리 가정처럼 입양에 대해 열린 대화를 하면서 생모를 만나고 싶어 하지 않는 아빠의 케이스는 좀 드문 것 같다. 남편은 복합적인 감정을 다루는 걸 어려워하는 사람이다. 자녀를 키워온 30여 년간 아이들을 향한 마음은 여러 갈래로 풍성해졌지만, 자신이 낳은 아이를 포기할 수밖에 없었던 그녀들에 대해서는 감정과 생각이 어느 지점에 고여 있는 것 같았다. 아이를 입양 보낸 여성을 무조건 혐오하고 비난하는 이들과는 달랐지만, 그렇다고 얼굴을 맞대고 꾸준히 안부를 물으며 내 아이를 위해 확대가족으로 살아가고 싶은 마음까지 가질 정도는 아니었다.

그랬던 남편이 마음을 조금씩 바꾸게 된 건, 가장 가능성이 있다고 믿었던 막내의 뿌리 찾기(자신의 입양 관련 기록과 정보를 얻고, 생모와 재회를 신청하는 일)가 좌절되면서부터였다. 막내를 입양할 때 생모와 몇 번의 만남이 있었고, 입양 보내기를 힘들어했던 그녀의 이야기를 들었던 만큼, 막내가 자라 재회 신청을 하면 당연히 성사될 것이라 믿고 있던 우리였다. 첫째와 둘째가 몇 번의 신청 끝에 겨우 재회가 이루어진 터라 막내까지 만남이 성사되면 이제 평생의 기도가 이루어지는구나 싶었는데, 어떻게 된 영문인지 재회 시도는 불발되었다. 그녀에게는 분명 그럴 만한 이유가 있으리라 생각하면서도 거절당했다는 사실에 힘들어하는 막내를 보자니 마음이 복잡하고 슬펐다. 막내와 우리의 모두의 삶에 태양이 사라진 것 같은 나날이 이어졌다.

인생이 자신만 외면했다고 믿는 아이 앞에서 우리 부부는 그저 그녀가 마음을 돌이켜주길 묵묵히 기도할 수밖에 없었다. 아이에게 이 거절이 얼마나 큰 상실인지, 아이들 중 하나라도 슬픔에 젖어 있으면 가족의 행복 모두 유예될 수밖에 없음을 경험한 남편은 처음으로 막내와 그녀를 위한 기도를 시작했다. 그러고는 막내의 생모와 재회하게 된다면 세 아이들의 생모 모두를 집으로 초대하자고, 아이들과 그녀들, 우리 부부가 함께 연결의 기쁨을 누리고 싶다는 말을 전해왔다. '이런 말을 듣는 날이 오다니. 이 남자 정말 뼛속까지 아버지가 되었구나' 하는 생각에 마음이 울컥했다. 언제인가 첫째의 그림일기에 등장했던 길고 긴 테이블, 그 위에 우리 부부와 아이 셋, 그리고 우리 아이들을 낳아준 세 명의 엄마들의 이름표가 다정하게 마주 놓여 있는 그림이 떠올랐다. 간절한 기도가 하늘에 닿은 걸까. 5년이 지난 오늘 드디어 그 긴 테이블을 펼치는 날이 되었다.

성인이 된 세 아이들이 각각 생모와 재회를 하긴 했지만 우리 부부까지 함께 만나는 자리는 처음이라 내심 걱정이 되었다. 더욱이 세 명의 생모를 한자리에 초대하는 자리이다 보니 그들 중 누구라도 원치 않으면 불가능한 자리였는데, 그들은 감사하게도 우리의 초대에 기꺼이 응해주었다. 인생은 가끔 생의 다음 장을 간절히 열기 원하는 이에게 생각지 못한 용기를 건네는 것 같다. 남편과 정성스럽게 가꿔온 이 집에서 그녀들을 맞이한다고 생각하니, 오늘 모이는 이들 모두에게 이번 생이 허락한 최대치의 평안이 임하길 기도하게 된다.

새벽부터 움직이는 걸 보니 남편 마음속에도 여러 감정이 뒤섞이나 보다. 아이들이 보내준 사진으로 확인한 그녀들의 얼굴에는 우리 세 녀석이 절묘하게 스며 있었다. 그녀들로부터 왔음이 분명한 내 아이들의 예쁜 구석들, 우리가 평생 사랑했던 개성들을 마주하자 말로 표현하기 어려운 감정이 인다. 사진 속 그 얼굴이 곧 저 문을 열고 들어오겠구나. 문득 인생의 신비로움을 찬양하고 싶어진다.

달리아

센터피스

나의 정원은 5월 중순 작약이 꽃망울을 터뜨리며 축제를 시작한다. 그 뒤로 장미가 바통을 이어 받고, 여름에는 수국이 정말 오래도록 정원을 아름답게 지킨다. 가을 정원을 화려하게 수놓는 달리아는 장미처럼 기온과 햇빛에 따라 화형과 색이 조금씩 달라지기도 한다. 정원을 가꾸고 계절을 보낼 때마다 그녀들과 만나는 날 테이블 위에는 어느 계절의 꽃이 올라오게 될까 상상했었는데, 오늘 드디어 테이블 센터피스(테이블 중앙을 꾸미는 장식)를 위한 달리아 수확을 시작하게 되었다. 노랑과 연보라, 하얀색과 빨간색, 복숭아색까지 색과 모양이 다양한 달리아가 양동이 한 가득 담기는 걸 보니 마음도 차오른다. 어린 시절 어느 추리소설에서 달리아의 꽃말이 '배신'이라고 읽은 적이 있어 괜히 이 꽃을 싫어하기도 했다. 그러나 탐스럽고 다채로운 달리아의 매력에 빠져 정원 가득 심으며 찾아본 꽃말은 전혀 다른 의미였다. '위엄, 우아함, 영원히 당신의 것, 화려한 행사'라는 꽃말이라니 모두가 모이는 오늘 테이블에 얼마나 적절한가.

지난 20여 년의 삶을 오늘 다 쏟아낼 수 없을 것이다. 용기 내어 마주 앉은 동안 어느 순간에는 가슴 한구석이 아리기도 할 것이다. 그렇다 해도 나는 오늘을 평생 가장 아름다운 날로 기억할 것 같다. 내 인생 가장 오랫동안 신뢰를 건네준 남편, 그 남편과 정성을 다해 양육했던 세 아이들, 아이들이 열어준

문으로 들어온 세 명의 엄마들이 모여 앉기까지, 각자가 건너 온 두려움과 혼란의 시간을 서로 알고 있기 때문이리라. 어쩌 면 오늘은 내가 입양으로 부모가 되겠다고 마음먹었던 그날 부터 내 생에 예정되어 있던 '기적'이라는 센터피스가 아닐 까. 삶의 모든 순간을 '예스'로 받아들일 준비를 마친 우리를 위한 축하의 꽃다발이 아닐까 싶다.

• • •

여기까지가 내가 꿈꾸는 10년 후, 내 노년기 어느 날을 상상 하며 쓴 일기이다. 이 아름답고 감동적인 장면이 현실의 이야 기가 아니라는 사실에 실망하지 않기를 바란다. 적지 않은 세 월을 살아보니 꿈꾸고 상상하는 삶은 언제나 나를 더 나은 곳 으로 데려다준다는 걸 알게 되었다. 꿈꾸고 상상한 대로 삶이 펼쳐지지는 않지만 적어도 그 삶을 향해 가는 동안 내가 마주 하고 싶었던 진실에는 더 가까워졌던 것 같다. 이 글의 초고 를 쓸 때만 해도 정말 먼 훗날의 장면일 거라 생각했는데, 출 간을 앞둔 지금의 나는 어느새 '정원이 있는 시골 민박'을 꿈 꾸며 새로운 지역으로 이주를 마친 상태이다. 상상에만 머물 렀다면 여기까지 오지 못했을 텐데, 구체적인 언어로 마음을 다해 글을 쓰다 보니 어느새 꿈의 한 조각이 내 곁에 현실로 자리 잡았음에 놀란다.

앞으로 내가 그리는 노년은 입양의 세 당사자가 두려움 없 이 만나 서로의 조각을 받아들이도록 돕는 일은 물론, 더 많은 이들이 자신 안의 사랑과 재회하도록 돕는 삶이다. 자연과 협력하여 일군 나의 아름다운 정원을 찾아온 이들이 자신의 삶과 화해하고, 만나지 못했던 이들과 만나며, 자신 안에 있던 새로운 가능성과 연결되도록 돕는 넉넉한 어른으로 늙고 싶다. 존재와 존재가 사랑으로 다시 만날 때 가장 넓은 품으로 그 모두를 안아주는 어른으로 곁을 지키고 싶다.

노년의
한옥

—

(feat.아무튼 상상)

김상래

배낭여행에서 돌아온
두 남자

"여보, 우리 왔어. 우리 안 보고 싶었어?"

"엄마, 보고 싶었어. 이거는 엄마 드리려고 사 온 거야."

세계일주 배낭여행에서 돌아온 두 남자가 내 앞에 서 있다. 이십대 중반 아이의 손에는 내 선물이라며 작은 수첩이 들려 있다. 클림트 작품들을 소장하고 있는 오스트리아 벨베데레 궁전에서 산 노트라고 했다. 노트에는 클림트가 에밀리 플뢰게와 마지막 여름을 보냈던 아테제 호수의 그림이 그려져 있다. 아이는 여전히 내 취향을 너무 잘 알고 있다. 여행 다닐 때마다 그 나라 화가들의 그림으로 만들어진 예쁜 노트를 사던 습관을 아이가 고스란히 닮았다.

"지난번 마지막 통화 때 말라가에 있더니 어디를 마지막으로 찍고 온 거야? 엄청 탔네?"

안 그래도 까무잡잡한 피부가 흑연처럼 되어 돌아온 두 남자를 보며 조금은 부러운 듯 말을 꺼냈다.

"우리 신혼여행으로 갔던 말라가의 호텔이 그대로 있더라? 거기서 이틀 자고 바로 네르하로 넘어갔지. 당신과 같이 갔던 코스를 아들과 함께 가니까 감회가 남다르던데?"

남편은 둘만 다녀온 여행이 미안했는지 신혼여행 이야기를 슬쩍 꺼냈다.

"아빠랑 와인도 마셨는데 내가 사진 찍은 거 보여줄게. 이거 봐봐. 엄마, 신혼여행 때 여기서 파에야 먹으면서 와인 마셨다며? 아빠는 내가 엄마인 줄 아나 봐. 자꾸 신혼여행 때 얘기만 해."

이제는 가족이 한집에 있다. 나는 두 남자의 여행 이야기로 어떤 글을 쓸까 궁리한다. 그들이 없는 반년 동안 나는 주로 새벽에 일어났다. 원두를 갈아 커피를 내리고, 마당 한쪽에 우리 먹을 만큼 심어둔 텃밭에서 수확한 방울토마토와 가지, 바질을 볶아 올리브 오일과 발사믹을 곁들여 먹었다. 혼자인 아침은 이십대 후반 유학 시절처럼 이따금 외로웠고 그 고독감은 청량했다. 여행을 떠난 두 사람이 그리워질 때면 남편이 평소에 좋아하던 하와이안 코나 커피를 내려 그의 공방에 들어가 서성이거나 아이 방 침대에 누워 머리맡의 책들을 괜히 뒤적거렸다. 남편의 공방에서 만난 오밀조밀한 나무 소품들과 있으면, '이토록 섬세하고 예술적인 사람이 어떻게 한 회사에 그리 오랫동안 몸담았을까?' 존경심이 들었다. 아이 방 한쪽 벽면을 가득 메운 각양각색의 마술 카드들은 "엄마, 내가 마술 보여줄게. 한 장만 뽑아봐" 하던 열두 살 아이를 떠올리게 했다.

내일은 고흐 이야기로 미술사 강의가 잡혀 있다. 아침마다 내려 마시는 예멘 모카 마타리 원두를 조금 강의실에 가져가 수강생들에게 나눠줄 생각이다. 이 커피는 고흐가 좋아하던 것으로 강의 때 함께 음미하며 수업을 진행하면 이야기에 더욱 풍미가 오르곤 해서 자주 구비해두는 편이다. 이런 상상들이야말로 나를 늘 지금에 살게 한다.

···

이 생생한 상상은 아직 실현되지 않았다. 현실의 나는 이런 말을 자주 한다. "여보, 나는 차근히 준비해서 오십부터는 진짜 좋아하는 일을 할 거야. 아이도 어느 정도 컸을 때고 당신도 자리 잡았을 테니까. 그땐 정말 재미있게 일할 수 있을 것 같아. 그때 우리 두 남자 배낭여행 보내줄게. 딱 기다려."

보통 남편이 정년이 되면 부인도 함께 정년을 맞이한다고들 한다. 하지만 난 조금 다른 생각으로 삶을 살아간다. 인생은 끝날 때까지 끝난 게 아니라고 생각한다. 75세에 그림을 그리기 시작해 화가가 된 모지스 할머니나 현대 미술계에서 가장 뜨거웠던 86세 최고령 할머니 작가 로즈 와일리처럼, 83세에 그림을 그리기 시작해 95세까지 활발하게 활동했던 김두엽 할머니처럼 나도 인생이 언제일지 모르게 사라질 때까지 나 자신을 재미있게 다루며 살고 싶은 바람이 있다. 늘 깨어 있는 할머니로 살고 싶은 소망 같은 게 아주 어릴 적부터 있었다.

"넌 왜 부자(父子)만 여행을 보내려고 해? 너도 같이 가든가, 아니면 네가 가야지." 주변에는 내 걱정을 해주는 친구들이 몇 있다. 하지만 엄마가 늘 하시던 말씀이 있다. "상래야, 측은지심의 마음으로 살면 세상에 화가 날 일 하나 없다. 조금 더 가진 사람이 양보하면서 사는 거야."

상상 속의 남편은 쉰다섯, 난 쉰아홉, 아이는 스물다섯이다. 물론 배낭여행을 함께 갈 수도 있겠지. 젊은 시절, 함께 고생한 것은 맞으니까. 하지만 직장생활의 어려움을 누구보다 잘

아는 나는 25년을 한결같이 한 회사에 다니며 일하고 공부하
느라 꿈도 취미도 가질 기회가 없던 그에 대한 안쓰러움이 늘
남아 있다. 아빠도 30년 넘게 한 회사에 있다가 정년퇴직을
하셨다. 은퇴 이후의 삶을 가까이서 봐 온 나로서는 남편이
인내한 시간을 늦게나마 완벽하게 쓰게 해주고 싶다. 부자지
간만이 나눌 수 있는 이야기도 있을 테고. 뭐, 나름대로의 철
학 같은 게 있다고 하자.

진짜 우리 집,
한옥에서

또 이런 상상을 한다.
"여보, 나 내일 강의가 있어. 여행 다녀와서 피곤하겠지만 당
신이 책방 문 좀 열어줘."
"좋아. 내일은 내가 문 열어두고 그간 여행에서 찍은 사진 정
리 좀 하고 있을게."
글 쓰는 일을 업으로 삼고 싶어 했던 사람은 정작 남편이었
다. 손편지를 써주던 다정한 법대생의 글솜씨가 좋아서, 어
쩌면 나는 그런 모습을 평생 보게 될 것만 같아 결혼을 결심
한 것인지도 모르겠다. 남편이 예이츠의 〈하늘의 융단〉이라
는 시를 한지로 된 편지지에 또박또박 적어 건네줬던 날을 기
억한다. 집으로 돌아와 한참을 읽고 또 읽으며 내내 눈물범벅
이 되곤 했다. "나 가난하여 오직 꿈만을 가졌기에/그대 발밑
에 내 꿈을 깔았으니/사뿐히 밟으소서." 살아오는 동안 그 융

단을 깔아주기 위해 노력했던 것을 나는 안다. 가난하여 오직 꿈만을 가졌던 청춘의 남편이 '푸르고 침침하고 검은 융단'을 내 발밑에 깔아주었기에 어디로 튈지 모르는 외계인 같던 내가 그 시절을 사뿐히 걸으며 지나온 것인지도 모르겠다. 이제는 두 발을 땅에 딛고 사는 지구인인 그의 꿈을 찾아줄 때다.

상상 속 우리 집은 동네에서 지대가 조금 높은 곳에 있다. 창이 크고 종일 해가 잘 드는 집을 선호했던 나에게 맞춤한 집이다. 집 뒤로 조금만 걸어가면 낮은 산이 하나 있고 차를 타고 10분 정도 가면 바다도 나온다. 세월을 안은 진한 고동색의 한옥 오른쪽 끝에 작은 정자가 딸린, 땅과 맞닿아 있는 진짜 우리 집. 은행에 진 빚 같은 건 이제 없다. 한옥의 오른편에는 우리 부부가 함께 운영하는 2층짜리 북스테이가, 왼편에는 남편의 나무 공방이 있다. 우리는 주로 북스테이 1층에서 함께 글을 쓰거나 강의 준비를 한다. 어떤 날에는 멥쌀과 누룩을 가져다가 막걸리를 만들고 된장을 담그기도 한다. 그 외의 시간에 남편은 주로 공방에서 필요한 가구들을 손수 만들거나 작은 작품들을 창조해낸다. 이따금 "우리 산책이나 다녀올까?" 물으면 손에 묻은 나무 부스러기들을 대강 털어버리고 손깍지를 낀다. 젊을 때는 그렇게 깔끔한 체를 하던 사람이 이제는 제법 자연인이 되어 함께 있는 시간이 훨씬 더 편하게 느껴진다.

우리가 운영하는 북스테이는 취향대로 가져다놓은 미술 관련 책들이 마른 꽃들과 함께 납작 엎드려 누군가의 손길을 기다린다. 지나던 길에 들르거나 인터넷 검색을 통해 찾아온 손님들이 조용히 이곳에 머물다 간다. 풍광이 마음에 든다며 며칠씩 머물며 글을 쓰다 가는 작가도 더러 있다. 머무는 손님마다 통창 너머로 한옥의 마당과 반대편으로 보이는 낮은 담벼락의 능소화가 너무 아름답다는 이야기를 조용히 내어놓고 돌아가곤 한다.

젊은 시절, 우리가 채 피우지 못한 꿈을 대신한 능소화가 담벼락과 한옥의 지붕 위에 가득 드리우길 원했다.

아주 심기

내 상상 속 노년은 남편과의 대화를 통해 차곡차곡 만들어진 우리의 미래상이다. 스물다섯 아이의 미래는 우리보다 변화무쌍하므로 원하는 영화감독이 되어 있을지 마술사가 되어 있을지 예측할 수 없다. 우리의 노년기에 아이는 더 큰 날개를 달고 세상을 마음껏 경험하고 있을 테니까.

내가 집에 관해 관심이 많은 건 여러 이유가 있다. 대학 시절의 남편은 1년 남짓 고시원에 살았다. 그곳은 어깨를 좁게 움츠려야 한 사람이 겨우 잘 수 있는 곳이었다. 나는 유학 생활 내내 한 집에 정착할 수 없었다. 집세를 사기 맞거나 국가보조금을 가로채이는 등 정착할 수 없는 상황이 나를 허공에 떠 있게 만들곤 했다. 결혼 후에도 전세금을 제대로 돌려받지 못하고 살던 집에서 나와야 했던 일이 있었다. 어느 순간부터 집에 대한 불안감을 안고 살았다.

어린 시절의 집은 가족의 온기로 가득했다. 집도 우리와 함께 살아 있다고 느껴서인지 디근자 하늘이 보이던 아담한 집의 체온을 되찾고 싶었다. 어떤 상황에서도 나를 한껏 품어주던 곳. 나를 품고 우리를 품어줄 집이 필요했는지도 모르겠다.

"많은 것들을 사랑하라. 왜냐하면 그곳에 진실의 힘이 깃들기 때문이다. 더 많이 사랑하는 사람은 더 많은 일들을 성취하고 훨씬 더 많은 일들을 이룰 수 있다. 그래서 사랑으로 이뤄진 것은 잘되게 마련이다."

엄마가 늘 해주던 이야기, '조금 더 양보하며 살라'가 빈센트 반 고흐의 이 문장들과도 닿아 있는 것 같다. 그 시절의 방식으로 한껏 사랑했기에 이제는 떠돌지 않고, 어디에도 진 빚 없이, 원하면 언제든 땅을 밟으며 우리가 원하는 일을 하며 살아갈 수 있다.

온상에서 기른 모종을 밭에 내어다가 제대로 심는 것을 정식(定植), '아주심기'라고 한다. 나 역시 쓰고 깎고 만들고 이야기를 나누며 그렇게 무언가 우리만의 또 다른 결실이 만들어질 때까지 그곳에서 아주심어 뿌리를 내리려 한다. 노년의 완전한 시간을 남편과 우리 아이와 만끽하려 한다. 머지않아 제 짝을 찾을 아이와도 충분한 시간을 이곳에서 함께 보내려고 한다.

"남편, 그동안 참 많이 애썼어."

"사랑하는 아들아, 엄마를 이만큼 크게 해줘서 고마워."

두려움과
호기심
사이에서

서은혜

아름답게

늙을 수 없다는 진실

미래 남편의 얼굴 알아내는 법이 유행한 적이 있다. 밤 12시 정각, 얼굴에 랜턴 불빛을 비춘 상태로 칼을 입에 물고 재래식 화장실에 앉아 거울을 들여다보면 미래 남편의 얼굴이 보인다는 거다. 초등학교 때 처음 들은 뒤로 중학교 다닐 때까지 친구들과 몇 번이고 우스개 소재로 삼고는 했다. "그 고생을 하고 바들바들 떨면서 거울을 들여다봤더니 남편 얼굴이! 남편 얼굴이!" 하는 식으로 말이다. 만약 그런 방법을 써서 할머니가 된 내 얼굴을 볼 수 있다면 어떨까 하고 상상해본 적이 있다. 아무래도 그것은 설렘보다는 두려움 쪽에 더 가까운 일 같다.

요즘은 거울 속 내 얼굴을 보는 일이나 셀카 찍는 것도 그리 즐겁지 않다. 한 손으로 휴대전화를 잡고 어떻게 각도를 잡아보아도 카메라 화면 속에 잡힌 내 턱은 이중으로 처져 보인다. 즐겨 입던 허리 잘록한 원피스는 딸들에게 죄다 물려주었다. 몇 년 전만 해도 몸매를 더 다듬어서 비키니 입고 워터파크에 가보리라 결심을 하기도 했는데 마흔여섯이 된 이제는 그런 꿈을 꾸지 않는다. 거울을 볼 때마다 "너도 이제 나이를 먹었구나" 하는 목소리가 들리는 것 같다.

'나이는 숫자에 불과하다'는 구호가 도처에 만연해 있다. 이 와중에 흰머리 몇 가닥과 군살 때문에 의기소침해져서 자꾸만 위축되는 내가 하찮아 보였다. 나이 먹는다는 사실에 움츠

러들지 말라는 메시지는 모두를 위한 응원이지만, 경제적 능력이나 관리 여하에 따라서 얼마든지 노화를 거스를 수 있다는 의미로 통용되기도 해서 마음이 늘 복잡해졌다.

그러나 수없이 쏟아져 나오는 안티에이징 상품 광고들을 보면 비단 나만의 두려움인 것 같지는 않다. "늙는다는 건 굉장히 불쾌한 일이에요. '아름답게 늙는다'는 건 개수작이라고요. '원수를 사랑하라'는 말하고 똑같아. 안 되는 일이거든요." 영화배우 윤여정 씨는 칸 영화제에 다녀와서 한 인터뷰에서 이렇게 말했다. 비웃음을 살까 봐 속으로만 삼키던 생각이었다. 일흔 살이 넘어서도 스키니 진에 스니커즈를 신고 TV 속을 우아하게 활보하던 사람이 공식 석상에서 '아름답게 늙는다는 건 개수작'이라고 말해버리니까 웃음이 났다.

나보다 여섯 살이 많은 남편은 한 번씩 은퇴 뒤의 삶에 대해서 이야기 나누고 싶어 한다. 바닷가에 집을 하나 얻어서 둘이서 살면 어떻겠냐는 것이다. 집 앞에 작은 텃밭을 가꾸면서 가끔씩 통발 속에 잡힌 물고기로 반찬을 해먹고 둘이서 함께 책을 읽고 쓰면서 살면 행복할 것 같지 않냐고 물었다. 그 마을에 아이들이 있다면 아이들을 위한 여러 가지 공부 모임을 만들어보고 싶지만 여의치 않다면 할머니들과 함께 하는 모임을 가져도 좋겠다고 말이다.

그럴 때마다 나는 좋다고 고개를 끄덕끄덕했다. 상상만 해도 동화처럼 아름답다는 생각을 하면서 웃었다. 60세 정년이 되어 퇴직하고 나서 연금으로 살림을 꾸려야 하는 시간을 구체적으로 상상하기 시작하면 조금씩 호흡곤란을 느꼈지만 말이

다. "아이들 다 키워 떠나보내고 안분지족하며 살다가 한날한
시에 죽었으면 좋겠다"라는 말을 덧붙이면서 대화를 대충 마
무리 지으려 했던 것 같기도 하다. 아직은 먼 이야기라는 생
각 때문이기도 했지만, 내가 노인이 되기도 전에 삶을 마감하
는 상황은 물론이고 나 혼자서 기나긴 노년을 보내야 하는 경
우까지 고려하기 시작하면 더 이상 생각을 진전시키는 것이
두려웠다. 몸의 감각도, 탄력도, 그리고 설 자리까지, 나는 물
론이고 나를 둘러싼 세계까지 하루가 멀게 달라지는 상황이
서운하던 참이었다.

늙음이
사라진 세상

옥상달빛의 〈없는 게 메리트〉라는 노래를 좋아했다. "없는 게
메리트라네, 난. 있는 게 젊음이라네, 난. 두 팔을 벌려 세상을
다 껴안고 난 달려갈 거야." 현실을 정직하게 들여다보지만
절대 주눅 들지 않는 가사도, 맹랑하고 유쾌한 멜로디도 다
좋았다. 휴대전화 플레이리스트에 저장해두고 출퇴근길에 이
어폰 끼고 듣고 또 들었다. 명랑하고 배짱 좋은 친구가 곁에
서 웃으며 어깨 위로 팔을 걸치는 것 같은 이 노래를 들으면
어떤 일이 벌어져도 툭툭 털고 일어나 보겠다는 결기가 나를
용감하게 만들고는 했다.
평소와 다름없이 휴대전화로 음악을 재생시켜두고 화장대 앞
에서 머리를 말리던 날이었다. 흐르는 노래들을 흥얼흥얼 따

라 하다가 이 노래가 들리는 순간 갑자기 얼어버렸다. 예전처럼 반응할 수가 없는 이상한 순간이었다. 얼른 멈춤 버튼을 눌렀다. '젊음'마저 사라진 내게 더 이상 '없는 게 메리트'일 수 없다는 생각이 기습적으로 나를 치고 지나갔다. 언제나 위로해주고 마음을 추스르게 하던 노랫말이 나를 더 불안하게 만든 그 순간이 당황스럽고 섬뜩해서 한참을 가만히 앉아 있었다. 그 만만하던 가난도, 질병도, 그리고 외로움도 이제는 진짜 무서워해야 하는구나 하는 자각이 들었다.

영국 작가 올더스 헉슬리도 그런 두려움에 한 번쯤은 사로잡혀본 경험이 있는 모양이었다. 소설 《멋진 신세계》에 노령을 극복한 사람들의 세상을 있는 힘껏 상상해놓았다. 노령을 극복한다는 건 가장 젊고 아름다울 때의 시간만 누린다는 뜻이라고 했다. 손상이란 것이 없는 청춘과 번영. 심신이 계속 활동적인 사람들이 활개하고 기쁨을 누리는 세상 말이다. 이들은 예순이 되어도 능력과 기호가 열일곱 살 때와 다를 바가 없다고 했다. 이곳이 바로 우리가 꿈꿔오던 천국이 아닐까 하는 생각에 흥분을 가라앉히기가 힘들었다.

그러나 소설이 끝내 폭로하고 마는 메시지는 외려 정반대였다. 젊음과 행복만으로 가득 채워진 사람들은 현재 상황에 너무 만족한 나머지 현상 유지 외에는 그 어떤 변화를 꿈꾸는 것도 불가능한 상태가 되었다. 《멋진 신세계》는 '고통 없는 행복'이 무턱대고 추종되고, '장애와 결핍이 가득한 고통'이 무턱대고 적대시되었을 때 한 사람 한 사람의 고유한 삶이 '절대 행복'이라는 또 다른 기준으로 기계처럼 재단되어버리고야 마는 아이러니를 목도하게 만들었다. 행복과 안정과 안락한 생활의 노예가 된 인간이 인간다움을 오히려 잃어버리고 마는 세상을 끝내 목격하도록 만들었다. 고독도 회한도 질병도 노화도 빈곤도 우울도 모진 감정도 없는 세상에서 말이다.

그날을 위해
준비하고 싶은 것

결핍과 제약, 그리고 고통에 매몰되지만 않는다면 사람은 바로 그 결핍과 제약, 그리고 고통 때문에 어떤 식으로든 나아가게 된다. 그 어떤 두려움에도 불구하고 살아야 하니까 말이다. 우리 아빠는 어릴 때 한쪽 다리를 잃은 대신 손이 아주 섬세하고 예민하게 발달한 사람이 되었다. 우리 엄마는 장애와 가난과 질병, 그리고 외로움에 오래 시달린 대신 웬만한 일에도 쉽사리 웃음을 잃지 않는 단단한 사람이 되었다. 그것이 유일하게 품위를 유지할 수 있는 방법이었기 때문이다. 나는 상처받은 기억을 잘 잊지 못하는 대신 상처받는 사람의 마음을 좀 더 예민하게 읽을 수 있는 사람이 되었다.

고통을 겪는다고 사람이 고귀해지지는 않겠지만, 온전치 않은 모습 그대로 도달할 수 있는 삶의 깊이가 따로 있음을 믿는다. 몸의 변화에만 집중하다 보면 아름다움과는 날마다 거리가 멀어지는 삶이 되겠지만, 몸을 넘어서는 삶의 아름다움이 있다는 것을 일상의 경험과 배움으로 알게 된다. 아름다움과 추함, 쾌락과 고통의 결이 단순하지 않음을 나이가 들수록 더욱 선명하게 체득하기 때문이다.

생각해보면 직장 일이든 시험이든 가장 힘든 때는, 그날이 곧 닥칠 거라고 막연하게 상상하고 걱정할 때였다. 막상 몰두해서 상황을 헤쳐 나갈 때에는 이 대단한 것을 내가 해내고 있다는 기쁨이나 성취감을 느끼는 경우가 많았다. 늘 내가 생각하지 못한 방식으로. 끊임없이 뭔가를 잃는 것만 같은 이 시간은 끝내 나를 새로운 모습으로 살아가도록 추동해나갈 것이 분명하다. 때로는 노쇠한 몸이나 주름진 얼굴, 가난한 삶 앞에서 고통받게 될지라도 그 고통을 '고통'이라는 단어로만 한정 짓지 않는 또 다른 삶의 깊이가 나를 키우고 매혹시킬 것을 믿어 의심치 않는다. 그날의 신비를 위해 기꺼이 고통스러운 기쁨을 하루하루 쌓아나가고 싶다.

내일
같은
존재

이지안

아직은
어려운 상상

할머니가 된 나를 상상하기 시작한 것은 얼마 되지 않았다. 나의 미래에 대한 상상력은 고작 중년의 나에 머물러 있었다. 중년의 나는 남편과는 어떻게 지낼까, 아이를 어떻게 키울 것인가, 어떤 일을 하고 있을까 정도였다.

지금까지도 내가 생각하는 '좋은 삶'의 정점은 아무리 나이 들어도 중년 후반의 삶에 가깝다. 성인이 된 아이들과 우리를 둘러싼 문제에 대해 이야기를 나누고 서로의 삶에 질문하는 것, 남편과 둘이서 어디로인가 여행을 떠나는 것, 내가 하는 일에 어느 정도 전문성이 쌓여서 그것으로 타인에게 기여하는 것 정도가 내가 생각해본 좋은 삶이다. 늘 나와 세상에 대한 관점이 더욱더 확고해지는 한편 새로운 생각에 열린 마음으로 귀 기울일 줄 아는 사람이 되고 싶다고 생각했는데, 그때의 나 또한 중년 후반에 가깝게 그리고 있었다.

어쩌면 이후의 삶에 대해서는 생각하고 싶지 않았는지도 모른다. 직업이나 관계의 정점을 찍고 난 후에는 그것을 하나씩 놓을 소멸에 가까워질 일만 남았다고 생각했을지도 모르겠다. 주변의 할머니와 할아버지들은 나와는 완전히 다른 사람인 것처럼 보였다. 신체나 인지 기능이 떨어지고 삶의 일부를 누군가에게 의지해야만 하는 그들의 세상은 나에게는 오지 않을 것이라고 생각했던 것이다. 시간이 지나면 어김없이 다가올 노년의 나에 대해서 왜 그다지도 무심했던 걸까.

어떤
___
모습들

노년에 대해 깊이 생각해보지 않은 것은 별다른 기대가 없어서였다. 그러고 보면 흠모할 만한 아름다운 노인을 주변에서 그리 많이 보지 못했던 것 같기도 하다. 겸손한 태도로 칭송을 받는, 진정한 어른 같은 멋진 노인들도 드물게 있었다. 하지만 그들은 책이나 TV 속 저 멀리에 있어 현실에 존재하지 않는 듯 보였다.

명절 때마다 손녀들에게 성차별적 조언을 쏟아내던 할아버지나 전세 보증금마저 돌려주기 아까워하던 인색한 주인 할머니, 웃음을 터뜨린 중학생들을 향해 시끄럽다고 호통 치던 지하철에서의 할아버지와 같이 나를 스쳐간 노인들은 그다지 이상적인 모습을 하고 있지 않았다.

나의 아버지 역시 그랬다. 오랜만에 친정에 찾아가면 아버지는 저녁 내내 정치에 대한 불만을 쏟아놓곤 했다. 정치 성향이 달라 듣고 있는 것만으로도 마음이 불편한데, 그렇다고 내 생각을 말할 수 있는 자리도 아니었다. 반대 의견을 꺼낼라치면 아버지의 언성은 더욱 높아졌다. 애꿎은 정치인들만 더 격렬한 수식어구로 비난받아야 했다. 그 세대의 가부장적인 어른들이 그렇듯 아버지에게 대화는 서로의 생각을 듣고 나누는 것이기보다 당신의 의견을 전달하는 시간이었다.

어머니가 들려주는 이야기 속 노인들도 마찬가지였다. 어머니는 소일거리 삼아 노인들이 할 수 있는 공공근로를 했는데,

하루에 두어 시간 등교하는 아이들을 위해 교통지도를 하는 일이었다. 같은 지역에 있는 노인들을 묶어 팀으로 운영된다고 하는데 팀장이라는 자리가 문제의 발단이었다. 팀원들 출결 관리와 보고 정도만 하는 역할이어서 그리 대단한 권력이 있는 것도 아닌데도, 팀장이 되고자 하는 노인들이 많다고 했다. 팀장은 팀원들의 투표로 뽑혔는데, 모임을 만들어 식사를 대접하며 입지를 다지고 상대 후보를 비방하는 일까지 여느 정치판과 비슷했다. 팀장이 되지 못한 후보가 관리 사무실을 찾아가 절차에 항의하는 일까지 벌어졌다고 하니, 여전히 조금이라도 특별하게 돋보이는 역할에 목을 매는 건 나이와 상관없는 걸까 안타까운 마음이 들었다.

노인에 대한
편견

나는 '노년은 인생을 완성하는 시기'라는 막연한 환상을 가지고 있었던 것 같다. 인생 말기에 얼굴에서 풍기는 인상이 그 사람의 인생 성적표라는 말이 있듯, 노인의 성품은 지난 시간 쌓아올린 삶의 결과이지 않을까 생각했다. 그간 성장을 위한 노력이 만들어낸 온화함, 고통을 통과하면서 쌓은 포용력, 다양한 사람과 부딪히며 빚어진 관대함의 완성체 같은.
나에게 이상적인 할머니 모습은 백발에 빛바랜 옷을 입고 조용조용 말하거나 미소 짓는, 누구보다 인생 경험이 많지만 그에 대한 자랑이나 조언을 아끼고 젊은이들의 이야기에 귀를 기울이는, 타인의 평가에 초연하고 오히려 사람들을 격려하는 그런 사람이었다.

언제부터인가 나는 자기 욕구를 줄이고 타인의 욕구에 부응하는 노인을 이상적이라고 생각하고 있었나 보다. 자기가 하고 싶고, 갖고 싶은 것에 집착하기보다는 타인에게 자기의 남은 삶을 내어주는 그런 사람 말이다. 주변에서 여전히 돈이나 체면, 남들의 인정을 받기 위해 사람들과 갈등을 일으키는 노인을 볼 때마다 '아직도 저런 문제로 씨름하다니' 하는 생각에 등을 돌리고 싶었다.

하지만 욕구가 없는 삶을 정말 살아 있는 것이라고 말할 수 있을까. 우울증의 증상 중 하나도 '욕구가 줄어든 상태'이지 않은가. 삶에 대한 흥미나 식욕, 성욕 등 욕구가 없는 상태는 무기력의 나락으로 떨어지게 만든다. 한때 큰 인기를 끌었던 에세이집 《사는 게 뭐라고》에서 사노 요코 할머니는 암으로 시한부 선고를 받은 후 비싼 외제차, 세련된 잠옷, DVD 등 사고 싶었던 것을 마음껏 사고, 냉소, 슬픔, 질투 같은 감정을 거침없이 드러낸다. 우리가 이처럼 자기 욕구에 충실한 노인에게 환호하는 이유는, 노인은 욕구가 없거나 줄어들었을 거라는 편견을 깨기 때문일 것이다. 나 역시 자신에 대한 욕구가 거세된 노인을 바람직한 모습이라고 상상하고 있었는지도 모르겠다.

노인은
살아 있다

노인이 되어서도 여전히 필요한 것은 존재감이었다. 자신의 생각을 고집스레 전하려는 것도, 모임의 리더 역할에 욕심을 내는 것도 모두 상대에게 의미 있는 존재가 되고픈 바람에서 일 것이다. 그만큼 누군가에게 중요한 의견이라는 이야기를 듣고 싶고, 어떻게든 속한 조직에 기여하고 있다는 보람을 느끼고 싶었을 테다. 물론 그 과정에서 상대의 입장을 좀 더 고려했더라면 하는 아쉬움은 남지만, 그 바람마저 노인과 어울리지 않는 욕구라 치부해버릴 수는 없다. 누군가가 자신에게 관심을 갖지 않을 때 느끼는 외로움도, 남들에게 인정받지 못할 때 느끼는 수치심이나 좌절감도 모두 노인이 된다고 사그라들지 않는 감정들이다.

나이가 들수록 '하고 싶거나 먹고 싶은 게 점점 사라진다'고 한탄하는 어른을 본 적이 있다. 하지만 친구와 함께 자전거를 타고 새로 생긴 맛집에 다녀오는 어머니를 보면 모든 노인이 다 그렇지만은 않은 것 같다. 어머니는 '건강하게 오래 살고 싶어' 매일 동네 뒷산을 오르고 건강보조식품을 챙기고, '새로운 것을 배우는 기쁨' 때문에 우쿨렐레를 배우다 이제는 색소폰을 시작했다. '사람들에게 칭찬받는 것이 좋아서' 모임에서 계속 총무를 맡고, '친구들이 좋아하니' 친구들과의 여행에 꼬박꼬박 참석한다. 심리적 고통도 크게 느낀다. 자신을 뒷담화한 이웃에게 분노를 느끼기도 하고 교회에서 모임 회장 선거에서 떨어졌을 때는 몹시 창피해하기도 하고 아버지와 다툼 후에는 인생을 다 산 사람처럼 울적해하기도 한다. 비현실적인 존재로 느껴졌던 책이나 TV에서 만난 노인들도 실은 어머니처럼 강력한 욕심과 야망과 희로애락에 흔들리는 사람들일 테다.

내 상상력이 가닿지도 않았던 노인이라는 저 멀리 있는 세계는 어쩌면 지금 내가 있는 세계와 같을지도 모르겠다. 노인은 나와 다른 납작한 무언가가 아니라, 오늘의 내가 마주할 내일 같은 존재이다. 내가 매일 친구의 사소한 호의에 감동하고 나를 긍정해주는 말들에 환호하듯, 또 밥 먹듯이 외로움과 분노, 수치심과 싸우듯이 노년의 나 또한 지금의 나와 같은 감정을 느끼며 살아갈 것이다. 그러므로 노인이 되어서도 다정함을 갈구하며 우정을 탐하고 타인을 환대하기를 주저하지 않고 싶다. 상대에게 의미 있는 존재가 되고픈 서로의 욕구를 알아봐주고 꼐안아주기를, 그리고 크고 작은 분노나 좌절, 죄책감을 여전히 느끼면서도 노인과 어울리지 않는 감정이라 치부하지 않기를 바란다. 노인이 되어도 왕성하게 질투하고 외로워하고 또 격하게 수치심을 느끼면서 살면 좋겠다. 그게 내가 생생하게 살아 있다는 증거일 테니 말이다.

멈춰라
순간아,

너
정말
아름답구나

영원

노년의 나를
상상할 수 없었다

주름살이 늘어난다. 살이 처진다. 숱이 많고 새까맣던 긴 머리는 더 이상 없다. 듬성듬성 난 하얀 머리카락만이 내 몸에 붙어 있는 전부다. 헐렁한 옷을 입는다. 병에 걸리면 잘 낫지를 않는다. 병원에 자주 다닌다. 걸음이 느려진다. 목소리에 힘을 잃는다.

소멸한다. 연기가 되어 사라진다. 과학자들은 '에너지 보존 법칙'이라는 게 있기 때문에 몸이 한 줌의 재가 된다고 하더라도 원자의 형태로 어딘가에 영원히 존재한다고 말한다. 하지만 더 이상 살아 있는 상태는 아니다. 세상을 인식할 수 없다면 내가 어떤 방식으로 존재하든 무슨 소용이 있단 말인가. 작고 뽀얀 아기로 태어나 주름살 가득한 노인으로 소멸하게 되는 것, 이것이 인간의 운명이다.

소멸에 대한 두려움은 진작부터 없었다. 오히려 나는 프로이트가 말했던 타나토스, 그러니까 삶보다는 죽음에 끌리는 사람에 가깝다. 사라져가는 것을 보고 아름답다고 생각해왔다. 다시는 보지 못할 것들이라 생각하면 아무런 감정이 없던 사물이었더라도 갑자기 사랑하게 되고는 했다. 꿈을 꾸게 된다. 영원을 꿈꾸게 된다. 꿈꾸려면 현실에 결핍이 있어야 한다. 꿈을 이룬 상태에서 꿈을 꿀 수는 없다. 역설적으로, 내가 소멸을 사랑하는 이유는 영원을 꿈꾸기 때문이다.

하지만 늙는 것은 두려웠다. 미치도록 두려웠다. 노년에 대한 생각을 해보는 것 자체가 두려워서 상상조차 하지 못할 지경에 이르렀던 시절이 있었다. 사회 초년생인 나의 모습을 상상하면, 원하던 뮤지컬 단체에 소속되어 부음악감독 정도로 일하며 열심히 여기저기 뛰어다니는 모습이 그려졌고, 중장년기인 나의 모습을 상상하면 어느새 극음악계의 대가가 되어 원하는 이야기를 음악극으로 풀어내기 위해 회의를 하고, 성악가들이나 배우들의 음악을 감독하며 공연 당일 오케스트라 지휘까지 도맡아 하는 모습이 그려졌다.

그러다 노년기에 대한 생각을 해보려 하면 머릿속이 새하얘졌다. 나에게 노년이 찾아올까? 왠지 나에게만큼은 일흔이나 여든이라는 나이가 찾아오지 않을 것만 같았다. 그전에 난 분명 소멸할 터였다. 제일 아름다운, 혹은 제일 멋진 모습일 때에 난 소멸할 것이었다. 아니, 사실 그냥 일종의 희망사항이었다. 평균수명이 83세를 웃도는 21세기에, 예순이 되기 전에 소멸하고 싶다는 열망은, 또다시 죽음에 끌리는 내가 가질 수 있는 꿈이었다. 사람들은 인생을 사계절에 비유하곤 하던데, 내 인생은 제발 여름이나 가을쯤에 마무리되었으면 좋겠다고 늘 생각해왔다.

파우스트 박사를
만나다

노년기가 찾아올 것에 대한 두려움을 없애준 것은 할머니, 할아버지 등 주변의 노인분들이 아닌, 20세기가 오기도 전에 이 세상에서 사라진 독일의 작가 괴테였다. 괴테는《파우스트》를 이십대에 쓰기 시작해서 여든이 넘어 비로소 완성시켰다. 그리고 1년 뒤에 세상을 떠났다. 젊은 시절부터 쓰던 책을 죽기 1년 전까지 붙들고 있었다는 것, 햇수로 따지면 장장 60년에 걸쳐 완성했다는 것을 미루어보아 괴테는 이십대에 던졌던 삶의 문제들에 대해 백발의 노인이 되어서야 깨달았다는 사실을 알 수 있다. 이렇게 생각해보면 그가 그렇게 오랜 기간 공들여서 쓴《파우스트》는 문학으로 승화해낸 괴테의 철학서라고 보아도 무방할 것이다.

《파우스트》를 처음 읽었던 스무 살 때의 나는 오만한 회색분자였다. 내가 세상에서 가장 똑똑한 줄 알고 살았다. 그럼에도 확실한 것 하나 없이 살았다. 정확히 말하면, 세상에 '옳은 것'이란 존재하지 않는다고 믿었다. 모든 게 따분했다. 학문에 빠졌던 순간순간만큼은 재미있었지만, 조금이라도 집중이 흐트러질 때쯤에는 '이게 다 무슨 소용이지?'라는 생각이 머릿속에서 스멀스멀 피어올라왔다. 그런 나에게 파우스트 박사는 마치 분신처럼 다가왔다. 세상 모든 것이 회색이라 믿으며, 영원히 머물고 싶은 아름다운 순간을 경험할 수만 있다면 악마에게 영혼이라도 팔겠다고 말하는 파우스트 박사에게 나는 동병상련의 감정을 느꼈다.

파우스트 박사는 악마와 계약을 한다. 악마는 그에게 모든 종류의 아름다움을 선사하고, 만약 그가 악마가 준 순간 중 하나에 푹 빠져버려 "멈춰라! 너 정말 아름답구나!"라고 외친다면 곧바로 그의 영혼을 가져가기로 약속한다. 그리고 그가 그렇게 외친 순간은, 아름다운 여성을 보았을 때나 크나큰 쾌락을 느꼈을 때 등 세속적인 행복의 순간들이 아니라, 자신이 건설한 낙원에서 수백만의 백성이 자유롭게 살아가는 모습을 보았을 때였다. 더욱 이상한 것은 원래대로라면 악마에게 영혼을 빼앗겼어야 마땅하지만, 그 순간에 천사가 내려와 언제나 노력하며 애쓰는 자를 구할 수가 있다는 말을 남긴 채, 악마에게서 파우스트 박사를 구원하여 천국에 데려간다.

가장 아름다운 순간에 "멈춰라!"라고 소리칠 수밖에 없었던 파우스트, 그 아름다운 순간이란 자유의 땅에 자유민이 살아가는 것이며 마지막에 언제나 노력하며 애쓰는 자를 구할 수 있다고 말한 천사들. 모든 것이 의문투성이였다. 왜 파우스트는 그 많은 쾌락을 버리고 자유국가를 세우려 했을까? 왜 그는 그것이 가장 아름다운 순간이라고 말하는가? 또 천사들이 말하는 '언제나 노력하며 애쓰는 자'란 과연 어떤 인간상을 뜻하는가? 괴테는 도대체 어떤 삶의 태도로 인생을 마무리했기에 이런 상징적인 표현을 굳이 집어넣었을까?

나는 이 뜻을 이해하고 싶어서 몸부림쳤다. 그리스 로마 신화를 바탕으로 쓴 시가 중간중간 끼어 있었기에 다시 그리스 신화 공부를 했고, 상징적으로 녹아 있는 등장인물의 대사를 해석하기 위해 한 문장을 가지고 무슨 뜻일까 하루 온종일 고민해보기도 했다. 하지만 괴테가 여든이 넘어서야 비로소 파우스트를 완성할 수 있었다는 이야기를 듣고 나서 이내 책을 덮고 말았다. '괴테도 여든에 깨달은 것들을 스무 살의 내가 무슨 수로 이해하겠어'라는 마음에서였다. '나도 언젠가는 모든 걸 깨닫는 날이 오겠지'라며, 노년의 나에게 깨달음의 무게를 떠넘겼다. 왠지 모르게 나도 여든 정도 되면 세상을 깨닫거나, 적어도 어떻게 사는 것이 옳은지 정도는 자신 있게 말할 수 있을 것만 같았다. 그도 그럴 것이, 소설 속 파우스트 박사가 "멈춰라! 너 정말 아름답구나!"라 외쳤을 때에도 여든이 넘은 노인이 되고 나서였다.

멈춰라 순간아,
너 정말 아름답구나

그리하여 새로운 꿈이 생겼다. 괴테가 《파우스트》를 완성했던 나이인 여든 살이 되어 《파우스트》를 다시 읽어보고 싶다. 이것저것 경험하고, 아름다움을 좇으며, 가끔은 소멸할 것들에 눈물 흘리기도 하고, 행복한 일들에 활짝 웃기도 하며 인생의 황금기를 다 보낸 후에, 공원 벤치에 앉아 바람을 맞으며 삶의 어느 순간이 죽음을 감내할 만큼 아름다웠는지 조용히 떠올려보고 싶다. 파우스트 박사가 자유의 땅에 자유의 백성이 살아가는 순간을 최고로 꼽았던 것처럼, 내 머릿속에 떠오른 그 순간이 바로 가장 자유롭고, 그렇기 때문에 죽어도 좋을 만큼, 소름끼치도록 아름다운 순간일 것이다. 이제 비로소 노년을 상상할 수 있게 되었다. 내가 그리는 나의 노년 시절이라 하면, 《파우스트》를 완전히 이해한, 그러니까 자유국가를 세우고 그것이 가장 아름다운 순간이라 외치는 파우스트와, 언제나 노력하며 애쓰는 자만을 구할 수 있다고 말하는 천사들의 의도를 완전히 이해한 사람. 더 이상 회색분자가 아닌 사람. 어떤 삶이 옳은 삶인지, 모호했던 청년 시절의 하루하루가 드디어 명확해지는, 그래서 드디어 정정당당히 행복하다 말할 수 있는 늙은 내가 서 있다.

물론 주름살은 늘어날 것이다. 살이 처질 것이다. 숱이 많고 새까맣던 긴 머리는 더 이상 찾아볼 수 없을지도 모르겠다. 헐렁한 옷만 입고 다니겠지. 병에 걸리면 잘 낫지 않을 거야. 병원에 자주 다니게 되고, 걸음은 느려지며, 카랑카랑하던 목소리는 어느새 힘을 잃고 말 것이다. 하지만 동시에, 나는 당당히 외칠 수 있을 것이다.

"멈춰라, 순간아! 너 정말 아름답구나!"

노년을
상상하고
생각하기

정지우

지금을
사랑할 때

때로 나는 언젠가 노년에 이를 것이라는 사실을 거의 잊은 채 살아간다. 아내와 아이랑 셋이서 한창 물놀이를 하고 난 뒤나 나름의 젊은 기분으로 도시를 휘젓고 난 다음이면, 종종 이런 말을 한다. "우리도 할아버지나 할머니가 될 거라는 게 믿기질 않아." 사실, 우리는 이미 중년 언저리에 있고, 10여 년 전만 떠올려보더라도 나이가 들어가고 있다. 그렇지만 여전히 아직 젊다고 믿고 있는 구석이 있다.

그런 순간에 떠올리는 건 우선 외모에 대한 것이다. 아직은 요즘 유행하는 옷을 입어도 어색할 게 없다. 흔히 '젊은 세대'의 패션이나 스타일이랄 것을 계속 유지하는 한, 우리는 아직 노년보다는 청년 쪽에 가깝다고 느낀다. 비슷하게는 요즘 유행하는 장소에 여행을 가거나 유행하는 콘텐츠를 함께 소비하고 있을 때, 여전히 아직 젊은 것 같다. 그러니까 우리는 아직 세상과 불화하지 않는, 불협화음을 일으키지 않는 어떤 존재라고 스스로 느낀다.

그러나 노년에 이르게 되면, 마치 그런 세상으로부터 급속히 멀어질 것 같은 기분을 느낀다. 우리가 자유롭게 거니는 이 드넓고 찬란한 세상 대신 공원 벤치나 동네 마을회관이 주어질 것만 같다. 아니면, 같은 공간에 있더라도 싱싱하고 아름다운 젊은 사람들과는 거리를 둔 채 그저 변두리쯤 놓여 있을 것만 같다. 이 세상이나 시선으로부터의 추방이 우리가 두려

위하는 노년의 모습 같은 것이다. 어쩌면 우리는 무언가로부터 쫓겨나는 일을 노년기에 이르는 것이라고 마음대로 상상하는 것일지도 모른다.

그렇게 보면 이런 두려움은 현재를 사랑하는 마음에서부터 오는 것 같다. 우리는 그럭저럭 건강한 신체, 그럭저럭 젊은 외모, 그럭저럭 갖고 있는 여러 열정들을 사랑하고 있다. 아이는 아직 어리고, 우리 셋은 어디든 함께 다니는 친구로 지내고 있다. 가끔 아내와 둘이 어딘가로 나설 적이면, 아직 청춘의 연인인 척 행세해볼 수도 있다. 미래는 많이 남아 있는 듯 느껴져서, 여전히 다양한 가능성들을 실험해볼 수 있을 것만 같다. 동남아에서 한 달 살기를 하든, 새로운 스포츠를 배우든, 캐나다로 이민을 떠나든 아직은 그 모든 게 가능성으로 열려 있는 것만 같다.

그러니까 우리는 그런 가능성의 젊음을, 아직 속해 있는 어떤 유행의 시공간을 여전히 사랑하고 있다.

지금을
힘겨워할 때

그런데 모순적이게도 때때로 아내는 종종 빨리 할머니가 되면 좋겠다고 말하기도 한다. 앞에 놓여 있는 저 기나긴 세월을 도무지 견뎌내거나 감당할 자신이 없다면서 말이다. 인생을 빨리 다 살면 좋겠다고, 그렇게 편안해지면 좋겠다고 말하곤 한다. 끊임없이 반복되는 출퇴근, 집안 살림, 살아가면서 챙기고 책임져야 할 무수한 것들에 힘겨움을 느낄 때면, 아내는 유독 간절하게 그런 이야기를 한다.

보통 그럴 때, 나는 그 말에 공감하지 않는다고 말하는 편이었다. 인생에 하고 싶은 일도 많고, 읽고 싶은 책도 많고, 가고 싶은 곳도 많은데 금방 할아버지가 되어버리면 아쉬울 것 같다고 했다. 그러나 역시, 나도 앞날이 막막해질 때는 아내의 말에 공감할 때가 있다. 내일도 출근, 모레도 출근, 10년 뒤에도 출근, 또 밥을 하고 설거지를 하는 그 모든 일이 어느 때는 너무 버겁게 느껴져서 몇 십 년을 건너뛰고 싶을 때가 있다.

그럴 때면 우리는 노년에 이른 사람들에 대한 존경심을 이야기한다. 그들이 버텨낸 세월 자체로 그들은 얼마나 대단한지, 얼마나 존경할 만한지 이야기 나누곤 한다. 노년에 이른다는 것은 인생의 가장 바쁘고 정신없는 시절을 뒤로한 채 일종의 편안함에 이르는 길이라 생각한다. 더 이상 책임져야 하거나 경력을 쌓기 위해 애쓰거나 현실에서 살아남기 위해 고군분투해야 하는 일이 끝나는 시절이 노년이라고 상상한다.

그러면 우리는 노인을 존경하면서도 부러워한다. 인자하고 따뜻한 성품의 할머니나 할아버지야말로 가장 행복한 삶을 산다고 믿는다. 그냥 둘이서 손잡고 공원이나 걸으면서 하루를 애쓸 필요 없이 놓아둘 수 있을 거라 상상한다. 삶이 힘겨울 때, 노년에 대한 상상은 어딘지 모를 위안을 준다.

'지금'이라는
나라를 살아갈 때

그러나 깊이 생각해볼수록, 두 가지 방식이 모두 아주 정확하거나 훌륭한 생각으로 느껴지진 않는다. 노년을 생각할 때는 당장 나의 조부모나 가까운 노인의 삶을 생각해볼 수 있지만, 그보다 더 깊이 와 닿는 책 두 권이 있다. 하나는 파스칼 브뤼크네르의 《아직 오지 않은 날들을 위하여》이고, 다른 하나는 필립 로스의 《에브리맨》이다.

《아직 오지 않은 날들을 위하여》는 철학자 파스칼 브뤼크네르가 쓴 노년기에 대한 철학 에세이로, 노년에 대한 나의 다소 편협한 상상을 크게 바꿔준 책이었다. 노년에 이르면 막연히 생의 중심부에서부터 멀어지고, 다소 주변부에 속한 채로 삶을 바라보게 될 거라는 건 사실이 아닐 수도 있다. 오히려 노년기이든 청년기이든 '지금'을 느끼는 방식은 다르지 않다. 우리는 언제나 '지금 여기'에 있을 뿐이다. 나이가 적건 많건, 우리는 매일, 오늘, 지금 여기에, 생의 한가운데에 있다.

이 책은 자기 자신이 노년에 이르렀다고 해서, 나 자신을 인생의 수평선 위에 올려놓고 후반부에 있다는 의식에 사로잡혀 지금을 포기하거나 체념해선 안 된다고 말한다. 우리는 시간과 기억을 축적한 '무거운' 존재로 살아가기도 하지만, 매 순간 온전히 지금 여기에 '가볍게' 속한 자유로운 존재이기도 하다. 과거에 얽매이지 않고 무엇이든 선택할 수 있는 결단과 의지와 힘이 '지금 여기'에 존재한다. 그렇기에 파스칼 브뤼크네르는 말한다. "생의 마지막 날까지 사랑하고, 일하고, 여행하고, 세상과 타인들에게 마음을 열어두어라. 흔들림 없이 자기 힘을 시험하라."

반면, 필립 로스의 소설《에브리맨》은 노년에 대한 그와 다른 인상을 전한다. 내가 처음부터 끝까지 전체를 필사했을 정도로 좋아했던 책이기도 했다. 이 책의 "노년은 전쟁이 아니다. 노년은 대학살이다"라는 문장은 널리 알려져 있기도 하다. 이 책을 읽은 지도 꽤 오랜 시간이 흘렀지만, 노년을 생각할 때면 어김없이 떠오르곤 한다. 특히 요즘에 자주 떠올리는 소설 속 인물은 자살을 택한 밀리선트 부인이다.

그녀는 생의 마지막 나날에 은퇴자 모임에서 주인공으로부터 그림을 배운다. 주인공은 그녀의 뛰어난 재능과 나날이 발전하는 그림 실력에 감탄하면서 그녀를 북돋아준다. 그러나 이미 남편을 잃고 혼자 지내던 그녀는 병마에 시달리다가 스스로 죽음을 택한다. 더 이상 고통을 견디면서 살아갈 이유가 없다고 생각했을 것이다. 그림을 배우는 일은 즐겁고 은퇴자들을 만나는 일도 위안을 주었겠지만, 굳이 노년기의 고통을 버티면서 살아야 할 이유까지는 되지 못했을 것이다. 노년기란, 병이나 인생의 의미와 싸우는 또 다른, 최후의 분투가 있는 시절이다.

그렇게 원래의 상상에 두 권의 책을 더해보면, 노년이란 마냥 소외감을 느끼는 시절도 아니면서 동시에 마냥 평안할 시절도 아닐 것이라고 조금은 현실적으로 생각하게 된다. 모르긴 몰라도, 나는 먼 훗날의 그 시절에도 나름대로 지금 여기에 놓여 있다고 믿으면서, 내가 속한 지금을 사랑할 구석들을 찾아내고 있을 것이다. 또한 매 시절 그랬듯이 여러 걱정들을 하거나 마음 한편에 근심을 끌어안고서 여전히 오늘이나 내일의 고민을 하고 있을 것이다. 그러니까 사실 나이듦을 너무 두려워할 필요도 없고, 너무 동경할 필요도 없는 것이다. 오늘 밟고 올라갈 계단이나 노년기에 밟고 올라갈 계단이 그리 다르지 않을 것이다.

우리는 그저 오늘이나 내일이나 현재에 살고 있는, '지금'이라는 나라의 주민일 것이다.

끝까지
아낌없이
살아가고
싶다

보배

그들을
만났다

노년을 떠올리면 가장 먼저 생각나는 것이 '죽음'이다. 왜인지 죽음을 기다리는 시기라는 생각이 드는 것이다. 이렇게 생각하게 된 데에는 아무래도 엄마의 영향이 크다. 엄마는 종종 "나는 오래 안 살 거야. 여기서 이렇게 살다가 늙어 죽을 거야"라고 망설이는 기색도 없이 말한다. 한 10년쯤 되었나. 엄마는 강원도 산골로 귀농을 한 뒤로 서울로 돌아오지 않으며 종종 저런 소리를 한다.

사실 엄마는 분명 누구보다 생동하는 삶을 살고 있다. 최근에는 수어를 배우기 시작했고, 귀농 후에는 관광해설사 자격증을 따 이따금 방송에도 출연하면서 열심히 말솜씨를 뽐낸다. 그런 엄마가 자꾸 "가늘고 길게 사는 건 싫어. 적당히 살다가 죽을 거야"라고 말하는 건 신빙성도 없을뿐더러 딸의 귀로 듣기에는 아무래도 반갑지가 않다.

엄마가 자꾸만 죽음을 면전에 둔 할머니처럼 이야기하는 것이 싫다. 정작 본인은 죽음을 기다리는 사람처럼 살고 있지도 않으면서 말이다. 나는 '노년기'라고 해서 무엇인가를 마무리하고 정리하며 죽음을 기다리며 살 생각이 없다. 그보다는 죽기 전까지 더 열심히 많은 경험을 하고 새로운 사람들을 만나며 겪어보지 않은 감정들을 찾기 위해 주저하지 않을 것이다. 흔히 인망 높은 삶을 살았던 어르신들의 모습을 상상해보면, 겸손하고 지혜로우며 한평생 살면서 누군가에게 지었을지 모르는 자신의 실수에 미안함을 느끼며 사죄하고, 선의를 베푸는 모습 같은 것들이 떠오른다. 하지만 나는 왜인지 그런 할머니보다는 언제까지고 실수도 하고 잘못도 하면서 주변의 젊은 사람들과 마음 활짝 열어놓고 친구처럼 이야기 나누는 할머니로 늙고 싶다. 귀여운 친구들과 밀가루는 소화가 안 되니 글루텐 프리 빵집에라도 가자고, 아이스 아메리카노는 아니어도 아이스 캐모마일 정도는 마시자고 권하며 새로 사귄 친구 이야기, 죽은 친구 이야기 등을 하며 어느새 눈가가 촉촉해지는 그런 할머니 말이다. 여전히 예쁜 옷을 입고 춤을 추고, 할아버지가 된 남편과 손을 잡고 헬스장에 가서 운동하기 싫다며 꾀를 부리는 그런 할머니. 사실 이런 생각을 하게 된 것은 군터 할아버지와 평창 할아버지를 만난 경험 때문이다.

군터
할아버지

이십대 초반, 라오스에서 한국어와 태권도를 가르치는 봉사 활동을 한 적이 있다. 우리 숙소 옆집은 맥줏집이었다. 독일에서 온 주인 군터 할아버지는 저녁이면 늘 테라스에 신나는 음악을 틀어놓고 프레첼 같은 안주를 곁들여 맥주를 팔았다. 당시에는 그를 할아버지라기보다는 우리와 나이 차이가 그다지 많이 나지 않는 아저씨 정도로 생각했다. 머리가 하얗기는 했지만 우리와 낄낄거리며 농담을 주고받는 그가 젊게만 느껴졌기 때문이다.

매일 일과를 마치고 들어오는 길에 들러 할아버지네서 맥주를 마시고 있으면, 가죽 점퍼를 입은 멋쟁이 네덜란드 할아버지가 커다란 오토바이를 부릉거리며 나타나서 합석을 했다. 할아버지가 라오스로 이주해 온 뒤 사귄 오랜 친구라고 했다. 나와 무리 지어 다니던 태권도 전공 친구들은 시끌벅적한 음악 소리 안에서 할아버지와 큰 소리로 수다를 떨다가 술기운으로 벌게진 얼굴을 하고 숙소로 돌아왔다.

태권도 수업을 마칠 때 아이들이 얼마나 귀엽게 명상 시간을 가졌는지, 태권도 띠도 맬 줄 모르는 내가 격파를 얼마나 웃기게 했는지, 잘하지도 못하는 영어로 우리는 할아버지에게 조잘거렸다. 그러던 어느 날부터 군터 할아버지네 맥줏집이 문을 열지 않았다.

하루가 끝날 때면 옆집에 들러 맥주 한잔 하고 오는 게 일상이었던 우리는 조금씩 초조해졌다. 왠지 무슨 일이 생긴 것만 같았기 때문이다. 문을 닫고 한 사흘 정도 지났을 때였나, 아무래도 군터 할아버지를 찾아가야 할 것 같아서 핑곗거리를 찾았다. 근처 빵집에 가 초코 머핀을 샀다. "지나가다 생각나서 샀어요. 이것 좀 드셔보세요. 몸은 좀 어떠세요?"라고 물어볼 심산이었다.

머핀을 담은 종이봉투를 들고 아저씨 집이자 가게로 갔다. 대문을 여러 차례 두드리고 "군터! 군터!" 하고 소리를 쳤다. 그간 흥겨웠던 가게의 분위기와는 다르게 어쩐지 가라앉고 처연한 느낌이었다. 곧 군터 할아버지가 나왔다. 독일 사람이라 원래 하얀 할아버지의 얼굴이 한층 더 창백해진 것 같았다.

생각해간 대로 안부를 물었다. 할아버지는 희미해진 표정과 목소리로 괜찮다고, 와줘서 고맙다고 답했다. 기운 없는 할아버지를 더 힘들게 하면 안 될 것 같아서 얼른 초코 머핀을 건네주고 돌아왔다.

다음 날, 군터 할아버지네 집 앞에 앰뷸런스가 와서 섰다. 그리고 네덜란드 할아버지가 마당에 허망하게 서 있었다. 군터 할아버지가 세상을 떠났다고 했다. 당뇨로 인한 쇼크사였다. 그는 그렇게 세상을 떠났다. 신나는 음악을 틀고 오랜 꿈을 이룬 것처럼 맥주를 팔던 할아버지가 지구별에서 사라졌다. 마치 라오스가 아닌 마다가스카르라든지 벨라루스라든지 아니 이름도 모를 어느 먼 나라에 이주해 여전히 살고 있을 것만 같은 비현실적인 기분이었다.

평창
할아버지

'평창 할아버지'는 나의 가족도 아니고, 나와 가까운 사람도 아닌, 남편의 오랜 멘토이다. 남편은 고민이 있을 때면 자주 평창 할아버지를 찾아가 밤새 이야기를 나누고, 아침이 되면 속초로 함께 넘어가 맑은 대구탕을 먹고 돌아왔다. 돌아오는 손에는 그가 사주신 맛있는 명란젓이 들려 있고는 했다.
결혼 전 인사를 하러 갔을 때였다. 평창 할아버지는 나를 보자마자 섬세하고 기민하겠다며, 신중하지만 조금 느릴 수 있는 남편과 잘살 거라는 덕담을 건넸다. 사실 처음 만나는 사람들은 나를 순진하고 세상 물정 잘 모르는 얌전한 사람 정도로 보는데 그는 그렇지 않았다. 내 성격을 예리하게 꿰뚫어 보시는 게 마치 옛날이야기에 나오는 도사 같기도 했다. 그런 그 앞에서 남편은 허허실실 웃으며 애교를 부렸다.

남편의 말로는 평창 할아버지는 찾아갈 때마다 늘 전설 같은 이야기를 해주신다고 했다. 조선 후기 좌의정을 지내셨던 당신의 할아버지 이야기, 일제에 굽히지 않는 방법의 일환으로 의사가 된 아버지, 아들 역시 의사가 되길 바라셨지만 자신은 뜻을 굽히지 않고 정치학을 전공하다가 MBA로 전향한 이야기, 당시 어마어마한 돈을 아버지에게 받아 민주화운동 자금으로 썼던 이야기 등을 매번 정확한 숫자로 말씀해주신다고 했다. 이전에 나눴던 이야기를 기억하시는지 항상 새로운 이야기를 해주시는 것도 놀랍다고 했다. 남편은 이런 이야기를 들으며 평창 산속에서 밤을 꼬박 지새우다 돌아오고는 했다.

남편과 남편 친구들은 할아버지와 자주 메시지를 주고받으며 주기적으로 찾아갔다. 이런 젊은이들을 할아버지도 아꼈다. 남편이 묵혀놓은 고민을 풀어놓을 때면, 할아버지는 잔소리를 하거나 가르치려고 하기보다는 그 고민을 존중하며 좋은 결정을 할 수 있도록 방향을 잡아주었다. 그런 할아버지와 술 한잔 걸치고 함께 울기도 하면서 이른 아침에 함께 산속의 시냇물 소리를 듣는 것이 아마도 남편에게는 큰 위로와 용기가 되었던 것 같다. 그랬던 평창 할아버지는 얼마 전 돌연 말벌에 쏘여 세상을 떠나셨다. 죽음은 이렇게 비현실적이고 갑작스러운 일인가 싶다.

남편은 할아버지의 부고를 듣고 한참을 멍하게 앉아 있었다. 할아버지의 가족들이 장례를 치르기 위해 급히 외국에서 돌아오는 동안, 남편은 영정 사진으로 쓸 사진을 골라 깨끗하게 편집했다. 사진을 다듬는 남편의 모습과 수화기 너머로 들리는 남편 친구들의 목소리가 나 역시도 믿기지 않았다. 냉장고에는 할아버지께서 보내주신 명란젓이 여전히 남아 있었으니 말이다.

생동하는
노년을 꿈꾸며

두 할아버지의 생활과 죽음은 어쩌면 내가 원하는 노년기의 모습과 닮은 듯하다. 새로운 곳으로 터전을 옮겨 새 친구를 사귀거나 혹은 오랜 관계를 더 견고하게 쌓고, 언제든 따뜻한 눈물을 흘릴 줄 아는 모습. 죽음을 대비하며 소극적으로 인생을 대하기보다 너무도 생기 있게 살아서 그 죽음을 접한 주변 사람들이 슬픔을 느끼기 전에 당황하고 멍해지게 만드는 것이 옛날이야기나 설화 속 주인공들과 닮았다. 가끔은 괴짜 같기도, 용감하기도 하며, 그러면서도 기쁨도 슬픔도 넘쳐흐르는 다정한 인생을 살고 싶다. 죽음은 늙고 젊음과 상관없이 누구에게나 갑작스럽게 찾아올 수 있는 것이니 언제 죽어도 이상하게끔 항상 미래가 있는 사람처럼 살고 싶다. 잔잔한 호수 같은 노년이 아니라, 새파란 바닷물이 건강하게 흐르듯 살고 싶다. 기력은 예전 같지 않더라도 젊은 시절처럼 열심히 주변을 챙기고 내 마음을 살피고 많은 것들을 경험하는 삶을 살고 싶다. 아무래도 내가 꿈꾸는 노년기는 인생을 정리하는 마무리 시간이라기보다는 주변을 적극적으로 사랑하고, 생동하는 생활을 보내는 모습일 것이다. 군터 할아버지와 평창 할아버지처럼.

점등
(點燈)

허태준

잠들지
않았다

골목에 들어설 때까지만 해도 뉘엿거리며 방으로 들어오던 노을빛은 어느새 완전히 사라지고, 그의 이야기가 끝날 즈음에는 방이 한 치 앞도 보이지 않을 정도로 어두워졌다. 그는 자신이 쓴 글을 보여주겠다고 했다. 나는 뭐라고 대답해야 할지 머뭇거리다가, 어두워서 아무것도 보이지 않는다고 솔직하게 말했다.

그는 과하게 미안해하며 성큼성큼 싱크대 근처로 걸어가 스위치를 올렸다. 탁, 하는 소리와 함께 퍼져 나온 빛에 나는 미간을 찌푸렸지만 그는 표정 하나 변하지 않았다. 밝아진 방 안의 풍경과는 반대로 주름과 같이 깊게 패인 그의 두 눈에는 공허한 그림자가 드리웠다. 이해받지 못할지도 모르지만, 나는 그 순간 그가 부럽다고 생각했다.

불을 끄지 못하고 잠드는 밤의 연속이었다. 아침마다 울리는 알람에 정신이 들면, 밤새 흡수한 형광등 불빛 때문에 눈동자 안쪽이 시큰거렸다. 후회가 밀려왔지만 어쩔 수 없었다. 마지못해 세면대로 향하면 충혈된 눈 아래로 내려온 다크서클이 보였다. 그게 더 짙어지는지 아닌지 알 방법은 없었다. 거의 매일 나는 그런 몰골로 하루를 시작했다.

반쯤은 사업가, 반쯤 프리랜서로 지내던 때라서 하는 일은 그때그때 달랐다. 보통은 아침 여섯 시에 일어나 일용직 용접일을 하러 기차를 타고 도시 외곽으로 넘어갔다. 코로나 대유행으로 거의 방치하다시피 해둔 홈페이지로 아주 가끔 요청이 들어오면, 어쩔 수 없이 주문을 받고 고객과 배송 일정을 잡았다. 가구 조립을 겸했기 때문에 공구를 챙겨서 직접 방문해야 했다. 일이 끝나면 몇 시가 됐건 해운대 모텔촌 구석에 있는 카페로 갔다. 그곳에서 자정까지 계약한 책의 원고를 썼다.

후회스럽게 시작한 하루였지만 괜찮았다. 이제 불을 끄고 자면 된다. 그러면 적어도 오늘보다는 덜한 피로감으로 내일을 시작할 수 있었다. 하지만 그 간단한 해결책을 나는 쉽게 실행할 수가 없었다. 원인이 다르기 때문이었다. 애초에 나의 문제는 '잠들지 못한다'가 아니라 '잠들지 않는다'에 있었으니까.

나는 잠들지 않았다. 카페에서 쓰기 시작한 글도 아직 완성하지 못했고, 어떻게든 사업을 살릴 돌파구도 마련해야 했다. 저녁 대신 편의점에서 사온 싸구려 헤이즐넛 커피를 마시며 다시 책상에서 몇 시간을 보냈다. 마저 글을 쓰다가, 졸다가, 공책에 내일 할 일을 정리하다가, 졸다가, 머리가 지끈거리면 안경도 그대로 쓴 채 침대에 누웠다. 잠깐, 잠깐만 쉬자고, 자신을 아무리 다독여봐도 결국 일어나지 못했다. 그러면 또 하루가 지났다. 늘어지고 엉겨 붙어 덩어리진 하루들의 무게가 남았다.

손끝으로
읽는 글

그를 만난 건 그즈음이었다. 오랜만에 본가에 가던 어느 날, 경사 높은 계단이 이어진 골목 맞은편에서 그를 봤다. 맥을 짚듯이 천천히 주변을 쓰다듬는 지팡이를 따라 그는 한 걸음씩 발을 내딛고 있었지만, 계단마다 경사가 있다 보니 몹시 불안해 보였다. 괜한 짓일까 싶은 망설임을 무릅쓰고 그에게 다가갔다.

할아버지, 실례가 안 된다면 제가 조금 도와드려도 괜찮을까요? 그는 발걸음만큼이나 느린 속도로 고개를 돌렸다. 가로등 불빛에 그림자 진 깊은 주름이 여러 겹 있었는데, 살며시 감은 두 눈도 그런 주름의 일부처럼 보였다. 지금 제가 어디 있죠? 학교 아래, 골목으로 들어가는 길에 경사진 계단인데……. 길을 잃은 건 아니네요. 네? 원래 산책하던 길이라 걱정하지 않아도 괜찮아요. 아……. 그래도 혹시 모르니까 계단 아래까지만 손을 잡아주실래요?

당황하던 나는 오히려 그가 내밀어준 손을 잡았다. 뼈의 질감이 그대로 느껴질 정도로 피부가 얇았다. 다루기 힘든 유리 공예품처럼 느껴져 어찌할 바를 모르다가, 아주 약한 힘으로 천천히 손을 쥐었다. 얇은 피부 너머에서 온기가 느껴졌다. 그의 속도에 맞춰 함께 계단을 내려갔고, 왜인지 그대로 손을 잡고 골목 깊은 곳으로 걸었다. 마치 그가 나에게 길을 알려주는 것 같았다.

이제 다 도착했어요. 함께 와주어서 고마워요. 그는 골목길의 어딘가에서 발걸음을 멈췄다. 가로등 불빛이 희미하게 시멘트 바닥에 걸려 있었고, 멀리 큰길에서 달리는 자동차의 경적 소리가 울리더니 이내 다시 잠잠해졌다. 왜 그랬는지 모르겠다. 누군가에게 뭐라도 물어보고 싶을 만큼 급박했던 걸까. 나는 그의 손을 놓지 않은 채 물었다. 할아버지는, 지금까지 어떻게 살아오셨나요?

별난 녀석이라고 생각했을까, 아니면 한 번쯤 누군가에게 말해보고 싶었던 걸까. 꽤 긴 시간 동안 그는 담담하게 자신이 지나온 삶을 들려주었다. 다섯 살 때 홍역을 심하게 앓아 시력을 잃은 일. 부모에게 버려져 종교 시설에 들어갔던 일. 전쟁 중 비슷한 처지의 시각장애인들을 만나 안마 기술을 배워 먹고살았던 일. 무엇 하나 쉽게 흘려들을 수 없는 이야기였는데, 그는 말하는 중간마다 이제는 다 옛날 일이라며 웃었다.

토요일마다 활동지원사 선생님이 오시는데, 그러면 장을 봐주세요. 제가 좋아하는 고등어 통조림도 챙겨주시고, 가끔은 좀 먼 곳으로 산책을 나가기도 합니다. 그런 일들을 일기처럼 쓰고 있어요. 옛날 생각이 나면 또 쓰기도 하고, 라디오에서 읽어주는 책을 메모하기도 하고. 여기 책상에 있는 게 점자 기계거든요.

불이 켜지고 나서야 둘러본 여섯 평 남짓한 단칸방의 집기는 단출했다. 현관문 좌측으로 기역자 형태의 싱크대가 있었고, 싱크대 끝으로 냉장고가 붙어 있었다. 그 맞은편에 화장실 입구가 있고, 같은 면 모서리에 기댈 수 있는 앉은뱅이 의자와 작은 책상이 놓여 있었다. 책상 위에는 두껍게 철을 한 파일이 몇 권, 구식 라디오, 그리고 타자기처럼도 보이고 전축처럼도 보이는, 손잡이가 달린 점자 기계가 있었다.

그가 꺼내어 보여준 파일 안에는 빼곡할 정도로 많은 점들이 종이의 질감을 파내며 새겨져 있었다. 나는 그게 무슨 뜻인지 하나도 읽을 수 없으면서도, 천천히 손끝으로 그 질감을 따라가보았다. 여기에는 그가 새겨져 있는 걸까. 나에게 해주었던 이야기가, 그만의 언어로 적혀 있는 걸까. 그는 어떤 마음으로 종이에 기억을 찍었을까.

그 질문은 방을 나설 때까지 차마 입 밖으로 나오지 않았다. 우리는 다시 만날 기약 없이 헤어졌다. 그는 즐거웠다고 했고, 나도 솔직하게 즐거웠다고 대답했다. 골목 밖으로 나가는 길이 막막했지만 걷다 보면 큰 길에 닿지 싶었다. 마지막으로 뒤를 돌아보았을 때, 그의 집 방에서는 불이 꺼졌다. 탁, 스위치 내리는 소리가 들리는 것 같았다.

우리 모두에게
빛이 있기를

그 뒤로 며칠이 지났지만 특별히 달라진 건 없었다. 여전히 나는 자정이 넘어서 방으로 돌아왔고, 불을 켜둔 채 잠이 들었다가 충혈된 눈으로 아침을 맞이하고는 했다. 다만, 아주 잠깐의 틈 사이로, 지금의 시간이 어떻게 기억될지에 대해 생각해보고는 했다. 먼 훗날 나는 어떤 모양의 기억을 종이 위에 찍을까.

지금의 나는 스스로 불조차 끌 수 없었다. 욕망, 열정, 야망, 동기, 욕심, 성취나 욕구, 어떤 이름으로 부르든 나에게 소등 (消燈)의 시간은 멀기만 했다. 가끔 시큰거리는 빛이 불꽃이 되어 모든 걸 태워버릴 것만 같아도 마지못해 세면대로 향하는 것 외에는 방법이 없었다. 그러니 나는 바라는 수밖에 없는 것이다. 내 안의 불이 점차 사그라들기를. 어떤 결과든 지나가고 빛바래서 더 이상 나를 괴롭히지 않기를. 그러니까, 내가 빨리 늙기를. 지금이 먼 훗날로 기억되기만을 기다리는 것이다.

그럴 때마다 이상하게도 그가 떠올랐다. 내가 그를 부러워했던 건 체념이나 동정, 낯선 삶에 대한 얄팍한 낭만 같은 감정 따위가 아니었기 때문이다. 그가 한 치 앞도 볼 수 없는 어둠에 있으면서도, 타인을 위해 빛을 밝혀주는 사람이기 때문에 부러웠다. 나는 그럴 수 있을까. 오직 자신의 미래와, 자신의 안위만을 위해서 불을 밝히는 나 같은 사람도, 언젠가 그런 선의에 닿을 수 있을까. 부끄럽지만 아직 오지 않은 칠흑 같은 시간을 더듬을 때마다 나는 간절히 바라고는 했다. 저 깊은 골목에도, 공허한 두 눈에도, 언젠가 찾아올 우리 모두의 늙음에도, 빛이 있기를. 스위치를 올리듯 탁, 하는 소리와 함께.

멋진
할아버지로

춤추고
싶다

정희권

카를로스 가비토를
만나다

아르헨티나의 탱고 댄서 카를로스 가비토(Carlos Gavito)는 내게 멋진 할아버지들로 이뤄진 세계의 정점에 있는 사람이다. 유튜브 알고리즘이 몇 년 전에 그를 내게 소개했다. 칠십대라는 나이에 맞게 숱이 적어진 머리에 수염이 성성했지만 그의 탱고는 정열적이고 격동적이며 기품 있었다. 강렬한 눈매에는 힘이 서려 있고 아름다운 파트너와 함께 춤을 출 때 몸으로 표현되는 감정의 파도는 탱고를 모르는 사람의 가슴까지 뜨겁게 한다. 춤을 추는 그는 정말 멋진 노인이었다.

구글이 내게 그의 영상을 추천한 것은, 내가 무엇에 관심이 있는지 빅데이터가 힌트를 주었기 때문일 것이다. 구글은 우리 삶의 별의별것을 다 들여다본다지 않는가. 나는 멋진 할아버지가 되는 데 큰 관심이 있다.

사르트르는, 모든 존재는 이유 없이 태어나 나약함으로 연장되다가 우연히 죽는다고 말했다. 내 청년기는 자다가 이불을 걷어찰 만한 어리석음의 연속이었고, 그걸 대충 수습하다가 보니 중년이 되었다. 독신으로 살 계획이었으나 어느 날 귀여운 사람을 만났고, 정신 차려보니 결혼식장이었다. 잠시 방심한 사이 아빠가 됐다. 방심을 몇 번 더했더니 어느새 세 아들이 생겼지만 어떻게 좋은 아빠가 될 수 있는지는 아직도 모르겠다. 오늘도 나는 익숙하지 않은 책무에 실패하지 않기 위해 겨우겨우 꾸역꾸역 노력하는 중이다. 실패도 자주 한다.

벌어진 일을 수습하고 사느라 급급해 멋진 청년과 중년 시절을 보내는 데는 실패했지만 미리 준비하면 멋진 할아버지는 될 수 있지 않을까, 희망하게 되었다. 오랫동안 별러왔던 탱고 레슨을 받기 시작한 것도 그 때문이었다. 영화 〈여인의 향기〉에서 알 파치노는 얼마나 멋졌던가?(그러나 냉정히 말하자면 그 영화에서 그가 탱고를 잘 추는 것은 아니다.)

탱고 레슨을 받은 지 1년이 지나자 자연스럽게 슬럼프가 찾아왔다. 배운 대로 동작을 하는 것은 연습만 하면 가능하지만, 하면 할수록 파트너와 함께 걷는 간단한 동작조차 제대로 하는 게 굉장히 어렵다는 걸 깨달았다. 내 중심은 흔들리고 스텝은 불안했다. 밀롱가(탱고를 추는 장소) 벽면 거울에 비치는 내 모습은 멋지지 않았다. 단순히 몸매 때문은 아니다. 카를로스 가비토가 멋진 것은 날씬해서가 아니다. 고민하다가 탱고 선생님에게 물었다.

"동작은 따라 할 수 있지만 제 몸이 마음먹은 것처럼 움직이지 않아요. 상대와 동시에 움직일 때 묘하게 중심이 흔들려 결국 조금씩 자세를 바꾸며 끼워 맞추게 됩니다. 그게 춤 선이 예쁘지 않은 이유 같네요."

나보다 젊지만 탱고를 오래 춰온 선생님이 미소를 지었다. 나를 향한 약간의 연민이 느껴졌다.

"맞아요. 춤을 잘 추려면 우리는 우리 몸을 다루는 방법을 알고 수련해야 합니다."

탱고 자체는 노인도 배울 수 있는 어렵지 않은 춤이지만, 아름다운 탱고가 완성되기 위해서는 갖춰야 할 절대적인 조건이 있는 것이다. 그제야 쉬는 시간에 탱고 선생님들이 발레의 턴 동작을 하거나 놀라운 수준의 유연성을 보이며 스트레칭을 하는 것이 눈에 들어왔다. 탱고 댄서들은 필라테스나 요가도 하고, 특히 발레를 많이 배운다. 자신의 신체를 마음대로 다룰 수 있는 능력은 멋진 춤을 위해 꼭 필요하다. 그리고 그건 물론 젊은이들이 훨씬 잘하는 일이다. 아름다움과 젊음은 애당초 토스트와 잼, 삶은 달걀과 소금처럼 잘 어울리는 한 쌍이다.

사실, 멋진 노인 댄서들은 청년기에 이미 멋진 댄서였을 가능성이 높다. 하늘의 제왕인 독수리는 어려서부터 독수리다. 멋진 노인은 대개 멋진 청년이 늙어서 되는 것이다. 조지 클루니, 브래드 피트는 지금도 멋지지만 젊었을 때는 더 멋졌다. 우리가 조지 클루니나 브래드 피트를 꿈꾼다면 그 꿈을 달성하는 게 가능할 리 없다.

아마 비슷한 희망을 갖고 시작했을 내 또래 수강생들이 레슨에 안 나오기 시작하는 것도 그걸 깨닫는 시기가 아니었을까 싶다. 단순히 스텝을 외워서 음악에 맞춰 재연하는 것이 아니라 내 몸을 통해 음악을 표현해야 하기 시작하는 시점, 그리고 관리하지 않고 늙어가는 육체의 한계가 그 장애물이 된다는 것을 깨닫는 바로 그 순간.

다행인 것은 나는 절망하지 않았다는 것이다. 나는 이전에 크게 잘못 생각한 일이 있고 그래서 후회라는 큰 대가를 아직도 지불하고 있다. 같은 잘못을 반복하지는 않으려 한다. 우리는 브래드 피트가 될 수 없지만, 사실 그럴 필요도 없다. 그러니

실망할 필요가 없다.

후회라는 대가를 치르고
배운 것

삼십대 직장인 시절, 뒤늦게 음악에 열중했다. 주로 홍대 앞에서 활동하던 아마추어 재즈 밴드에서 바이올린 연주를 시작했고 개인 시간의 상당 부분을 음악에 쏟았다. 퇴근 후에는 재즈와 바이올린 레슨을 별도로 받았고 시간을 쪼개 재즈 아카데미를 졸업했다. 직장에 악기를 가져가 점심시간이면 아무도 없는 뒷산에서 스케일 연습을 했다. 정기적으로 공연을 했고 공중파 방송에 출연한 일도 있었다.

그러나 음악에 대해 더 알아간다는 것은 내가 올라야 할 산이 얼마나 높은지 알게 되는 일이었다. 재능도, 조기교육도 없이 성인이 되어 뒤늦게 시작한 내가 저 멀리 보이는 음악이라는 산의 정상에 도달할 수 없다는 것이 분명해졌을 때 나는 미련 없이 음악을 접었다. 달성해야 할 목표까지 다다를 일이 요원하다면 그 길을 벗어나는 게 논리적인 귀결이라고 생각했다.

지나간 일에 대해 후회하지 않고 살려 하지만, 그때 음악을 포기한 것은 지금도 후회스러운 일이다. 분명 나의 한계는 명확했다. 큰 노력을 해서 프로 음악가가 된다고 해도 분명 거장이 되지는 못했을 것이다. 그러나 포기하지 않았다면, 적어도 지금은 훨씬 더 정서적으로 풍요로운 삶을 살고 있었을 것이다.

군이 거장을 목표로 할 필요가 있었을까? 과연 음악의 목표가 음악으로 유명해지거나 그걸로 돈을 버는 일이란 말인가? 음악이 위대한 음악가라는 결승점을 위한 달리기 같은 것인가? 나는 잘못 생각했고, 후회라는 대가를 치렀다.

무언가를 향해가는 과정은 이미 그 자체가 보상이다. 결과에 대한 만족과 불만은 한순간이지만 지속되는 만족은 바로 그 과정에 있기 때문이다. 결과에 대한 강박으로 우리가 그나마 과정에서 누릴 수 있는 것들을 지레 망치는 것은 어리석은 일이다.

함께 탱고를 배우는 아내에게 용기를 내어 발레를 같이 배우자는 제안도 해보았으나 거절당했다. 혼자 발레 학원에 등록하는 건 용기가 나지 않았고 사실 나 자신도 타이즈 입은 내 모습을 상상하니, 그건 조금 힘들었다. 하하. 그래서 필라테스를 시작했다.

확실히 나이 먹으니 스트레칭이 힘들다. 그러나 적어도 나는 더 나아질 수는 있다. 나는 이번에는 포기하지 않았다. 춤을 출 수 있는 동안은 계속 춤을 출 생각이다. 그리고 그 자체에서 기쁨을 찾으려 할 것이다. 딱히 춤으로 일가를 이룰 가능성은 높지 않지만 그게 뭐가 중요하겠는가? 필라테스를 하고 나니 몸이 약간은 가벼워지는 게 느껴졌다. 내 몸이 가벼워지니 아마도 바깥으로 표현이 될 것이다.

삶의 황혼을
즐겁게 맞을 수 있기를

어려서 노년을 생각할 때면 죽음이나 마무리, 은퇴 후 은일하는 삶을 관습적으로 떠올리고는 했다. 그러나 실제로 나이를 먹어보니 얼마 있으면 다가올 노년의 삶이 은일로 만족할수 있는 것일지는 의심스럽다. 청년 때나 지금이나 사실 머릿속은 큰 변화가 없는데 노년이라고 다를까? 실제로는 노년의 내 머릿속에는 사랑하는 일이나 아름다움에 대한 열정이 가득하지 않을까 하는 생각이 든다. 아름다움에 대한 욕망이나 인정받고 싶은 생각은 인생의 종착역이 다가오는 사람들에게 더 절실하지 않을까? 아이스크림이 얼마 남지 않았을 때 남은 아이스크림이 더 맛있게 느껴지지 않는가?

어느 날 우리는 미처 마음의 준비도 못했는데 갑자기 인생의 황혼이 다가왔다는 것을 알게 될 것이다. 우리는 아득한 먼 옛날 별들 사이의 작은 먼지에서 왔고, 언젠가 그곳으로 돌아간다. 아무리 내가 노력한다 해도, 내가 마음에 두고 미처 하지 못한 일들, 특히 사랑할 수 있을 때 사랑하지 못한 일에 대해서 아쉬워하게 될 것이다. 아직도 무언가 대단한 것을 이룰수 있을지는 모르겠으나 적어도 최대한 후회 없는 삶이 되기를 바란다.

멋진 노인 댄서가 되지 못하더라도, 위축되지 않고 댄서가 되는 길을 걷다가 간다면 그것도 충분히 멋지리라 생각한다. 멋진 남자로 완성되지 못하더라도 멋진 남자가 가는 길을 걷다가 떠날 수 있다면 인생의 황혼을 조금 더 가벼운 마음으로 받아들일 수 있을 것이다.

카를로스 가비토는 2005년에 죽었다. 그리고 그는 영원히 멋있는 할아버지로 기억될 것이다.

단
하나의
의무

정연

나의 할아버지에게서
듣고 싶었던 이야기

초록빛 나뭇잎이 무성해지고 하얗디하얀 구름이 둥둥 떠다니던 어느 날, 나의 인터뷰이는 아무 말 없이 먼 길을 떠났다. 96년이라는 긴 세월을 이 땅, 대한민국에서 지내다가 홀연히 하늘나라로 국적을 바꾼 그의 뒷모습이 야속했다. 할아버지의 죽음 자체를 받아들이지 못했다기보다는, 그의 이야기를 제대로 듣고 기록할 기회를 놓쳤다는 사실이 후회스러워서 가슴이 아렸다. 사실 만큼 사셨다고 '호상'이라고들 이야기했지만 안타까움과 아쉬움은 쉬이 가시지 않았다.

그에게서 노년의 증언을 듣고 싶었던 건, 중년의 한 자락을 살아내고 있는 내 모습을 뚫어져라 쳐다봐도 나의 노년을 구체적으로 떠올려볼 수 없었기에, 가장 가까이에서 노년을 살아가고 있는 할아버지를 통해서 나의 훗날을 어렴풋이나마 그려볼 수 있을 거란 기대 때문이었다. 노인이 되신 아버지와 어머니도 계셨지만, 나의 어린 시절부터 이미 노년을 살고 계셨을 것만 같은, 호칭 그대로 '할아버지'만큼 적합한 인터뷰이가 없을 것이라는 믿음이 있었다.

할아버지를 인터뷰하고 싶다고 처음 생각하게 된 건, 열세 살 딸이랑 동갑내기 조카가 한 상에서 그들의 증조할아버지와 점심을 먹는 장면을 물끄러미 바라보면서였다. 백세시대, 장수의 시기에 진입했다고 해도 주변에서 흔하지 않은 모습을 눈앞에서 보고 있자니, 80여 년이란 세월의 간격을 두고 같은 시기를 살아가고 있는 사람들 사이의 대화를 기록하고 중계하고 싶은 마음이 솟아올랐다. 십대 증손녀들이 구십대 증조할아버지에게 궁금한 것들을 물어보는 인터뷰와, 그 대화를 기록하는 손자의 모습을 상상하는 것만으로도 흐뭇했다.

"예솔아, 증조할아버지에게 궁금한 거 있어? 여쭤보고 싶은 것 있으면 한번 공책에 적어볼래?" 은근슬쩍 딸아이에게 권유의 질문을 던지면서 인터뷰 프로젝트는 시작되었다. 40년 넘게 시집살이해온 육십대 중반의 며느리와도 흥거운 농담을 즐기셨던 할아버지셨기에, 그 총명함을 믿고 질문 목록을 정리하고 적절한 인터뷰 시점만을 정하면 될 일이었다. 그런데 어느 날부터 할아버지의 총기와 선명한 의식은 뿌연 안개 속을 드나들 듯 흐릿해졌다가 또렷해지기를 반복하더니 늪에 빠진 듯 언어의 세계로 돌아오지 못하셨다. 식사를 잘 안 하려고 하셨고 그렇게 곡기를 끊어가시더니 가빠지는 호흡과 함께 홀연히 떠나셨다.

'할아버지에게서 무슨 이야기가 듣고 싶었던 걸까?' 문득 나 자신에게 물어본다. 그의 젊은 시절의 소소한 에피소드, 한국전쟁의 무용담, 파란만장했던 성취 스토리 같은 서사를 듣고 싶었던 걸까? 아니면 《백년을 살아보니》를 쓴 김형석 교수처럼, 한 세기를 살아오면서 깨닫게 된 삶의 지혜를 얻고 싶었던 걸까? 그도 아니면 한 인간으로서 삶을 마무리해가며, 최혜진 작가가 《북유럽 그림이 건네는 말》에서 이야기했던 '이해받고자 하는 희망과 소통에 대한 갈망'의 간증을 쏟아낼 기회를 드리고 싶었던 걸까? 미처 하지 못한 질문들을 가슴팍

에 쑤셔 넣는다. 그 자리에 씁쓸함과 아쉬움이 우산이끼와 솔
이끼처럼 마음속 빈 곳을 채우듯이 자라난다.

성심부동산과
갈비탕

이미 떠난 이는 말이 없다. 흔적만을 더듬을 뿐이다. 그럼에
도 곰곰이 생각해보니, 할아버지를 반추할 수 있는 첫 번째
단서가 있다면 단연 운동이다. 나이의 앞자리 숫자가 바뀔 때
마다 자신의 체력 상태에 맞는 스포츠를 선택해서 꾸준히 해
왔던 그는 꽤 오랫동안 배드민턴을 하며 지역 아마추어 대표
로 나가 상을 타기도 했고, 늦은 나이에 볼링을 배워서는 스
트라이크 묘미에 빠져 지내기도 했다. 구기 종목을 떠날 시점
이 되어서는 자전거를 타고 동네 한 바퀴 도는 것이 운동이자
식사 후 그의 루틴이 되기도 했다. 아쉬운 점이 있다면, 그 운
동의 현장에 함께한 기억이 별로 없다는 것이다. 초등학생 시
절, 할아버지를 따라 동네 뒷산 배드민턴장에 가서 헉헉거리
며 몇 차례 배드민턴을 쳤던 추억, 볼링장을 따라가 멋진 자
세는 아니었지만 꽤 좋은 스코어를 내는 그의 뒷모습을 신기
한 듯 바라봤던 기억만이 남아 있다.
'성심부동산'. 할아버지가 오십대에 들어서면서 회사 생활을
마무리하고 시작한 부동산 중개소의 이름이다. 고객의 입장
에서 성심성의껏 부동산 중개업을 하겠다는 그의 다짐이 담
겨 있었다. 직접 지은 사무실 이름 그대로, 어려운 형편에 있

는 사람들에게는 수수료를 덜 받기도 하고, 중개인으로서 속이는 일 없이 투명하게 일해온 덕분에 그의 사무실에는 늘 손님이 가득했다. 그곳은 중장년에서 노년으로 접어드는 시점에서 손수 마련한 생업의 터전이자 동네 지인들과 장기를 두며 교유하는 커뮤니티 센터이기도 했고, 초등학교 다니는 손주들이 하교 후 놀러 와서 간식도 먹고 때로는 짜장면도 시켜 먹었던 쉼터이기도 했다. 할아버지의 복덕방은 한자 그대로 '복(福)'과 '덕(德)'이 가득한 공간이었다. 여름이면 복덕방 앞문과 뒷문을 열어놓아 시원한 바람이 통하게 하여 선풍기와 부채로 열기를 식혀가고, 겨울이면 기다란 연통이 달린 난로로 손과 발을 녹이며 하루하루를 살아냈던 그의 삶의 현장을 곱씹어본다. 팔십대에 접어들 때까지 30년 넘는 시간 동안 같은 장소에서 조급함 없이 여유 있는 미소로 사람들을 대하던 삶의 자취가 가득한 그 공간을 떠올리며 조각조각 퍼즐을 맞추듯이 그의 삶을 유추해본다.

그나마 또렷하게 남아 있는 그와 나 둘 사이의 추억은, 함께 먹었던 동네 식당 갈비탕이다. 중학교 시절 중간고사와 기말고사가 끝나면 약속이나 한 듯이 할아버지 복덕방으로 향하곤 했다. 걸어서 5분 거리에 있는 식당을 찾아 노란 지단이 올라간 갈비탕을 시켜 밥 한 그릇을 뚝딱 해치웠던 일을 지금도 선명하게 기억한다. 그때 나눈 대화는 기억에 남는 게 하나도 없지만, 그때의 그 갈비탕의 국물 맛과 온기는 할아버지의 따스함과 함께 각인된 것만 같다. 그럼에도 차갑고 반짝이는 금속 침대 위에 수의를 입고 누워 있는 할아버지의 얼굴을 마지막으로 보고 돌아설 때 제일 먼저 떠오른 것이 어린 시절 함께 먹었던 갈비탕이란 사실이 꽤 생경하게 여겨졌다.

꼭 남겨야 할
유산

여느 대부분의 조부모님처럼 그 역시 문장과 문단을 자손에게 남기지 않으셨다. 그러다 보니 그가 어떤 말을 하고 싶었는지, 어떤 이야기를 남기고 싶었는지 정확히 알 수 없다. 《아침의 피아노》를 쓴 김진영 작가처럼, 떠나기 전까지의 자기 생각과 감정을 고스란히 담은 에세이집을 기대한 건 아니었다. 하지만 세상을 떠나기 전 정신이 명료할 때 떠오르는 어떤 일화의 구체적인 이야기가 듣고 싶었다. 오랜 세월의 풍파로 편집되고 각색되고 과장되었다 하더라도 그가 자신의 단어로, 화법으로 직접 표현하는 이야기들을 내 귀와 마음에 담고 싶었다. 니체나 헤르만 헤세처럼 명징한 문장과 문단을 남기지 않더라도, 레이 달리오가 남긴 두툼한 《원칙》의 무게만큼은 아니더라도, 나에게, 자기 아들과 딸에게, 증손녀들에게 남기고 싶은 말이 분명히 있었을 텐데 그것을 언어로, 문장으로 가져오지 못한 것이 내심 한스럽다.

이 땅에 남겨진 이들을 위한 문장과 문단이 필요함을 힘주어 말하고 싶다. 나는 어떤 사람이었다고, 어떤 삶의 이야기가 있었다고, 어떤 지혜를 나눠주고 싶다고, 선명한 언어로 나의 딸에게, 딸의 자녀에게 남겨야 한다고 믿는다. 그래야만 나의 존재가 묘비의 이름 석 자가 아닌, 그들의 마음에 새겨져 살아 숨 쉴 것을 기대하고 소망한다. 올해로 칠순을 맞이한 아버지께도 "자서전 한번 써보시는 게 어때요? 아버지 잘 쓰실 것 같은데요"라고 틈틈이 말을 건네는 이유이기도 하다. 시간이 지나 어쩔 수 없이 이별하게 되었을 때 뭉뚱그려진 어슴푸레한 기억의 조각으로만 아버지를 반추하고 싶지 않다. 나이가 들어갈수록, 노인이 되었다고 느낄수록 자신의 글을 남겨야 할 의무가 있다. 어쩌면 노년기에 가져야 할 유일한 의무일지도 모른다.

내가
끝까지
쓰게 될
글

정인한

시간이
___
뒤로 사라지고 있었다

오랜만에 장거리 운전을 했다. 아내와 두 딸이 아내의 대학 동창 모임에 참석차 1박 2일로 거제도로 가는 중이었다. 나는 오래 운전하는 것을 힘들어하는 아내 대신 운전대를 잡았다. 배경음악은 딸들이 골라주었다. 이름 모를 아이돌의 음악들이 흘렀고, 〈문어의 꿈〉, 〈신호등〉 같은 두 딸이 평소에 잘 부르고 내 취향에도 맞아 알고 있는 노래도 이따금 흘러나왔다. 아이들이 좋아하는 음악을 배경으로 여름 풍경이 뒤로 사라졌다. 속도를 낼수록 더 빠르게 산과 터널이 지나온 길 저편으로 넘어갔다. 지나간 풍경은 사이드미러를 통해서도 보이지 않았고 마치 소멸하는 것처럼 느껴졌다. 아이들은 또래 친구들과 바닷가에서 놀 생각에 기분이 들뜬 듯했다. 창밖의 풍경을 보는 대신 노래를 따라 부르다가 둘이서 티격태격하는 소리도 들렸다. 모습이 궁금해서 룸미러를 보면 들썩이는 머리카락과 팔랑거리는 손이 이따금 눈에 들어왔다.

얼마나 달렸을까. 도착할 즈음 둘째 온이가 초등학교에 입학한 기념으로 선물해준 휴대전화를 만지작거리며 "그래도 아빠 사진을 찍어놓아서 다행이야"라고 말했다. 나는 "아빠도 너희 보고 싶을 거야"라고 대답했다. "같이 자고 오면 좋을 텐데"라고 첫째 딸 서우가 이야기했고, "남자 어른은 나밖에 없어서 조금 그래" 하고 대답했다. "그래도 아빠 혼자서 좋은 시간 보내"라고 온이가 이야기했지만, 나는 과연 나 혼자서 좋은 시간이라는 것이 누릴 수 있을까에 대해서 생각했다.

버렸던 꿈과
다시 품게 된 꿈

예전에는 내가 이렇게 살아가게 될 줄은 꿈에도 몰랐다. 누군가의 남편이 되기 전에 나는 혼자서 꿈이라는 것을 이루기 위해서 전전긍긍했던 시절에 속해 있었다. 어느 순간 품게 되었던 교사라는 꿈을 이루고 싶었다. 그때는 내가 온전히 서 있어야 무엇이든 가능한 것이라 여겼고, 누군가가 불러도 구석에 숨어서 나오지 않았다. 그런 세월이 길었다. 명절에도 고향을 찾지 않았고, 경조사에도 참석하지 않았다. 친구들이 여럿 모이는 모임도 피했다. 그렇게 몇 해를 지내다 보니 인간관계가 단출해졌다. 이런 나를 이해하는 친구들은 거의 없었다. 결혼하고 아이가 생기기 전에 어쨌든 나는 나라는 존재가 중요했다.

그런 삶이 외롭거나 고독하지도 않았다. 어쨌든 미래가 가능성으로 열려 있다고 믿었기 때문에 지금은 약해진 관계도 나중에 성공해서 회복하면 되지 않을까 싶었다. 이런 말을 믿었다. 현재는 과거의 결과가 아니라, 미래의 결과라는 말. 미래에 어쨌든 꿈을 이룰 것이라 믿었기 때문에 현재가 어떻게 되었든 그럭저럭 견딜 수 있었다. 오히려 쳇바퀴를 도는 다람쥐처럼 하루를 살아갈 수 있었다. 그렇게 살아온 지난 세월은 전혀 예상하지 못한 곳으로 나를 데려다주었는데, 그곳이 이런 세상이라는 것은 꿈에도 몰랐다.

지금은 나 자신보다 애지중지하는 존재들에게 둘러싸여서 사는 삶을 살아가고 있다. 그런데 재미있는 것은 이런 삶이 나에게 꽤 만족스럽게 느껴진다는 것이다. 정확한 이유는 아직 모르겠다. 다만 어렴풋이 짐작되는 것은, 나의 판단과 선택 때문에 좁아져버린 세상이 새로운 가능성으로 조금씩 넓어지고 있기 때문이지 싶다. 내 눈에는 그렇게 커 보였던 문제들이 아내의 시선 덕분에 작아지고, 아직 철부지인 두 딸이 가진 무한에 가까운 긍정 덕분에 미래를 두려워하는 마음이 줄어들었다. 우연히 어떤 보물 지도를 얻게 된 것 같다.

이렇게 늙어가는 것에 흡족해하는 편이다. 어느 순간 나에게 죽기 전에 꼭 해야 할 일도 없어져버렸다. 버킷리스트 같은, 언젠가는 어떤 것은 꼭 해봐야지 하고 바란 것은 오래전의 일이다. 경험하지 못한 어떤 일, 어떤 타향의 풍경은 정말이지 나와는 무관한 다른 세상의 이야기다. 어느 시점부터 뭔가를 먹고 싶거나 사고 싶거나 하는 일이 드물어졌다. 그것이 어느 순간, 마치 없었던 것처럼 거의 사라져버렸다.

나보다 더 소중한 존재들이 자라는 것을 보면서 그들의 바람과 미래가 더 귀하게 느껴졌다. 내가 원하는 것이 줄어들고, 가벼워지고 사라지는 것, 그 끝에는 나라는 존재가 점점 옅어지는 것, 나보다 다른 존재를 더 중요하게 생각하는 것, 그것이 노년으로 향하는 길이 아닐까 짐작한다. 그것은 서글픈 일이라기보다 머리카락의 검은색이 빠지는 것처럼 자연스러운 일이지 않을까 싶다.

결국에
닿았으면 하는 곳

다만, 얼마 전에 갑자기 뭔가를 사고 싶어서 당황했던 일이 있었다. 뜬금없이 전자 타자기가 무척이나 가지고 싶어졌다. 전자 잉크의 흑백 화면으로 글쓰기만 가능한 기계였다. 요즘 부쩍 침침해진 눈에 좋을 것 같았다. 새로운 프로그램을 설치할 수도 없고, 글을 백업하는 용도를 제외하고는 어떤 웹사이트에도 접속할 수 없다는 점이 매력적이었다. 요즘 글을 쓰러 노트북을 챙겨서 동네 카페에 갔다가 아무것도 쓰지 못하고 돌아오는 경우가 많았는데, 그게 다 웹서핑 때문이지 싶었고 이 기계를 사면 그래도 몇 문단이라도 쓸 수 있지 않을까 싶었다. 그래서 일주일 정도 고민했다.

고민 끝에 결제했다가 하루 만에 환불했다. 혹시나 해서 문의해보니 정식으로 수입되는 기계가 아니라 고장이라도 나면 국내에서 수리가 안 된다는 답변이 왔다. 환불 버튼을 클릭하고 아내에게 이 이야기를 했더니 웃었다. 지난 몇 해 동안 글을 쓰면서 몇 개의 키보드를 버렸는데, 이유는 백스페이스(backspace) 키가 내려앉아서였다. 실제로 쓰는 글보다 백스페이스 키로 지우는 글이 더 많았다. 나에게 글을 쓰는 것은 지울 것은 지우고 남길 것은 남기는 과정이었다. 결국 전자 타자기도 그 버튼만은 오래 버티지 못할 것이 뻔했다. 그렇게 오랜만에 찾아온 물욕을 정리했다.

나에게 남은 욕심이 있다면 앞으로도 살아가면서 어떤 글을 계속 쓰고 싶다는 마음 정도가 아닐까. 그 행위로 어떤 명예를 얻는다기보다, 언제나 내 글을 읽어주는 가족들에게 작은 의미를 조금씩 남겨주고 싶은 욕심이다. 내가 큰돈을 벌어주거나 빛나는 미래를 보장해줄 수는 없으니까. 내가 줄 수 있는 것 중에서 가장 괜찮은 것은 오랜 시간이 지나도 그 의미가 크게 바래지 않을 글이 아닐까.

내가 썼던 글은 대개 아내를 만나고 두 딸이 태어난 시절부터 시작되었다. 그 시간 속에서 보았던 풍경들, 함께 머물렀던 곳, 그 속에서 느낀 것들을 기록한 글이 대부분이다. 처음에는 아내가 읽어주어서 쓰기 시작했고, 그래서 계속 쓸 수 있었다. 그것은 다짐에 가까운 글인 경우가 많았다. 대개 당신 옆에서 이렇게 늙어가겠다는 약속 같은 글이었다. 아이가 태어나서는 미래의 딸에게 보내는 편지 같은 글이 많았다. 이렇게 아름다웠던 순간을 기억해주었으면, 그래서 삶의 어느 순간에 고비가 찾아왔을 때 지나온 순간들을 떠올려주길 바라며 글을 썼다.

지금도 나는 어떤 글을 조금씩 쓰고 있다. 아내와 두 딸은 여행을 갔고, 아무도 없는 거실에 앉아서 빈 백지를 천천히 채웠다가 다시 지우기를 반복하고 있다. 흘러가버린 시간을 주워 담아서 아내에게 두 딸에게 보낼 편지를 쓰고 있다. 아마 시간이 훌쩍 흘러 내가 백발이 되고, 어떤 작은 집에 살게 되어도 비슷할 것이다. 오래된 책상에 구부정하게 앉아서 어떤 글을 남기려고 애쓰는 삶을 살 것 같다.

어떤 미래, 어느 시점의 나는 지금보다 오래 걷지 못하고 돈도 덜 벌겠지만, 세상은 조금 더 넓어져 있을 것 같기도 하다. 두 딸이 어른이 되고, 그들에게도 중요한 존재가 생길 것이기 때문이다. 그러면 나는 언젠가 그들이 준비되었을 때 읽어주길 바라며 꼬깃꼬깃한 종이에 뭔가 쓰고 있을 것 같다. 내가 그날에 어디에 있을지, 어떤 형편인지는 크게 염려되지 않는다. 그저 나 자신보다 더 귀한 존재가 세상을 잘 살아준다면 생이 끝나갈 때도 글을 쓰는 것은 주저하지 않을 생각이다.

김상래
'오랫동안 꿈을 그리는 사람은 마침내, 그 꿈을 닮아간다.' 앙드레 말로의 이 문장을 붙들고 살아갑니다. 방과후 교사, 문화예술교육 강사, 도슨트로 학교와 도서관에서 창의융합예술교육을 진행하고 미술 인문학, 미술관 여행 강의 및 강연을 합니다. 궁극적으로 문화·예술로 가득한 환경을 만들기 위해 하루를 알차게 살아내고 있습니다.

보배
대부분의 시간은 고등학생 아이들과 입시를 준비하는 데에 보냅니다. 아이들의 체력전과 마음고생을 가까이에서 보며 염려할 때도 있지만, 그 안에서 무럭무럭 성장해 나가는 아이들의 사고의 폭이나 문장력을 보면서 내심 기뻐하고 있습니다. 교과서에만 집중하는 공부는 지루할 수 있지만, 책을 토대로 사고를 확장해 나가는 건 참 근사한 일이라고 믿습니다. 뉴스레터 〈세상의 모든 문화〉에 '탱고에 바나나'를 연재하고 있으며,《세상의 모든 청년》에 공저자로 참여했습니다.

서은혜
아동그룹홈에서 사회복지사로 일하고 있습니다. 사는 일과 쓰는 일을 엮어서 뉴스레터 〈세상의 모든 문화〉에 글을 연재하고 있으며 내러티브 매거진《에픽 #10》에 글을 실었고 《전지적 언니 시점》에 공저자로 참여했습니다. 또 나를 이렇게도 소개할 수 있을 것 같습니다. 절단 장애로 한쪽 다리가 없는 아버지에게서 손으로 일하며 자부심을 느끼는 법을, 뇌성마비 장애를 가진 어머니에게서 통제할 수 없는 근육으로 품위 있게 웃는 법을 배웠습니다. 다양하고 고유한 삶을 살아내고 갱신하는 고통이 주는 기쁨을 유산으로 받았습니다. 내가 받은 유산이 나와 다른 사람들의 세계까지도 확장할 수 있기를 기도하며 오늘도 쓰고 싸우고 살아가는 사람입니다.

영원	음악대학에서 작곡을 공부하고 있으며, 얼마 전에 철학과 복수전공을 시작한 학생입니다. 저는 슬픔과 행복의 차이를 잘 모르겠습니다. 사랑과 증오의 차이도 잘 모르겠습니다. 어쩌면 감정이란 것은, 태초에는 한 개의 큰 덩어리였던 것이 사람의 언어가 분리됨에 따라 다른 이름으로 불리는 게 아닐까요? 감정의 울렁거림, 이것은 제게 살아 있음을 느끼게 합니다. 앞으로도 살고 싶습니다. 더 예민하게, 더 처절하게, 더 슬프게, 그래서 더 행복하게.
이설아	미술, 입양, 글쓰기, 가드닝 순으로 사랑에 빠졌고, 그때마다 큰 보폭으로 인생의 행로를 훌쩍 바꾸기도 했습니다, 개성만점 세 아이, 그리고 26년차 짝꿍 남편과 함께하는 일상이 꽤 만족스러워 스스로를 복받은 사람이라 여기며 살고 있습니다. 15년간 입양가정의 성장을 지원하는 실천가로 활동하다가 오십대부터는 가드너로 살아보고자 인생의 방향 전환을 준비하는 중입니다. 글 쓰는 내가 좋고, 다른 이들도 글쓰기를 통해 자신의 삶과 화해하길 바라는 마음으로 글쓰기 공동체 '다정한 우주'를 운영하고 있습니다. 《가족의 탄생》을 시작으로 《가족의 탄생》, 《모두의 입양》을 썼고, 《돌봄과 작업》을 함께 썼습니다.
이지안	여전히 사람 마음이 어려운 임상심리전문가입니다. 심리검사 연구소에서 일하고 두 아이를 키우며, 그 사이사이 상담을 하고 글을 씁니다. 잠비아에서 서툰 언어로 사람들을 사귀고 비 온 뒤의 흙냄새를 맡으며 지내고 있습니다. 스스로를 돌보는 엄마들의 이야기 《나를 돌보는 다정한 시간》을 함께 썼고, 뉴스레터 〈세상의 모든 문화〉에 필자로 참여하며 심리학에 기대었던 경험을 나누고 있습니다.

정 연	20년 가까이 자동차회사에서 HR 매니저로 일해오면서 조직과 사람, 일과 문화, 성과와 성장에 대해 스스로 질문을 던지고 몸으로 답하는 시간을 보내왔습니다. 지층처럼 쌓아두었던 고민의 시간을 글로 담아, H그룹 칼럼니스트로 활동하며 칼럼을 쓰기도 했고 9년차 요가 수련자이기도 합니다. 스스로를 '인생여행자'라고 부르며, 일상을 여행자의 시선으로 바라보며 글을 짓습니다. 타자와 자신의 성장을 함께 일궈갈 때 행복하며 코치, 카운슬러, 멘토로 불리길 좋아합니다. 현재는 H그룹 미래경영연구센터에서 조직의 나아갈 방향을 고민하며 준비하고 있습니다.
정 인 한	2012년부터 김해에서 작은 카페를 운영하고 있습니다. 낮에는 주로 로스팅을 하거나 커피를 내립니다. 가게가 한가하거나 잠이 오지 않는 밤에는 글을 쓰기도 합니다. 2019년부터 〈경남도민일보〉에 에세이를 연재했고, 2021년부터 뉴스레터 〈세상의 모든 문화〉 필진으로 참여했습니다. 《너를 만나서 알게 된 것들》, 《커피의 위로》를 쓰고, 2022년에는 《세상의 모든 청년》을 함께 썼습니다.
정 지 우	소설을 쓰고 싶었던 열다섯 살 이후, 서른다섯이 넘도록 글을 쓰고 있습니다. 매일의 삶과 생각을 기록하면서 무엇보다 많은 힘을 얻으며 살고 있다고 느껴 누구에게나 글쓰기를 추천하기도 합니다. 《우리는 글쓰기를 너무 심각하게 생각하지》, 《인스타그램에는 절망이 없다》, 《내가 잘못 산다고 말하는 세상에게》, 《사랑이 묻고 인문학이 답하다》 등 여러 권의 책을 썼습니다. 근래에는 예정에 없던 변호사로도 일하며 삶의 다양한 영역을 거닐고 있습니다.

정희권	학부에서는 문예창작과 철학, 심리학, 교육학 등을 공부했습니다. 공직 생활을 시작으로 대기업 사원, 대학교 교직원, 스타트업 창업, 투자조합 심사역, 대학교수 등 여러 가지 일을 전전하다가 지금은 한국과 독일을 오가며 보드게임 만드는 일을 하고 있습니다. 보드게임을 좋아하는 사람이라면 한 번쯤 들어봤을지 모르는 렉시오나 스파이시 같은 게임이 제가 관여한 것들입니다. 인생의 후반은 글을 많이 쓰며 지내려 하며 장난감 만드는 할아버지로 기억되고 싶습니다.
허태준	직업계고등학교를 졸업하고 현장실습생을 거쳐, 산업기능요원으로 지역 중소기업에서 3년 7개월간 근무했습니다. 그 과정에서 일하는 청(소)년, 대학생이 아닌 이십대, 군인이 아닌 군 복무자로 살아가며 스스로 소개하는 것조차 버거운 삶에 대해 고민했습니다. 회사를 그만둔 후 모든 삶은 이야기가 되어야 한다는 믿음으로 글을 쓰고 있습니다. 지은 책으로는 《교복 위에 작업복을 입었다》가 있으며, 《세상의 모든 청년》에 공저자로 참여했습니다.
황진영	학부에서는 교육학을, 대학원에서는 국어학과 교육학을 전공하고 공사나 연구원, 대학 등 주로 공공기관에서 일하다가 현재는 국제기구에서 프로그램 코디네이터로 일하고 있습니다. 설명할 수 없는, 채워지지 않은 마음을 풀어내려 글을 쓰기 시작했습니다. 한 편의 글을 완성하기 위해 고민하던 시절을 지나니, 글을 담는 매체가 하나둘씩 늘어갑니다. 인문학 웹진 〈IKPU〉에 마음챙김 글을, 뉴스레터 〈세상의 모든 문화〉에는 다양한 삶의 모습을, 〈더 칼럼니스트〉에는 미국의 일상을 담은 글을 연재 중입니다. 2022년에는 《세상의 모든 청년》 프로젝트에 참여했습니다.

고유한 사랑과 기대로 인생의 모든 시절을 그려내다
나의 시간을 안아주고 싶어서

초판 1쇄 발행 2023년 9월 9일

지은이. 김상래 보배 서은혜 영원 이설아 이지안 정연 정인한 정지우 정희권 허태준 황진영
펴낸이. 김태연

펴낸곳. 멜라이트
출판등록. 제2022-000026호
이메일. mellite.pub@gmail.com
인스타그램. @mellite_pub
디자인. 강경신

ISBN 979-11-980307-5-7 (03810)